LES GRANDES PASSIONS DE L'HISTOIRE

MOZART

LES GRANDES PASSIONS DE L'HISTOIRE

MOZART

Chantal Valois

ÉDITIONS MONARQUE

Éditeur : Simon Rousseau
Révision éditoriale : Gabriel Thériault
Révision linguistique : Amélie Hamel
Conception de la couverture : © Fiverr
Photo de la couverture : © Getty images
Mise en pages : Sébastien Michaud
ISBN papier : 978-2-89818-018-7
ISBN PDF numérique : 978-2-89818-019-4
ISBN ePub : 978-2-89818-020-0
Première impression : 2020
Dépôt légal : 2020
Bibliothèque et Archives nationales du Québec
Bibliothèque et Archives Canada

Éditions Monarque Inc.
1385, boul. Lionel-Boulet
Varennes (Québec) J3X 1P7, Canada
www.ada-inc.com
info@ada-inc.com

Imprimé au Canada

Québec
Crédit d'impôt livres
Gestion SODEC

Financé par le gouvernement du Canada | Canada

Participation de la SODEC.
Nous reconnaissons l'aide financière du gouvernement du Canada par l'entremise du Fonds du livre du Canada (FLC) pour nos activités d'édition.
Gouvernement du Québec — Programme de crédit d'impôt pour l'édition de livres — Gestion SODEC.

Catalogage avant publication de Bibliothèque et Archives nationales du Québec et Bibliothèque et Archives Canada

Titre : Mozart / auteur, Chantal Valois.
Noms : Valois, Chantal, 1966- auteur.
Description : Mention de collection : Les grandes passions de l'histoire
Identifiants : Canadiana 2020007282X | ISBN 9782898180187
Classification : LCC PS8643.A46 M69 2020 | CDD C843/.6—dc23

Chapitre 1

Salzbourg, printemps 1777

Sur la Getreidegasse, rue bordant la place commerçante de la ville, une maison pourvue d'une façade de chaux de couleur jaunâtre attirait les regards. Non seulement parce qu'elle était la seule peinte de cette couleur voyante, mais aussi parce que, comme elle se dressait au centre de sa rangée, elle servait régulièrement de point de repère aux passants et aux habitants de la ville.

Cependant, en ce jour frais et venteux, personne n'y prêtait attention. La place, particulièrement animée en ce jour de marché, se vidait peu à peu. Chacun se dépêchait de vendre ou d'acheter ses provisions avant que la pluie ne tombe sur la ville. En effet, des nuages gris, annonciateurs de mauvais temps, s'amoncelaient au-dessus de la tête de ceux encore obligés de s'y affairer.

Deux ou trois groupes de gens, ne ressentant pas l'urgence de se dépêcher, discutaient tranquillement devant l'échoppe où ils s'étaient rencontrés. Autour d'eux, la main posée sur leur chapeau noir ou soulevant un pan de leur robe, plusieurs allaient d'un pas rapide vers les commerces ou les ruelles adjacentes, pressés d'achever leurs achats ou leurs échanges, ou de se mettre à l'abri. Quelques chanceux, installés dans leur voiturette qui les protégeait du vent, encourageaient énergiquement leurs chevaux à avancer.

D'une démarche assurée, une jeune femme arriva d'une ruelle qui débouchait sur la grande place dallée. Son regard avisa rapidement la façade de couleur vive. Voyant ainsi devant elle le but de sa destination, la marcheuse s'immobilisa soudainement parmi des piétons. Ceux-ci, pressés d'atteindre la destination souhaitée, continuaient leur course dans tous les sens autour d'elle. Brusquement interrompu dans son élan par l'obstacle qu'elle représentait, le couple qui la suivait la heurta en s'exclamant de stupéfaction. Un vieil homme arrivant de côté ne put la contourner complètement et lui toucha l'épaule avec la sienne. Le chapeau haut de forme de ce dernier tomba sous la secousse. Il se dépêcha de le ramasser avant que le vent l'emporte plus loin. En se redressant, il tâcha de raisonner la demoiselle avec douceur :

— Il vaudrait mieux regarder avant de vous immobiliser ainsi au milieu des gens, ma petite dame !

Une femme replète, les bras chargés de victuailles, voyant à peine au-dessus de ces dernières, ne put éviter le petit groupe qui se formait autour de la jeune femme. À l'impact, un sac de pommes glissa de sa brassée et le contenu roula sur le sol. Une fillette, arrivant face au groupe, faillit mettre le pied sur un des fruits et tomber. Elle fut heureusement arrêtée juste à temps par la main ferme de sa mère. Celle-ci s'emporta à cause du risque de blessure qu'avait encouru sa fille. Elle n'avait pas sitôt fini de se plaindre que la femme replète, pressant ses paquets contre sa poitrine, renchérit en se plaçant devant celle qu'elle traita de jeune écervelée afin de s'assurer qu'elle voit la manière dont elle fronçait les sourcils de mécontentement.

– C'est plutôt bête de s'arrêter sans crier gare alors que j'en ai plein les bras ! J'aurais pu tout échapper et perdre ce que je peux me permettre pour nourrir ma famille !

Sourde aux interventions et aux cris d'indignation des passants impliqués et des témoins impuissants, la jeune dame garda le silence, se contentant de plisser les yeux dans un effort de concentration tendue vers la maison jaune. Devant l'absence d'excuses et le mutisme qui perdurait, le ton de l'homme au chapeau monta, et les reproches des uns et les indulgents appels au civisme des autres se poursuivirent de plus belle.

D'autres passants, victimes d'une réaction en chaîne, tentèrent aussi d'attirer l'attention de la jeune femme :

– Ah, que vous êtes distraite ! J'ai failli tomber sur la chaussée par votre faute, ajouta une femme très maigre, dont l'équilibre fut perturbé par le recul de la femme aux paquets.

Celle-ci, ayant mis une main au sol afin d'éviter une chute complète, fut rapidement secourue par l'homme qui l'accompagnait, sans doute son époux. Pendant qu'elle ajustait son manteau, il tenta une approche plus douce auprès de la jeune étourdie :

– Excusez-vous, au moins, et plus personne ne vous blâmera.

Toujours seule avec ses pensées, la femme ignora complètement la scène qui se jouait autour d'elle, concentrée sur l'objet qu'elle fixait. D'une main, elle abaissa davantage sur son front le capuchon de son mantelet de couleur sombre. Un sourire en coin et le regard dirigé vers le troisième étage de l'immeuble jaune, elle avança enfin, laissant grogner et marmonner derrière elle les victimes de sa distraction.

• • •

L'homme s'arrêta un moment, puis ferma les yeux pendant quelques secondes, pour améliorer sa concentration, quoiqu'il le fît aussi par exaspération. Les deux fauteuils ainsi que la causeuse au tissu bourgogne qui meublaient le grand salon semblaient l'inviter à s'y asseoir à chaque pas effectué. Immobilisé devant l'un d'eux, il lutta contre la tentation de plus en plus forte de s'y affaler. Il reprit pourtant sa démarche nerveuse, déterminé à ne pas succomber à sa fatigue.

À l'extrémité de la pièce, un clavecin brun longeait le mur blanc faisant face aux fauteuils vides. Un enfant y jouait. Au-dessus de l'instrument, une peinture représentant une chasse à courre dans un paysage automnal avait été accrochée. Sur le mur parallèle à l'imposant clavecin, également blanc, trois fenêtres à volets laissaient entrer la faible lumière du jour. Un tapis élimé, aux motifs jaunes et rouges, apportait quelques couleurs dans cette pièce un peu terne.

Cependant, l'homme ne portait aucun intérêt à cette décoration. Toute sa concentration allait aux petits doigts qui glissaient sur les touches noires et blanches du clavecin. La mélodie qui en découlait était agréable, mais son oreille avertie décela aisément les quelques subtiles fausses notes qui s'insinuaient malencontreusement dans cette interprétation.

Il marchait toujours impatiemment derrière l'élève, qui ne sembla faire aucun cas de ses erreurs, effectuées immanquablement aux mêmes endroits. L'homme, irrité de devoir répéter les mêmes choses depuis le début de la leçon, se prit la tête à deux mains.

— Non, non, non et non !

Cette fois, il avait élevé la voix. Son ton fut peut-être plus autoritaire qu'il ne l'aurait souhaité et les petites mains s'immobilisèrent instantanément sur le clavier. Le silence s'installa et l'enfant baissa la tête, confus de décevoir son illustre professeur. Ce dernier justifia l'arrêt qu'il venait d'imposer.

— Je pensais m'être montré assez clair. Je vois bien que ce n'est pas le cas. Vous jouez trop rapidement le refrain et inventez des notes qui ne figurent pas sur la partition! Il faut l'exécuter telle qu'elle est écrite, sinon vous ajoutez des sons discordants qui brisent la mélodie. Il faut recommencer. Encore.

Le professeur n'avait jamais levé la voix et l'élève, surpris et honteux qu'il le fasse ce jour-là, n'osa se retourner de crainte de voir la colère qu'il pourrait découvrir dans son regard. Comme s'il devinait les sentiments qui agitaient la petite personne, le maître tenta de se calmer.

Après tout, il était encore un apprenti quelques années plus tôt. Il comprenait donc très bien ce que pouvait vivre son élève. Lui-même apprenait alors de façon exceptionnelle, certes, mais il s'était évidemment rendu responsable de quelques fautes. Son apprentissage s'était fait sous les instructions rigides de son père qui, malgré son incroyable talent, s'était permis en quelques occasions de le traiter sans douceur.

Le maître se rappelait aisément les exigences de son père, provoquant des moments embarrassants, teintés de honte et de colère. Il préférait éviter de générer de tels sentiments négatifs chez l'enfant venu chercher ses enseignements. En outre, ce n'était pas la faute de l'élève si, dans la tête et l'âme du maître, d'ennuyeux tourments s'agitaient ce jour-là. Il ne pouvait lui faire subir l'humeur désagréable qu'ils entraînaient.

Ses sourcils froncés revinrent à leur position initiale, le pli de contrariété dans son front disparut et un faible sourire redessina ses lèvres pincées. D'une voix adoucie, il souligna ses points forts, tandis qu'il exécutait quelques pas pour bientôt s'arrêter sur le côté du clavecin, de manière à se faire voir par son élève. De là, un coude appuyé sur l'instrument, il poursuivit ses explications sur le même ton calme :

– Vous possédez là un talent certain, seulement il vaut mieux contrôler le mouvement de vos mains. Vos doigts, pourtant petits, ont touché à quelques reprises des notes non incluses dans la partition. Comme je l'ai mentionné, l'œuvre jouée s'en trouve modifiée et pas de la meilleure façon qui soit. Des connaisseurs en la matière n'apprécieraient pas un tel spectacle. Vous jouez certains passages avec nervosité, avec trop de vitesse. Apprenez à exécuter les compositions de manière plus posée, plus lente. Assurez-vous de les réussir complètement avant de tenter de les jouer rapidement.

– Je comprends, monsieur Mozart. Je veux bien recommencer. Je tâcherai de jouer avec patience et de porter une plus grande attention à la disposition de mes mains, consentit la fillette de sa voix claire.

Un franc sourire éclaira le visage de l'homme. Il bougea légèrement la tête en signe d'approbation au juste raisonnement de l'enfant. D'un doigt agile, il se gratta la nuque sous l'amas de longs cheveux blancs, noués d'un long et fin ruban noir, qui terminaient sa perruque à catogan. Il la portait depuis sa tendre enfance et il y était habitué.

Sans être d'une beauté à couper le souffle, il passait toutefois pour séduisant et loin d'être repoussant. À peine sorti de l'enfance, il avait été habitué à soigner sa mise et depuis, il affectionnait les beaux vêtements. De même que ses grands yeux bleus et rieurs, cette mise recherchée attirait l'attention de plusieurs, et plus récemment, de la gent féminine. Bien qu'ils fussent souvent cachés par une perruque à catogan, ses cheveux blonds, longs et soyeux, ainsi que la faible courbure de son nez contribuaient également à un charme assuré.

Sa perruque, qu'il portait en présence d'étrangers, lors d'événements officiels et lors de sorties, n'avait aucunement pour but de l'embellir, quoiqu'elle lui seyait très bien. La prestance qu'elle lui conférait n'était pas étrangère à sa décision de conserver cette habitude, en présence d'étrangers ou de gens moins familiers.

— Alors, je vous écoute, mademoiselle, déclara-t-il enfin à la fillette, en chassant de la main une poussière du gilet de brocart qui recouvrait sa chemise blanche aux manches bouffantes.

Comme la musique s'élevait à nouveau dans la pièce, l'enseignant observa un moment le mouvement des mains de la blonde enfant. Satisfait, il s'éloigna du clavecin, une idée dérangeante ne cessant de s'introduire dans ses réflexions. Il devait trouver des mots justes, passibles d'aider sa cause lors d'une prochaine audition avec son maître. Égaré dans ses pensées, il se dirigea vers les fenêtres, écoutant la jeune fille d'une oreille. Quand il réalisa qu'il était distrait, il se déculpabilisa assez vite, car il n'avait pas besoin de rester très concentré pour détecter une mauvaise note.

Du plus loin qu'il se souvînt, une seule écoute d'une pièce de musique suffisait très fréquemment pour qu'il reconnaisse chacune des notes avec une déconcertante exactitude. Une seule lecture lui permettait de la rejouer de mémoire sans aucune fausse note. Reproduire une pièce sur un instrument ou en l'écrivant sous forme de partition s'avérait facile pour lui.

Cette mémoire et cette oreille phénoménales faisaient partie des nombreux talents que possédait cet homme. Celui-ci, bien qu'il ne fût âgé que de vingt et un ans, enseignait depuis quelques années et était reconnu pour la beauté et la justesse de ses compositions musicales.

Son père, Leopold, avait énormément vanté les aptitudes du fils lors de leur grand tour d'Europe, pendant lequel sa mère, Anna Maria, et sa très talentueuse sœur, Maria Anna, les accompagnaient également. À force de démarchage, le père lui avait ouvert bien des portes. Wolfgang Amadeus Mozart se trouvait ainsi fort sollicité par des gens importants, des nobles de plusieurs pays. Ceux-ci organisaient des concerts plus ou moins privés et ils le voulaient pour divertir leurs invités. Il devait beaucoup à son père, lequel, malgré sa rigidité, avait su reconnaître et rehausser son talent.

Mozart se rappelait, entre autres, le tour de 1769, lors duquel il s'était arrêté à Rome. Pendant la semaine sainte, il avait eu l'occasion d'entendre le *Miserere* de Gregorio Allegri. Il était interdit de reproduire cette composition, d'une durée de quinze minutes. Pourtant, après une seule écoute et à peine âgé de treize ans, il avait sidéré le maître de chapelle des lieux en retranscrivant chaque note et en rejouant la pièce sur un clavecin.

D'abord offusqué que cette règle soit transgressée, le maître n'avait pu que saluer le grand talent du jeune Wolfgang. Le pape Clément XIV fut ensuite informé. Une fois sa surprise passée, il avait reconnu cette formidable capacité en le faisant sacrer chevalier. Pour la grande fierté du jeune mbêtait depuis son réveil, et ce, de plus en plus, il devait nger rapidement à une solution. Il se savait de plus en plus ritable. N'avait-il pas failli s'emporter sans ménagement un u plus tôt ? Son état d'esprit y était pour quelque chose.

Cessant l'analyse de ses humeurs, tout en poursuivant n écoute, il choisit de s'immobiliser devant la fenêtre du ilieu et scruta distraitement le ciel. Il remarqua les nuages is s'invitant au-dessus de la place commerçante. Il s'in-iéta de se faire surprendre par la pluie : il devait se rendre la cathédrale Saint-Rupert, située à quelques minutes de urse de sa maison, aussitôt la leçon terminée.

Wolfgang Mozart œuvrait à cette cathédrale à titre de aître de chapelle. Il y enseignait, choisissait et dirigeait la usique dans un cadre religieux. Une fois sur place, il lui udrait discuter avec son maître de la possibilité de quitter n poste pour quelques mois dans le but d'effectuer une oisième grande tournée. Ce projet lui trottait dans la te depuis de nombreuses semaines déjà et il était grand mps de lui en faire part. C'est ce qui le rendait si énervé. Il doutait de la réponse que son supérieur, le prince-chevêque Colloredo, lui fournirait. Homme aux principes gides, il se montrait peu favorable à l'éloignement de son usicien pour des concerts à l'extérieur de la ville. Comment cueillerait-il ce plan d'une tournée de plusieurs mois ? ssurément par un refus.

Salzbourg, alors ville d'Allemagne en ce 18e siècle, était la pitale d'une principauté ecclésiastique, un territoire dont le igneur était un prélat. Ce prince de l'Église disposait de uvoirs et responsabilités spirituels, tels le salut des âmes et maintien de l'acte de foi et des traditions religieuses, ainsi ue de pouvoirs temporels sur les personnes et les biens garçon, il fut fait membre de l'ordre de l'Éperon des mains du pape la croix entourée de huit qui le symbolisait et qui était réservée aux exceptionnelles.

La mémoire eidétique dont il bénéficiait, ce retenir les visages, les sons et les images rapid que cette oreille absolue, capable de rejouer une une seule écoute, de détecter la moindre inc moindre confusion, avaient largement contribué sa jeune carrière. Pourtant, il le comprenait mai aptitudes le rendaient peut-être moins tolérant musicales, et donc plus susceptible de critiquer fallait plusieurs répétitions pour parvenir au m que lui. Il devait démontrer davantage de patienc gence, surtout envers ses jeunes élèves.

Il regrettait de s'être emporté un peu plus t sement, il s'était repris à temps et la fillette ne s lui en tenir rigueur. Cette dernière, tout comme comptait sur lui pour l'aider à s'améliorer. Âgée peine, elle était encore très jeune et était doté talent, qu'il pouvait assurément contribuer à davantage.

Parvenu au mur à fenêtres, Amadeus Mo coup d'œil attendri à sa jeune élève. La petite tête penchée au-dessus des notes pendant que ses do couraient de façon plus harmonieuse. À chacun vements, les tresses de la fillette bougeaient dan

Le maître l'encouragea d'un compliment sin détournant des prouesses de l'enfant, de laquell que distraitement les essais, il en revint à l'idée cupait par intermittence. Reconnaissant que cet d'ordre juridique, économique et social. La principauté comprenait un diocèse et faisait partie du Saint-Empire germanique, un regroupement politique de terres de l'Europe occidentale. Salzbourg, ville natale de Wolfgang Amadeus Mozart, tout comme les villes de la région de Bavière, était incluse dans le Saint-Empire.

Elle était gouvernée, dirigée et administrée par le prince-archevêque Hieronymus Joseph Franz von Colloredo, ancien évêque de Gurk promu à ce poste. Il exerçait plusieurs fonctions ecclésiastiques et, pour le bien de son archidiocèse, pouvait aussi décider pour le pape si ce dernier se trouvait dans l'incapacité de donner son accord.

Les rapports entre le musicien et le fidèle du pape ne pouvaient être qualifiés de très cordiaux, et s'il fallait en plus qu'il arrive tout trempé à la cathédrale, Mozart sentirait sa crédibilité ruinée. Il devait se montrer confiant et irréprochable s'il voulait le convaincre de lui permettre l'absence prolongée qu'il envisageait.

Wolfgang comprenait l'immense charge de travail qui incombait au prince-archevêque. Toutefois, il aurait aimé qu'il le soutienne davantage dans ses projets, qu'il se montre fier du talent de son maître de chapelle. Or, c'était tout le contraire, et monseigneur Colloredo semblait même parfois prendre plaisir à le rabrouer, à le diminuer.

Mozart fut soudain arraché à ses pensées par un attroupement qui se forma dehors et qui attira son attention. À l'extrémité ouest de la place du marché s'assemblait un groupe, au milieu duquel se tenait un homme au chapeau noir. Les bras de l'une levés vers le ciel, la main d'un autre pointée vers le centre de la place et les hochements de tête vigoureux de plusieurs indiquaient que se tenait certainement là une discussion animée. Une femme, transportant plusieurs paquets, s'éloigna et prit la direction d'une ruelle opposée à la demeure des Mozart. À part ce groupe et quelques individus auxquels il ne porta qu'une vague attention, la place était pratiquement déserte. Si les nuages gris restaient au-dessus de Salzbourg, la pluie ne se manifestait toujours pas.

Derrière lui, la jeune fille eut une fausse note, qui le fit à peine sourciller et qu'il se contenta de remarquer avant de reprendre le cours de ses réflexions, tout comme sa marche dans la pièce.

Mozart n'aimait plus autant qu'avant sa charge de maître de concert pour monseigneur Colloredo. Ce dernier lui laissait moins de liberté qu'auparavant dans son rôle d'élaboration et de prestation des concerts pour les cérémonies religieuses. Il imposait à Mozart la teneur des compositions qu'il devait effectuer et le traitait davantage en tant qu'homme à tout faire, privé des responsabilités et de l'autonomie pour lesquelles il avait été engagé. De plus, le salaire qu'il en retirait n'était pas à la hauteur des tâches qui lui étaient attribuées, ce qui contrariait énormément le compositeur.

Comme on l'avait loué à maintes reprises au cours de ses multiples concerts et de ses tournées lors des années précédentes, Wolfgang Amadeus réprouvait ce traitement injuste. Non pas parce qu'il désirait s'élever au-dessus des autres, mais parce qu'il croyait en son potentiel et jugeait mériter davantage de respect et d'avancement. La possibilité de développer sa carrière et d'améliorer sa situation lui viendrait par des séjours dans de grandes villes où la musique était omniprésente et vénérée, où se trouvaient de meilleures écoles, des villes qui attiraient quantité d'interprètes et de compositeurs de grande renommée. Salzbourg, qui ne possédait pas les ressources nécessaires, lui apparaissait trop petite pour ses ambitions.

Au peu de liberté que comportaient ses tâches routinières s'ajoutaient les multiples reproches liés à ses départs répétés au cours des dernières années. Il s'était rendu à Vienne avec son père pour y chercher de meilleures perspectives, et plusieurs fois en Italie parfaire ses études sur l'opéra italien, lesquelles avaient été entreprises à Paris en 1766 auprès de son mentor, Johann Christian Bach, le fils de Jean-Sébastien du même nom. Au cours de leurs leçons, une amitié sincère s'était développée entre eux. Ils s'écrivaient régulièrement, échangeaient de précieux conseils et se voyaient dès que leurs itinéraires de voyage se croisaient.

Les services de Wolfgang étaient aussi requis dans d'autres villes, où des offres intéressantes d'écriture et de performances lui étaient proposées. Le jeune musicien, souhaitant à la fois progresser et honorer ces demandes, parvenait de plus en plus difficilement à garder son calme devant l'attitude fermée et désagréable de son supérieur.

Le clavecin émit alors quelques belles notes, dont la pureté dans l'exécution surprit Mozart, tiré de ses pensées un instant, étonné de se rappeler l'époque lointaine de ses balbutiements musicaux. Cette petite avait un talent certain. Loin d'égaler le sien, qui était prodigieux, il lui permettait d'espérer une ambitieuse carrière. Il en revint toutefois rapidement à ses préoccupations premières.

Son père, Leopold, lequel exerçait le travail de vice-maître de chapelle pour Colloredo et à qui il s'était confié, lui avait suggéré de se montrer plus patient. Demander un long congé pour lui-même et son père, qui l'accompagnerait, achèverait sûrement de miner leur relation avec le prince-archevêque, et la famille avait besoin du peu d'argent que leur procuraient leurs emplois.

Toutefois, s'il ne songeait qu'à sa propre carrière, à ses rêves, et moins aux besoins familiaux, il n'avait pas d'autres options que de partir. Rester sous la direction de Colloredo le privait de possibilités de se faire valoir.

Les invitations qu'il avait reçues contribueraient non seulement à accroître largement la visibilité de ses œuvres, mais aussi à lui faire voir plus grand. Le duc Maximilien III de Bavière l'avait convié à venir jouer à Munich, tout comme l'avait fait le comte palatin du Rhin, Charles-Théodore, pour un événement spécial. Melchior Grimm, critique littéraire jouissant d'importants contacts, installé à Paris et devenu un ami lors du dernier séjour des Mozart dans la ville française, lui avait également promis plusieurs contrats de composition. Celui-ci ainsi que les autres mécènes qui attendaient des réponses et des créations s'étaient montrés suffisamment patients, avait décidé Mozart.

Honorer les offres déjà reçues, provoquer d'autres invitations et composer des œuvres ou des opéras à la demande de personnes influentes lui demanderait un certain temps dont il ne disposait pas sous les ordres du prince-archevêque Colloredo. Le jeune prodige avait déjà quelques opéras à son actif et il adorait en créer. La popularité de certains d'entre eux, dont *Bastien et Bastienne,* qu'il avait écrit en 1768 alors qu'il n'était âgé que de douze ans, et *La fausse jardinière,* composé en 1775, lui donnait l'envie et la motivation nécessaires pour en créer d'autres. Il souhaitait ardemment vivre de sa musique, profiter de ses talents.

Wolfgang se demandait encore quels mots utiliser pour convaincre Colloredo de lui laisser une autre chance, lorsque la fillette joua ses dernières notes. Du haut du troisième étage, où se trouvaient ses appartements, il jeta un dernier coup d'œil à la rue. Comme lui, beaucoup s'inquiétaient de la pluie à venir. À preuve, la place centrale s'était vidée davantage depuis son dernier regard à la fenêtre. Ne restaient plus que quelques badauds pressant le pas.

Il revint vers son élève et effleura la manche de la robe rose qui lui recouvrait le bras afin d'appuyer ses encouragements d'une démonstration physique.

— Bravo, c'était beaucoup mieux !

Et il était sincère. Même d'une oreille distraite, il savait que son élève n'avait joué qu'une seule fausse note. Elle lui offrit un sourire en guise de remerciement.

— Pour le reste de la leçon reprit Mozart, vous sentez-vous d'attaque pour jouer une ou deux de mes sonates ?

L'enfant acquiesça avidement de la tête, mais rappela à son maître qu'elle ne les connaissait pas par cœur. Ayant devancé cette difficulté, il cherchait déjà des partitions dans le tiroir d'un petit bureau. Il en extirpa quelques feuilles, sur lesquelles il avait rapidement gribouillé les notes. Il déposa les premières sur le lutrin du clavecin.

— Voici des partitions, dont ma sonate pour piano en ut majeur. Avec celle-ci, vous en aurez pour une quinzaine de minutes. Jouez d'abord la sonate, vous l'aimerez, ajouta-t-il en plaçant les feuilles à plat sur le dessus du piano. Vous attaquerez ensuite l'autre pièce, un peu plus difficile, s'il reste du temps à la leçon.

La fillette effectua un léger signe de tête. Après avoir parcouru avec attention la partition de la sonate, elle plaça les feuilles sur le petit lutrin devant elle. L'élève posa ensuite délicatement ses mains sur le clavier. Avant de commencer, elle prit une grande inspiration. La voyant nerveuse, Mozart intervint :

— N'ayez crainte, Carlotta, je ne vous jugerai point sur votre façon de jouer mon œuvre. Je vous demande seulement de vous y essayer pour répéter, le temps que se termine la leçon. Vous en êtes largement capable.

— Si vous le dites, monsieur Mozart. Merci tout de même de me faire confiance.

Les notes, celles d'une mélodie qu'il connaissait très bien, s'élevèrent à nouveau dans le grand salon. Le professeur s'adossa au mur puis ferma les yeux. C'était la première fois que quelqu'un d'autre jouait une de ses compositions, outre son père ou sa sœur, qu'il appelait affectueusement Nannerl.

Nannerl ! songea-t-il avec fierté. Aussi blonde que lui, elle aussi possédait un immense talent. Beaucoup de gens l'avaient découvert lors de leur grand tour familial. Plus âgée que lui de sept ans, elle était maintenant considérée comme trop vieille pour se produire dans une tournée. Mariée depuis peu, sa jolie et raisonnable sœur s'était résolue à ne jouer d'un instrument que pour le plaisir, et ce, dans l'intimité, chez elle, auprès de sa famille. Si Wolfgang trouvait dommage qu'il en soit ainsi, Maria Anna, dite Nannerl, n'en ressentait que très peu d'amertume. Cependant, elle ne se privait pas d'encourager son frère à exploiter ses dons.

Malgré leur différence d'âge, le frère et la sœur avaient toujours eu une belle complicité. Après son récent mariage, Nannerl et son époux s'étaient établis dans un petit village rural à six heures de route de Salzbourg et Mozart regrettait de ne plus la voir et de ne pouvoir se confier à elle autant qu'il le souhaitait. Il aurait bien aimé lui faire part du tourment causé par le dilemme qui l'habitait. Elle aurait certes trouvé les mots pour le rassurer.

Reportant son attention vers son élève, il regarda les petits doigts courir sur le clavier du clavecin. Il perçut des hésitations dans l'interprétation, mais n'en dit rien, pas plus qu'il ne chercha à la réprimander pour de subtiles erreurs. Il se contenta d'écouter et de savourer l'instant avec émoi. Il se refit la réflexion que la fillette, qui jouait cette pièce pour la première fois, possédait un réel talent.

Après deux ou trois minutes d'écoute, un bruit sourd à la porte les avertit qu'un visiteur attendait qu'on lui ouvre. Mozart ne se laissa pas distraire. Les servants de la maison répondraient bien. Pourtant, ce petit bruit reprit au bout de quelques secondes. Irrité de se faire interrompre dans son enseignement, il n'eut d'autre choix que d'aller vers le visiteur.

— Ne cessez pas de jouer. Vous le faites très bien, Carlotta. Je reviens dans peu de temps.

Agacé par le dérangement que l'intrus provoquait, il se dirigea vers la porte d'entrée, située au bas de l'escalier intérieur. Les notes du clavecin lui parvenaient encore à l'oreille lorsqu'il mit la main sur la poignée de la porte. Déjà frustré par sa difficile rencontre à venir avec le prince-archevêque, il espérait se débarrasser rapidement de ce visiteur inopiné qui perturbait la fin de la leçon. Il tourna la poignée, espérant que ce désagrément de dernière minute ne s'étire pas suffisamment pour retarder sa rencontre avec son supérieur.

Toutefois, lorsque la porte fut grande ouverte, il ne put retenir une exclamation de surprise. Ce n'était pas un visiteur qui se tenait devant lui, mais une visiteuse. Jeune et très jolie, de surcroît.

• • •

De la robe, dont le haut était caché par le mantelet noir, il ne voyait que la longue jupe violette. Toutefois, ce ne fut pas la mise de celle qui se tenait sur le seuil qui capta d'abord son attention. De longues mèches de cheveux noirs et bouclés dépassaient de son capuchon, qu'elle s'empressa de retirer. Son teint rosi par la fraîcheur du jour ainsi que ses yeux aussi verts qu'une feuille de menthe le laissèrent sans mot. Au bout de plusieurs secondes, l'inconnue, voyant que l'homme ne l'invitait pas à entrer, décida de rompre le silence.

– Bonjour, monsieur. Cette mélodie au clavecin est vraiment charmante. Pardonnez-moi, je vois que je vous dérange, s'excusa-t-elle en levant les yeux vers le haut de l'escalier, d'où lui parvenait la délicieuse musique.

– Non, bien sûr que non, vous ne dérangez pas, répondit enfin Mozart, sortant de son hébétude. J'étais à donner une leçon de piano, qui s'achève en fait. C'est plutôt moi qui devrais m'excuser de ne montrer aucune bonne manière. Permettez-moi de me reprendre et laissez-moi vous inviter à entrer. C'est que, voyez-vous, vous m'avez surpris. Je n'attendais pas de visiteur, et encore moins une jeune femme que je ne connais point. Vous n'habitez pas Salzbourg, n'est-ce pas ? Si je peux me permettre cette hypothèse.

Il aurait assurément remarqué cette beauté si elle s'était déjà trouvée dans la région. Des rumeurs à son sujet auraient également circulé. Cette femme si belle ne serait pas passée inaperçue. La gent masculine, du moins, se serait plu à parler de cette délicieuse créature, songea Mozart en la regardant entrer chez lui et s'installer à quelques pas de lui.

– C'est donc à mon tour de me présenter. Il est d'usage, puisque je suis celle qui a frappé à votre porte, que je vous informe sur ma personne ainsi que sur la raison de ma présence ici. Je m'appelle Maria Amalia. Je viens d'Italie, mais ma famille est allemande et je suis venue à Salzbourg pour m'installer dans la région, dit-elle avec ce charmant accent italien que Wolfgang avait rapidement décelé.

Puis elle présenta sa main gantée à baiser, une fois qu'il eut refermé la porte derrière elle sur une dernière bourrasque s'engouffrant dans la bâtisse.

Avec elle était entré un doux parfum de fleurs des champs, que Wolfgang aurait volontiers humé à plusieurs reprises. Il aurait préféré ignorer la bienséance et passer tendrement sa main sur le beau visage de la jeune femme. Il accepta toutefois en souriant la main tendue et la porta à sa joue, se limitant à la frôler comme l'exigeait l'étiquette et à respirer l'odeur de fleurs que la proximité de son bras lui offrait. Il ne succomba pas plus à son désir de tenir plus longuement la main de cette belle inconnue et, à regret, la lui rendit rapidement.

— Vous êtes donc une voyageuse ! Mes hommages, mademoiselle. À moi de me présenter maintenant. Je suis Wolfgang Amadeus Mozart.

— Oui, je le sais, affirma Maria Amalia d'un ton un peu timide en clignant une fois des yeux. On parle beaucoup de vous et de votre immense talent, en Italie comme ici, je suppose. On a dit que vous en aviez impressionné plus d'un lors de votre tournée dans plusieurs pays d'Europe en compagnie de votre père et de votre sœur aînée. Vous auriez même gagné les faveurs du pape. C'est bien vous qui avez joué le *Miserere* après une seule écoute, n'est-ce pas ?

— En effet, il s'agit de moi, répondit Wolfgang, à la fois un peu confus et fier de cette célébrité. Bien sûr, vous connaissez sans doute mon nom et ma réputation. Je dois avouer qu'il m'est encore difficile de réaliser qu'on sait qui je suis, moi, simple habitant de Salzbourg, tout au plus capable de bien jouer de la musique.

— Ne soyez pas si humble. Votre talent et votre merveilleuse réputation sont tout à votre honneur. J'aimerais bien, d'ailleurs, pouvoir profiter de vos compétences et vous entendre jouer une de vos créations un de ces jours.

Voyant cet aveu comme une éventuelle possibilité de revoir cette sublime jeune femme, Wolfgang Mozart ne se fit pas prier pour acquiescer à cette demande, insistant sur le fait que le plaisir serait pour lui. Peu importait la raison de sa venue à sa porte, il aurait bien aimé prolonger la visite de la jeune femme et lui offrir de jouer pour elle après la leçon. Il savait pourtant ne pas en avoir le temps : son horaire était trop chargé.

Plutôt surpris qu'elle le subjugue déjà autant, il se sentait embarrassé à l'idée d'aller trop rapidement. Il devait toutefois s'avouer que le projet d'une prochaine rencontre lui souriait énormément.

— Mais bref... Pour l'heure, pouvez-vous me renseigner sur la raison qui vous a amenée jusqu'ici ?

— Ah, quelle étourderie de ma part ! Je venais m'enquérir de vos disponibilités pour enseigner à ma petite sœur.

— Dans ce cas, il est de ma responsabilité de prendre certains renseignements d'abord. Laissez-moi délivrer ma pupille de sa leçon et je suis à votre disposition.

À ces mots, il entendit les premières notes de la toute dernière partie de sa composition. Carlotta achevait de jouer la sonate et s'était très bien débrouillée, jugea Wolfgang.

— Non, n'en faites rien, s'empressa-t-elle d'implorer en posant une main sur le bras du musicien. Laissez-la terminer, je vais attendre dehors.

Ce contact, pourtant si bref, lui procura une douce chaleur à travers le corps. Il garda cependant contenance et ne laissa rien paraître de l'effet que la charmante dame au mantelet noir produisait sur lui.

— Je ne puis me permettre de vous laisser dehors par ce mauvais temps qui s'annonce. Je vais au moins vous trouver un siège.

— J'insiste. Ne vous dérangez pas pour moi. Poursuivez votre leçon. Vous m'avez dit qu'elle achevait, n'est-ce pas ? Je peux patienter quelques minutes et je serai plus à l'aise à l'extérieur.

Par respect pour elle, Mozart ne voulut pas la contredire davantage. Cependant, il trouvait difficile de laisser dehors cette jeune et jolie personne, avec le remords de la livrer peut-être à la pluie.

Constatant combien il voulait la faire patienter à l'abri et devant l'air penaud qu'il affichait, Maria Amalia le rassura encore. Elle réitéra son désir d'attendre dehors afin que ni lui ni l'enfant ne se sentent pressés de terminer la leçon devant durer encore quelques minutes.

Wolfgang voyait bien qu'elle attendait qu'il obtempère et qu'il l'accompagne vers la sortie. La pensée de la revoir après la leçon et de planifier un éventuel rendez-vous pour lui jouer une de ses pièces lui facilita la tâche.

— Je n'aime toujours pas l'idée de vous savoir à l'extérieur par ce temps, mais si vous insistez… Cependant, promettez-moi de bien vouloir entrer si la pluie se met à tomber. Il me serait embarrassant de savoir votre jolie personne toute trempée.

— Promis, répondit Maria Amalia, enfin soulagée que le musicien cesse d'insister.

Devinant bien que ce souci pouvait trahir une attirance, Maria Amalia cacha pourtant sa joie, se contentant d'un demi-sourire. Le musicien ne pouvait pas comprendre ce que leur échange représentait pour elle.

Elle s'empressa de le remercier et de le saluer puis sortit rapidement, l'empêchant d'ajouter quoi que ce soit. À ses yeux, c'était une bonne première rencontre et il lui fallait s'en tenir là pour le moment. Il lui avait démontré un certain intérêt et elle ne pouvait demander mieux pour une première fois. Pour s'assurer de sa confiance, mieux valait procéder progressivement.

De son côté, Mozart fut un peu sidéré par la courte scène qui venait de se jouer devant lui. Bien que la rencontre fût brève, il savait déjà une chose : à peine était-elle entrée dans sa vie qu'il ne souhaitait pas la voir en ressortir. Humant encore l'odeur de la belle flottant dans le hall d'entrée, il s'empressa de rejoindre la jeune Carlotta.

En montant l'escalier de bois, il secoua la tête et se sourit à lui-même, se plaisant à constater à quel point Maria Amalia lui plaisait déjà. Le jeune musicien avait cru deviner un sourire sur le visage de la visiteuse à la perspective d'une prochaine rencontre. Il était déjà impatient de la revoir, même si ce n'était que quelques minutes plus tard, une fois la leçon de Carlotta achevée.

Bien qu'à son jeune âge il s'intéressât naturellement aux dames, il était d'abord occupé par ses propres leçons, ses concerts et ses tournées, au point qu'il n'avait eu que peu d'occasions de converser seul avec elles. Et lors de ces quelques fois, aucune ne l'avait intéressé ou attiré à ce point. La rencontre qu'il venait de vivre avec Maria Amalia le bouleversait énormément.

Sa douceur, sa beauté, sa vivacité et ses bonnes manières, car il ne doutait pas qu'elle fut bien éduquée, l'avaient énormément marqué. Si certaines demoiselles avaient su capter son intérêt, il espérait à présent pouvoir se consacrer à Maria Amalia seule, et celle-ci lui en avait fait comprendre la réelle possibilité.

Cependant, il ne savait toujours pas quoi en penser lorsqu'après la leçon, il sortit en compagnie de la petite Carlotta. La bruine qui tombait alors avait fortement réduit le nombre de passants dans la rue et sur la place commerçante. Parmi les deux ou trois personnes qui s'y hasardaient encore, il ne distingua personne portant une robe violette et un mantelet noir, pas plus qu'il n'en vit aux abords de la maison jaune, de chaque côté de sa porte d'entrée. Elle semblait partie, malgré la promesse qu'il lui avait arrachée de rentrer si la pluie se mettait à tomber.

D'un air à la fois confus et triste, il fixa la place sombre en haussant les épaules. La fillette courait déjà au-devant de la servante qui arrivait à sa rencontre pour la ramener à sa maison. Afin de vérifier si Maria Amalia était toujours dans les parages, il aurait souhaité crier le nom de celle qui n'avait pas quitté ses pensées depuis qu'il avait refermé la porte sur elle. Mais il n'en fit rien, trop sidéré.

Il devait cependant se rendre à l'évidence ; il n'existerait peut-être pas de suite entre lui et la belle aux yeux verts. Il avait examiné chaque portion de la place et n'avait aperçu aucune trace d'elle. Maria Amalia avait disparu, sans même fournir une adresse où la rejoindre.

Il désirait la revoir, mais à part cette vague promesse d'une prochaine visite, il ne lui restait rien d'elle. Elle ne lui avait laissé aucun indice susceptible de l'aider à la retrouver. Il n'existait aucune note sur le pas de sa porte, ni même de belles paroles qu'un messager aurait pu venir lui réciter de sa part.

Bien que surpris par la rapidité de leur apparition, Wolfgang réalisait les émotions que cette étrangère lui inspirait vraiment et se morfondait à l'idée de ne plus la revoir. Il regrettait de n'avoir pas davantage tenté de la convaincre de rester à l'abri, sous son toit. Pourtant, il était persuadé d'une chose : l'énigmatique Maria Amalia ne pouvait avoir réellement disparu. Elle reviendrait.

Parvenu chez lui, il referma la porte de la maison jaune en soupirant. Il se demanda si sa tristesse était exagérée, s'il était raisonnable de regretter la jeune femme à ce point. Il la connaissait à peine, ne lui avait parlé que quelques minutes. Même s'il l'espérait, Maria Amalia aspirait-elle autant à le revoir que lui ? Pouvait-il croire à la possibilité d'une nouvelle rencontre au hasard ?

Probablement que Maria Amalia avait eu une bonne raison de quitter la place commerçante rapidement. Il ne pouvait toutefois s'empêcher de douter un peu de cette possibilité. Malgré le déchirement qui le tourmentait, mieux valait demeurer réaliste, jugea le jeune homme. Peut-être qu'à part celui qu'elle éprouvait pour son talent de musicien, elle n'avait aucun intérêt pour le jeune homme qu'il était.

Alors qu'il s'apprêtait à monter au salon, il s'efforça de sourire à sa mère qui descendait vers lui, inconscient du spectacle navrant qu'il lui offrait. La pluie avait fait bien des ravages sur lui.

Les cheveux à peine grisonnants, les yeux pâles et vifs, souffrant d'un léger embonpoint à la suite de ses multiples grossesses dont seulement deux avaient été menées à terme, elle paraissait pourtant plus jeune que son âge. D'un pas rapide, la main tenant un pan de sa robe bourgogne, elle venait très certainement prendre des nouvelles de l'entretien que son fils avait eu avec son supérieur.

Soudainement pressé de lui en donner des échos, il ouvrit la bouche, mais n'eut pas le temps de placer un mot. Il ne s'attendait certes pas à se faire rabrouer sur un tout autre sujet.

— Ma foi, Wolfgang, tu es d'une inconscience ! Tu es tout trempé ! Quelle idée de sortir sans bien te couvrir par ce mauvais temps ! s'exclama Anna Maria en pointant du doigt le manteau presque complètement ouvert puis la perruque mal placée sur la tête.

Préoccupé par le résultat de sa rencontre à la cathédrale et ses inquiétudes à propos de la belle Maria Amalia, Amadeus en avait oublié sa perruque livrée aux éléments sans protection et ses manches dégoulinantes. Il n'avait pas plus porté attention à l'expression indignée de sa mère alors qu'il se tenait encore au pied de l'escalier. Sa mère, dont il tenait ses yeux bleus, était arrivée à sa hauteur et l'empêchait d'avancer plus loin, en lui enfonçant un poing fermé sur le torse. Elle poursuivit ses remontrances en lui tirant sur les manches pour l'obliger à retirer son épaisse veste trempée.

— … mouiller le parquet… tomber malade…

N'écoutant qu'à demi les doléances de sa mère, Anna Maria, le jeune Mozart songeait aux troubles à prévoir avec l'archevêque, mais plus encore à la peine immense qui le submergerait s'il devait effectivement ne plus jamais revoir

Maria Amalia. Il ignorait cependant à quel point l'imprévisible jeune femme n'avait pas fini de le surprendre.

• • •

La robe verte, ceinte d'un ruban noir à la taille, lui allait à ravir. Pour l'occasion, elle avait revêtu ses plus beaux vêtements. Ses cheveux remontés lui donnaient l'air d'une noble dame. Satisfaite de l'image que lui renvoyait le petit miroir au-dessus de la coiffeuse, elle sourit.

Elle quitta ensuite la pièce, dans laquelle elle habitait depuis la veille, afin de descendre rejoindre celui qui lui avait donné rendez-vous dans la grande salle de l'auberge. Il avait pris soin d'effectuer la réservation pour elle et lui avait versé d'avance la somme requise. Une semaine auparavant, alors qu'elle l'avait quitté pour venir dans la ville où résidait Mozart, cet homme l'avait assurée qu'il la retrouverait plus tard. Il lui tardait de le revoir, mais ce n'était pas parce qu'il avait pris en charge son séjour à Salzbourg.

Parvenue au pied de l'escalier qui menait à la grande salle, elle le chercha du regard. En cet après-midi, plusieurs hommes s'étaient déjà attablés.

Les tables étaient diversement occupées : une par un couple, trois par des groupes d'hommes dont certains déjà à moitié ivres se montaient un peu bourrus. Une seule ne comptait qu'un convive. Ce ne pouvait être que lui. Installé à une table au fond de la pièce, il lui faisait dos. Le cœur de Maria Amalia se mit à battre plus fortement.

Bien qu'elle ait trouvé le musicien plutôt gentil et plus beau qu'elle ne l'aurait cru, ce n'était pas à lui qu'elle préférait plaire, même s'il devait en être ainsi. Aller chez Mozart à la demande de celui qui l'attendait dans la grande salle était un premier pas vers l'atteinte de son objectif. En effet, elle espérait que lui obéir lui porterait éventuellement fruit.

— Monsieur Santini ?

L'homme interpellé posa sa tasse, dans laquelle il venait de boire, puis se leva pour prendre la main de la dame en vert. Elle put ainsi détailler sa mise. Sa chemise blanche à jabot était recouverte d'une redingote marine. Ses bas de soie blancs s'arrêtaient sous les genoux, là où commençaient ses culottes moulantes noires. Elle remarqua au cou un ruban noué, assorti à la veste. Cette tenue seyait très bien à son teint pâle et à ses cheveux noirs, qu'il laissait libres tant il détestait les perruques.

Le cœur amoureux de la jeune femme fit un autre bond, plus fort encore que le premier. Elle le trouvait si beau, si élégant dans cet habillement ! Les jours où elle était à son service, il s'habillait plus simplement. Elle lui tendit sa main nue à baiser, avec l'intention qu'Antonio Santini lui touche la peau. Le contact fut bref, mais non sans importance pour elle.

— Ah, mademoiselle Maria Amalia ! Quel plaisir de vous revoir et de pouvoir enfin entendre les nouvelles que vous m'apportez ! Prenez place, je vous en prie.

L'homme, musicien talentueux, originaire du même pays qu'elle, parlait aussi avec un fort accent italien. Cependant, au contraire de Maria Amalia, il maîtrisait moins bien la langue allemande, ce qui limitait les offres de composition qu'on pouvait lui adresser ici.

La jeune femme le remercia de cette invitation, puis s'exécuta. Lorsqu'elle fut confortablement assise, l'homme vint droit au but sans même songer à lui offrir à boire ou complimenter sa mise. Maria Amalia s'était tant appliquée à la parfaire qu'elle fut déçue qu'il ne lui accorde pas cette importance ; toutefois elle ne laissa rien paraître. Ce n'était pas la première fois qu'il semblait indifférent à ses charmes, mais elle saurait bientôt capter son intérêt.

— Alors, étiez-vous au bon endroit ?

— Effectivement, monsieur. Comme vous l'aviez pensé, Wolfgang Amadeus Mozart habite bien la maison jaune de la Getreidegasse. J'ai même parlé avec lui. Il achevait de donner une leçon et il m'est apparu prêt à prendre d'autres élèves.

— Parfait, c'est encore mieux. Et a-t-il semblé s'intéresser à votre personne ?

Cette question la déconcerta pendant un instant. À la demande d'Antonio Santini, Maria Amalia avait fait le voyage depuis Vienne afin de vérifier où résidait le musicien Mozart. Si l'amadouer par sa beauté afin qu'il se sente en confiance pendant l'entretien avait été suggéré, il n'avait pas été question d'autre chose que de curiosité à l'égard d'un homme qui démontrait un talent exceptionnel. Que pouvait donc manigancer son patron en souhaitant que Mozart porte intérêt à elle, à la personne qu'elle était et non à sa seule beauté ?

La jeune femme aimait constater combien elle plaisait aux hommes qu'elle rencontrait. Cela lui permettait d'espérer que l'homme tant convoité lui démontre un jour plus d'intérêt : si elle arrivait à en charmer plusieurs et à provoquer chez Antonio une pointe de jalousie, il finirait par lui succomber.

À la satisfaction de sa vanité, elle avait effectivement décelé un intérêt certain du musicien envers elle. Mais comme elle était éprise d'Antonio Santini, elle s'attristait qu'il souhaite la détourner de lui pour la jeter dans les bras d'un inconnu. Pourtant elle n'en montra aucun signe et, en guise d'explications, décrivit plutôt sa visite à la maison jaune.

Elle raconta la manière dont s'était déroulée sa rencontre avec Mozart. Elle avait d'abord été grandement surprise que le musicien lui réponde en personne. Elle s'était attendue à ce qu'un domestique lui confirme si les Mozart habitaient ou non ce bâtiment. Elle s'était donc préparé un petit discours en conséquence, qui lui aurait permis de prendre un rapide congé sans paraître insolente.

Mais puisque Wolfgang avait lui-même ouvert la porte, il lui avait fallu réfléchir à toute vitesse à une tout autre explication de ce qui l'amenait sur le pas de sa porte. D'abord embarrassée, la belle avait trouvé un bon prétexte pour ne pas entrer, puis s'était enfuie dès qu'il avait eu le dos tourné, non sans une pointe de culpabilité. Elle omit toutefois de dévoiler ce détail à l'homme assis devant elle, puisqu'elle se contenta de raconter qu'elle avait pris congé sous prétexte qu'il donnait une leçon. Ce qui n'était pas tout à fait faux.

Antonio Santini se montra satisfait de ce résumé, mais insista sur son interrogation demeurée sans réponse. Mozart avait-il semblé s'intéresser à elle ?

Maria Amalia avait espéré qu'il oublie sa question. Apparemment ce n'était pas le cas. Elle hésita encore une seconde. Elle cherchait à comprendre son interlocuteur. Pour quelle raison lui fallait-il à ce point capter l'intérêt de Mozart ? En aucun temps, Antonio n'avait auparavant exigé d'elle qu'elle charme son rival. C'était plutôt son intérêt qu'elle souhaitait susciter et elle n'avait qu'une envie : le lui avouer. La belle décida donc de ne pas tout lui dire. Elle minimisa l'effet qu'elle avait sans doute eu sur Mozart afin de laisser à

Antonio tout l'espace nécessaire s'il se décidait à lui faire la cour.

— Mozart, s'intéresser à moi ? Intéressé serait un bien grand mot, commença-t-elle enfin. Je pourrais toutefois vous répondre par l'affirmative, puisqu'il a semblé ouvert à une prochaine rencontre, mais je ne puis dire à quel point il l'est vraiment. Selon ses propres mots, la perspective d'éventuellement jouer pour moi une de ses compositions lui souriait.

— À la bonne heure, c'est un excellent début, fit-il avec un grand sourire de satisfaction, ce qui acheva de préoccuper Maria Amalia.

Elle le regarda prendre une gorgée de son thé, espérant qu'il pense enfin lui en offrir un. Il ne lui rendit pas pareille politesse, mais elle lui pardonna cet oubli. Il avait tant d'autres qualités qui l'attiraient.

Après avoir hésité, elle allait lui demander des explications sur ses demandes, lorsqu'il daigna enfin l'éclairer.

— Vous allez le revoir, assurément, et devrez créer un lien fort avec lui. Agissez de sorte qu'au fil des semaines, il ne puisse se passer de vous.

— Un lien fort ? Ne pas se passer de moi ?

— Effectivement. Bien sûr un très fort lien d'amitié serait acceptable, mais si, au mieux, il devient amoureux de vous, il vous vouera une confiance aveugle.

Stupéfaite, la jeune femme se répétait cette dernière phrase, ne comprenant toujours pas où l'homme voulait en venir. Il lui avait signifié désirer en connaître un peu plus sur ce jeune talent en satisfaisant sa curiosité à propos de l'endroit où il demeurait. Maria Amalia lui en avait confirmé l'emplacement, et lui avait appris qu'il offrait des enseignements malgré son jeune âge. La curiosité de son bel Italien d'origine n'était-elle pas satisfaite de telles informations ? Pourquoi voulait-il en savoir plus ? Pourquoi cette soudaine volonté que Wolfgang Mozart s'amourache d'elle ?

Elle n'avait aucune envie de passer davantage de temps avec ce Mozart pour que celui-ci s'intéresse à elle et qu'il s'en entiche. Pour ce faire, elle devrait prolonger son séjour à Salzbourg et donc se séparer plus longuement de son secret amour, lequel retournerait incessamment à Vienne, sous les services de l'empereur Joseph II de Lorraine.

C'est d'un homme tel qu'Antonio Santini qu'elle attendait l'amour. Pas d'un jeunot à la maturité douteuse. Pourquoi ne voyait-il pas son intérêt à elle ? Était-il aveugle à ce point ? Santini s'était uni à une femme, certes, mais c'était avant de la rencontrer, elle, Maria Amalia. Cette dernière ne voyait pas, dans ce mariage, d'obstacle à un amour réciproque, car elle ne désespérait pas qu'il l'aime un jour. Il lui tardait simplement que ce jour survienne.

Et d'ailleurs, pourquoi lui fallait-il absolument gagner la confiance du jeune musicien à l'aide de la séduction ? En considérant la manière impolie dont elle avait pris congé de lui, elle redoutait les reproches qu'il lui servirait. Et possiblement ne voudrait-il tout simplement pas la revoir ! Elle ne voyait qu'un moyen d'éviter ce difficile traitement : mentir à nouveau à Mozart pour lui expliquer la raison de sa fuite.

De celle-ci, Antonio n'avait aucune idée. Lorsqu'elle avait accepté d'aller vérifier l'adresse de Mozart pour Antonio Santini, la jeune femme avait cru qu'il n'exigerait d'elle rien de plus. Elle s'était donc exécutée sans le questionner, pour lui plaire, par amour pour lui. Maintenant, elle comprenait bien que Santini ne s'arrêterait pas là. Sa curiosité sur la vie d'Amadeus Mozart devenait une sorte d'obsession visant peut-être un but précis. Mais elle n'osa exiger plus de détails de lui. Elle n'avait pas envie de connaître la raison d'une telle demande.

S'il lui fallait revoir Mozart, Maria Amalia devrait effectuer une honteuse démarche pour qu'il lui pardonne son brusque départ et cela lui répugnait. Pourtant, en fixant l'homme assis en face d'elle, Maria Amalia ne put s'empêcher de songer qu'elle pourrait ne plus le revoir si elle le contrariait. Ce dilemme la gardait muette.

— Évidemment, cette demande de nouer une relation avec Mozart peut vous paraître étrange, commença-t-il devant son mutisme, comme s'il devinait le trouble qui l'habitait. Sa popularité est grandissante. Des commandes considérables, provenant de personnes très influentes, pourraient lui être offertes. S'il les acceptait, cela nuirait à n'importe quel musicien dont la réputation est déjà établie. Il est doté d'un grand talent, mais ne possède pas suffisamment d'expérience pour bien gérer les demandes qui lui parviendront. Il semble dévoré d'ambition et impatient. À mon avis, son père ne sait pas très bien mener sa carrière. Pour son propre bien et pour celui de plusieurs, il doit éviter de prendre une place que d'autres ont largement méritée avant lui. Si vous êtes, disons, en très bons termes avec lui, il sera plus aisé de lui soutirer des confidences sur ses projets à venir. À travers vous et votre influence, nous pourrons ainsi le guider vers de meilleures décisions pour lui, sans léser quiconque. S'il vous estime suffisamment, il vous écoutera !

Pour la première fois, Maria Amalia doutait de la sincérité de Santini. Disait-il vrai ou cherchait-il plutôt à se protéger, lui ou quelqu'un d'autre, du talent grandiose d'Amadeus Mozart, dont l'envol menaçait leur position ? Mesurait-il ses mots dans le but de ne pas l'effrayer, de ne pas heurter ses valeurs afin qu'elle accepte d'accomplir la mission pour laquelle il l'avait envoyée à Salzbourg ?

Elle promena son regard sur Santini, sur ses beaux cheveux noirs dans lesquels elle désirait enfouir ses mains, ensuite sur son menton volontaire qui lui donnait cet air si sûr de lui, puis elle l'arrêta enfin dans les yeux noirs qui l'enveloppaient. Santini souhaiterait-il se noyer dans les siens un jour ? Voudrait-il l'entourer de ses bras puissants et la bercer contre lui ? Rêvait-il d'elle comme elle rêvait de lui ?

Depuis qu'elle l'avait rencontré, quelques mois auparavant, elle ne cessait d'y penser, cherchant des signes d'intérêt qu'il ne daignait montrer. Cette escapade dans la ville de Salzbourg, qu'elle avait prévu terminer seule avec Antonio après avoir vérifié pour lui le lieu de résidence des Mozart, lui avait redonné espoir. Son épouse si loin de lui, Maria Amalia avait espéré qu'il se laisse tenter par les charmes qu'elle savait habituellement si bien démontrer. À présent, son assurance diminuait.

Il continuait de lui sourire en lissant sa moustache, attendant d'elle une réponse. Elle releva le menton et s'accorda un bref instant de réflexion. L'amoureuse fixa d'un air grave les beaux yeux noirs avant de laisser sa réponse franchir ses lèvres.

• • •

Après avoir subi le sermon de sa mère, laquelle l'avait aussi rapidement pressé de retirer ses vêtements mouillés pour en revêtir des secs, Wolfgang la rejoignit au salon afin de l'informer, comme promis, du résultat de la discussion avec son maître.

aucune n'apportait une solution parfaite. La tournée des Mozart restait en péril, d'où la colère de Leopold.

Sans doute pour aider sa réflexion, il résuma à nouveau la situation, commentée ou précisée à quelques reprises par Wolfgang. Le père était intervenu auprès du prince-archevêque Colloredo, mais ce dernier restait obstinément sur ses positions : puisque le jeune musicien tenait à effectuer sa tournée, il avait exigé sa démission. Il ne pouvait se permettre d'attendre que son maître de chapelle revienne, sans savoir combien de temps il serait parti.

Le prélat avait répété à Leopold ce qu'il avait annoncé à Wolfgang. Si le jeune Mozart décidait d'entreprendre sa tournée, il ne retiendrait plus ses services, pas plus qu'il ne le reprendrait sous son aile à son retour, comme il l'avait déjà fait. De plus, s'il prenait l'initiative de voyager à travers plusieurs villes, il devait le faire sans son père. Comme il avait besoin de l'argent que lui procurait ce poste pour financer le projet de son fils, Leopold devait s'en tenir à la décision de l'ecclésiastique.

Son épouse, laquelle s'était contentée jusque-là d'écouter les solutions imparfaites apportées, voyait combien l'inquiétude rongeait son mari. Elle tenta timidement de le rassurer.

– Si Wolfgang Amadeus tient à cette nouvelle expérience, si elle est justifiée pour faire évoluer sa carrière, qu'il démissionne et je l'accompagnerai. Ne laissons pas cette possibilité s'éteindre avec l'entêtement de monseigneur Colloredo.

Wolfgang et Leopold se tournèrent vers elle à l'unisson. Bien sûr, Anna Maria avait participé aux tournées lorsque ses enfants étaient plus jeunes. Toutefois, elle n'avait jamais géré les engagements des jeunes musiciens, ni veillé à leurs meilleurs intérêts comme Leopold savait si bien s'en acquitter.

– C'est une tournée dont on ne peut parfaire toute l'organisation avant de partir. Beaucoup d'événements imprévus nous forceront à réagir, protesta Leopold, très inquiet. Même s'il y a un itinéraire de départ, en cours de route d'autres options se mettront sur votre chemin. Qu'il s'agisse de s'arrêter dans de meilleures villes que celles prévues, d'engagements plus productifs à honorer, plusieurs décisions devront être prises. Il faut savoir se diriger vers…

– … les bonnes personnes, termina Anna Maria pour lui. Je sais. Dans le doute, je m'informerai auprès de celles que nous avons rencontrées auparavant. Je me souviens de Melchior Grimm, entre autres… Ce diplomate, homme de lettres et critique littéraire et musical qui nous avait si bien reçus à Paris. Tu pourras de toute façon aviser les personnes d'intérêt par courrier de notre arrivée prochaine et ainsi ils disposeront de temps pour préparer notre venue.

– C'est sans contredit ce qu'il est nécessaire de faire. Merci d'y avoir songé, toi aussi.

S'il ne doutait pas de la débrouillardise de son épouse, Leopold savait qu'elle ne pouvait se montrer aussi déterminée et exigeante envers ceux susceptibles d'aider la carrière de leur fils que lui-même pouvait l'être. Il s'inquiétait donc qu'Amadeus puisse rater quelques inestimables occasions. Aussi, il songea à la somme d'argent considérable nécessaire à cette entreprise. En honorant des contrats, son fils en paierait une part, mais lui seul pouvait leur procurer la majorité des fonds, qu'il leur enverrait, en conservant son emploi. Il pourrait diminuer le montant si Amadeus trouvait un poste lui permettant de subvenir à leurs besoins. En attendant, Leopold n'avait donc d'autre choix que de leur faire confiance.

Le jeune homme intervint à son tour :

— Père, par le service des messagers postaux, et à travers une étroite correspondance, nous vous informerons des progrès de nos activités et vous pourrez nous être utile et interagir à distance au besoin. Je pourrai également très certainement compter sur l'appui de notre ami musicien, le maître de chapelle Christian Cannabich à Mannheim.

Le fils constatait bien la seule option qui lui permettrait d'accomplir cette tournée, dans laquelle il fondait tant d'espoir, était que sa mère l'accompagne. Il espérait que sa réplique achèverait de convaincre son père, dont l'expression donnait à penser qu'il pencherait bientôt en leur faveur. La perspective d'un voyage avec sa mère ne lui déplaisait pas. Il lui tardait toutefois de terminer cet entretien.

Depuis le départ précipité de Maria Amalia, il songeait fréquemment à elle et espérait secrètement qu'elle vienne enfin lui expliquer la raison de cette fuite. Car il ne doutait pas qu'il en existait réellement une qui soit valable. Toute discussion qui l'éloignait de l'image de la demoiselle aux longs cheveux noirs ou l'empêchait de réfléchir aux moyens de la revoir le lassait rapidement.

— Soit, trancha finalement l'époux. Je ne vois pas d'autre choix et j'ai pleine confiance en votre débrouillardise, mais j'aiderai à la préparation. J'établirai d'abord certains contacts. Je vous fournirai une liste des personnes susceptibles de vous aider parmi mes connaissances dans le milieu. Je vous écrirai les formules gagnantes pour les aborder et nous élaborerons ensemble le budget. Une dernière chose,

Anna Maria : tu devras veiller à ce que rien ni personne ne distraie notre jeune Wolfgang de ses occupations musicales.

Le jeune musicien entendit sa mère répondre par l'affirmative. Pourtant, ce n'est pas elle que son père fixait. Dans le regard grave qu'il croisa, Wolfgang Amadeus discerna l'avertissement que son père lui destinait. Le souvenir de Maria Amalia s'intensifia malgré lui dans son esprit. Son père avait-il deviné les émotions sublimes que provoquait la demoiselle en lui ? Réprimant un tremblement, il hocha toutefois la tête, presque imperceptiblement, afin de fournir à son père une réponse qu'il hésitait pourtant à donner.

• • •

Le jeune Mozart ne pouvait s'expliquer la naissance si brusque des sentiments qu'il éprouvait pour la dame en robe violette apparue sur le seuil de sa porte, mais il ne pouvait les renier et songeait fort souvent à elle. Plusieurs jours s'étaient écoulés depuis cette visite inopinée et même s'il ne pouvait se résigner à l'oublier totalement, l'espoir de la revoir s'amenuisait. Pour contrer sa tristesse et son amertume, il assistait son père dans la préparation de sa prochaine tournée, ce qui l'occupait considérablement. Il ne connaissait pas encore la date exacte, mais prévoyait de partir au début de l'automne. Avril étant largement entamé, il leur fallait sans tarder confirmer certains rendez-vous, lesquels dicteraient les premières étapes de l'itinéraire. Ces cinq mois risquaient de passer trop vite.

Ses talons claquaient sur le sol dallé de la grande place. Il revenait de porter des messages, écrits par lui-même et par son père, dans les quartiers de la diligence postale, laquelle les transporterait jusqu'à Munich, Mannheim et Paris. Destinées, entre autres, au duc de Bavière, à monsieur Cannabich et à monsieur Grimm, ces lettres les prévenaient de sa venue éventuelle. Dans celles-ci, une note indiquait qu'une nouvelle missive les aviserait lorsque le musicien connaîtrait la date approximative de son arrivée dans leur ville. Il était encore trop tôt pour la leur préciser. Les grandes villes de son itinéraire n'étaient pas encore toutes confirmées, ni l'ordre exact dans lequel il les mettrait sur son parcours.

Mozart se dirigeait rapidement vers chez lui, concentré sur les étapes qui restaient à effectuer : accepter des invitations, en lancer d'autres en interpellant d'importants personnages, terminer certaines œuvres et attendre les réponses nécessaires à la composition de son itinéraire. Concentré, il se dépêchait, sans regarder vraiment où il allait.

Absorbé par les préparatifs et sa hâte, il n'avait pas remarqué celle qui l'avait vu traverser la place centrale d'un pas décidé. Hésitante, tout comme durant les derniers jours, où elle épiait ses allées et venues, elle choisit tout de même de l'interrompre pour son propre bénéfice.

— Monsieur Mozart ! Monsieur Mozart !

Lorsqu'il se retourna et la reconnut, son demi-sourire se figea. Son cœur fit un bond. Voilà plusieurs jours qu'elle était venue chez lui, puis repartie sans lui donner aucune nouvelle depuis. Pourquoi se montrait-elle précisément devant lui ce jour-là ? Il sentait à la fois la joie et la colère monter en lui et ignorait comment il se devait de réagir.

— Je suis heureuse de vous croiser, s'écria-t-elle. Je me dirigeais vers votre demeure. Comment allez-vous ? Le temps est merveilleux, ne trouvez-vous pas ?

Wolfgang se racla la gorge, hésitant à lui rappeler son départ précipité, l'absence d'explication et surtout l'indifférence dont elle avait fait preuve en ne lui donnant plus aucun signe de vie. Maria Amalia lui parlait de façon anodine, comme si elle l'avait quitté cordialement. Il ne semblait pas lui venir à l'esprit de s'excuser ou d'expliquer la raison de son départ précipité, à son insu de surcroît.

Il ne lui en avait pas voulu au début, imaginant des motifs valables à ce comportement. Il avait espéré obtenir des explications de sa part ou d'un quelconque messager. Comme ni elle ni personne d'autre ne s'était manifesté au cours des jours qui avaient suivi, le musicien avait rapidement considéré cette attitude comme un affront et s'était senti blessé dans son amour-propre.

À présent, la beauté toute souriante qui se tenait devant lui et qui s'informait poliment de sa situation lui faisait, bien malgré lui, oublier la colère qu'elle avait suscitée. Nullement préparé à une deuxième rencontre, il cherchait toujours la meilleure attitude à adopter, la réplique appropriée à lui donner.

Devait-il lui faire part de ce qu'il ressentait ? Mais risquait-il alors de la blesser ? Ou devait-il agir comme elle semblait le faire, c'est-à-dire comme s'ils s'étaient quittés dans de meilleures conditions ? Ou encore lui administrerait-il sa propre leçon, pour qu'elle réalise à quel point sa fuite avait été déplacée ? Il avait plutôt envie de lui servir l'avertissement qu'elle méritait.

Constatant son hésitation, la jeune femme vint à son secours.

— Vous ne me reconnaissez pas ?

Wolfgang mit la main devant sa bouche puis se racla à nouveau la gorge. C'est cependant sans grande expression qu'il répondit :

– Bien sûr ! Comment aurais-je pu vous oublier ? Pardonnez-moi, mademoiselle Maria Amalia, j'avais tout simplement un chat dans la gorge qui ne voulait pas partir, s'excusa-t-il en espérant qu'elle le croie.

Il choisit de voir où cette conversation les mènerait et, surtout, d'entendre les détours qu'elle prendrait pour expliquer sa fuite à l'anglaise :

– Je vais bien, merci, et vous ? Je croyais que vous aviez quitté la ville !

Certaine de comprendre une allusion à son départ précipité, après lequel la jeune femme n'avait donné aucune nouvelle, elle baissa légèrement la tête, confuse. Elle espérait qu'en la voyant dans cet état, Wolfgang devinerait à quel point la culpabilité l'habitait. Elle avait mis du temps à le recontacter, car même si elle avait décidé d'accepter la proposition de monsieur Santini, la situation restait pour elle très inconfortable. Réfléchir à la meilleure manière de l'aborder et de lui expliquer son comportement l'avait tenue angoissée pendant quelques jours.

– Je sais, j'ai dû partir plus tôt. Quelle étourderie de ne pas vous l'avoir expliqué plus tôt. Ce fut certainement pour vous une surprise déplaisante et j'en suis vraiment désolée. On est venu m'annoncer que ma sœur était tombée d'une échelle. Elle s'est cassé une cheville et un poignet et j'ai dû m'occuper d'elle. Elle va mieux maintenant, mais ne pourra évidemment pas profiter de vos leçons. Moi, en revanche, j'aimerais bien que vous me prodiguiez vos conseils. C'est aussi pour cette raison que je suis venue à votre rencontre. Je suis toujours charmée par votre musique.

— Hélas, j'ai eu d'autres inscriptions, mentit-il, trop heureux de pouvoir la faire languir à son tour. J'ignore si mon horaire pourra me permettre de vous prendre comme élève. Revenez demain, je pourrai mieux vous renseigner.

Il fit un pas pour s'éloigner, mais elle eut tôt fait de le rattraper familièrement par le bras, au grand étonnement de Wolfgang Mozart.

— Je vous en prie. Allons-y maintenant, mon cher, le supplia-t-elle. Je suis disponible. Bien sûr, je ne deviendrai jamais aussi bonne que vous, mais j'aimerais tant que vous m'appreniez quelques rudiments.

Il ignorait ce que cette femme avait en tête. Pourtant, malgré sa surprise et ses récentes blessures, il en appréciait la détermination. Leurs yeux se rencontrèrent. Après quelques secondes, elle laissa son bras retomber en s'excusant.

Mozart le rattrapa avant qu'il ne le quitte complètement et l'enroula autour du sien, puis tapota de sa main celle gantée de Maria Amalia.

— Allons-y, je trouverai bien quelques minutes pour vous.

Elle suivit le pas du musicien, incapable d'empêcher un sourire d'étirer ses lèvres.

Chapitre 3

Mozart plaqua doucement Maria contre le mur arrière de la cathédrale, afin qu'elle soit davantage à l'abri. Essoufflés d'avoir couru, les cheveux et la perruque dégoulinants de la pluie qui s'était fortement abattue sur eux, les deux jeunes gens étaient reconnaissants de la bordure de la toiture qui, très haut au-dessus de leurs têtes, les protégeait temporairement. Ils entendaient au loin les retardataires qui couraient se réfugier, mais autour du couple, il n'y avait plus âme qui vive.

Haletant, soupirant et peinant à retrouver leur souffle, ils ne purent pourtant retenir leur éclat de rire devant l'absurdité de la situation. Trois fois par semaine, toujours les mêmes jours, pendant une heure ou deux, ils se retrouvaient en cachette dans le parc, situé derrière le bâtiment religieux. Leur rituel durait depuis le jour où elle l'avait imploré sur la place publique de lui donner des leçons.

Une heure plus tôt, ils avaient vu l'orage se préparer. Toutefois, ni l'un ni l'autre n'avait songé à briser leur routine et à ne pas se présenter à leur rendez-vous. Aucun d'entre eux ne semblait le regretter malgré leurs vêtements trempés et leurs souliers souillés. Si la bonne humeur régnait déjà avant la pluie, leur rire augmenta de plus belle en se découvrant l'un et l'autre en si piteux état. Mozart cessa subitement de rire et fixa le joli visage avec tendresse en mesurant la chance qu'il avait de se trouver ainsi, devant elle, si belle.

Lors de leur première leçon deux semaines plus tôt, après quelques courts enseignements, Mozart avait fait un commentaire, lequel sans être trop direct, suggérait une certaine lenteur dans les apprentissages de Maria Amalia. La demoiselle, non offusquée, avait choisi cet instant pour lui annoncer qu'elle souhaitait lui révéler un important fait.

Avec un certain aplomb, elle avait admis posséder des dons modestes et, si elle appréciait effectivement la musique et spécialement celle d'Amadeus, elle cherchait plutôt un moyen de pouvoir le côtoyer. Mal à l'aise de sa conduite lors de leur première rencontre, où elle lui avait probablement paru irrespectueuse, elle s'interrogeait sur la meilleure attitude à adopter. Elle ignorait ce qu'il lui fallait dire ou faire pour se racheter, certaine qu'il ne voudrait plus jamais lui adresser la parole.

Il avait rapidement mis son index sur ses lèvres afin de lui indiquer de se taire.

— Ne dites plus pareilles sornettes. Évidemment, je me suis questionné sur les raisons de votre soudaine fuite, mais je n'oserais jamais faire la tête à une femme de la sorte. Encore moins à vous.

— Vous ne m'en voulez donc pas ? Vous souhaitez vraiment que nous nous revoyions plus souvent ?

— Vous ne pouvez deviner à quel point j'en serais heureux !

Il avait abandonné toute colère, tout ressentiment, dont les traces étaient au demeurant toutes petites, pour laisser entrer en lui la joie et le bonheur de constater qu'il plaisait à la dame de ses pensées. Il ne pouvait dire si les sentiments de

Maria Amalia étaient égaux aux siens; néanmoins, qu'elle s'efforce de trouver une raison de l'approcher, qu'elle désire même réitérer leurs rencontres, le soulageait grandement.

Au fil de leurs rendez-vous secrets, elle discourait joyeusement, le laissait progressivement frôler son bras, puis tenir sa main. Elle lui permettait même de baiser sa main nue ou le regardait intensément. Qu'elle ose ou consente à autant de gestes d'une tendresse naissante signifiait pour Wolfgang qu'elle éprouvait un réel plaisir à se trouver à ses côtés. Ces manifestations d'affection avaient vite fait oublier à Mozart le petit affront qu'elle lui avait servi le premier jour de leur rencontre.

Il ne lui gardait pas rancune de l'avoir blessé. Il attendait plutôt avec impatience le moment idéal pour lui témoigner les doux sentiments qu'elle lui inspirait.

Voilà plus de deux semaines qu'elle se laissait courtiser et qu'il la fréquentait assidûment. Pourtant, personne de son entourage, pas même sa sœur, qu'il n'avait pu voir depuis son mariage, car elle habitait loin de Salzbourg et à qui il aurait bien aimé se confier à ce propos, ne savait quoi que ce soit sur sa relation avec Maria Amalia. Si cette fréquentation venait aux oreilles de son père, lequel souhaitait qu'il se consacre exclusivement à sa carrière, il deviendrait fou de rage. Il refusait que la moindre distraction vienne nuire à la carrière de son fils. Il avait été clair à ce sujet.

Wolfgang l'avait expliqué à Maria Amalia, en mentionnant également qu'il avouerait sa flamme à son père en temps opportun. Celle-ci avait bien compris et acceptait avec une joie espiègle leurs rencontres clandestines. De toute façon, elle-même n'avait à Salzbourg aucune personne de son entourage à lui présenter.

Ces rendez-vous avec elle lui procuraient un plaisir et un bonheur immenses. Ils parlaient de tout et de rien, de leurs préférences, de leurs ambitions, de leurs projets, et s'entendaient à merveille. Lorsqu'une de leur rencontre était à l'horaire du jour, Mozart l'attendait impatiemment.

Aujourd'hui, elle était bien là devant lui, tout près. Tous deux étaient protégés, à l'abri, seuls au monde grâce au rideau de pluie qui les isolait des rares passants qui n'étaient pas encore rentrés. Certes, il aurait été bien déçu qu'elle ne se présente pas dans le petit parc à cause de l'orage qui s'annonçait. Bien sûr, il ne lui en aurait pas voulu, mais il était heureux qu'elle l'ait rejoint à leur lieu de rencontre habituel. Quel soulagement ! Quel délice de la voir dans de si mauvaises conditions ! C'était pour le jeune homme une preuve de plus qu'elle tenait à lui.

Il la regardait toujours, attendri, cherchant dans son regard un indice sur la teneur des sentiments qu'elle lui destinait. Pouvaient-ils s'avérer aussi intenses que les siens ? Il l'espérait tant ! Car de son côté, il ne s'agissait plus juste d'une simple attirance, d'un banal et passager désir de la côtoyer. Si au début il avait quelque peu douté de l'intensité de ce qu'il ressentait, il ne se questionnait plus depuis un bon moment. Wolfgang se savait passionnément amoureux de Maria Amalia.

Il aurait souhaité le lui dire, lui servir tout un discours romantique, mais l'étincelle qu'il crut décerner dans les yeux verts qui le fixaient également le priva d'un discernement réfléchi. Il suivit plutôt son instinct et davantage encore son cœur. Tous deux le guidaient spontanément.

— Maria, murmura-t-il en approchant son visage de la jeune femme.

Puisque Maria Amalia demeurait adossée au mur de l'église et ne le repoussait pas, Amadeus interpréta cette immobilité comme un consentement. Juste avant de poursuivre son élan, il se répéta, durant une fraction de seconde, la chance qu'il avait de se tenir si près de cette femme. Il s'estimait fou de bonheur qu'elle accepte et veuille cette intimité avec lui.

Il lui caressa doucement la joue, puis posa ses lèvres sur celles de la jeune femme. Par suite du soupir alangui qu'elle poussa, il pressa davantage les lèvres puis les entrouvrit. Elle répondit à son baiser avec un peu de retenue au début, puis avec un mélange de fougue et de hardiesse. Pareille réponse convainquit rapidement Mozart qu'elle avait attendu ce moment autant que lui. Décidément, il était chanceux et de plus en plus amoureux.

Il plaça ses mains dans le dos de la jeune femme de manière à l'enlacer. Wolfgang, les yeux fermés, lui embrassa les lèvres, cherchant sa langue, trop heureux de donner libre cours à ses sentiments qui ne demandaient qu'à exploser. À son agréable surprise, Maria Amalia répondit à l'étreinte en posant ses mains sur le haut du torse de Wolfgang, puis sur ses épaules.

Derrière eux, la pluie, dont l'intensité avait diminué jusque-là, recommençait à tomber de plus belle. Cependant ni l'un ni l'autre ne s'en souciait. Mozart détacha un peu ses lèvres des siennes, le temps de murmurer encore le nom de la jeune fille. Qu'il était comblé de savoir qu'elle partageait ses sentiments ! Oui, elle l'aimait, tout autant que lui, se disait-il afin de se convaincre de ce nouveau bonheur.

Il s'ouvrirait bientôt à elle, lui avouerait tout de ses sentiments. Pour l'heure, il ne désirait que goûter encore et encore à la jolie bouche de sa bien-aimée. Enfin, il l'enserra plus étroitement afin de sentir son corps contre le sien. Maria Amalia accepta avec empressement de se blottir davantage contre lui. Elle murmura à son tour le prénom de Mozart.

Hélas ! pourtant, l'image d'un autre homme dansait derrière ses yeux fermés.

• • •

En cette fin de juin, Mozart marchait en direction des rues où les artisans tenaient boutique. Un coup de vent frais souffla sur ses joues et glissa le long de son cou. Il remonta le col de sa redingote puis remit ses mains dans ses poches. Juin était arrivé et, malgré quelques journées chaudes, la température printanière fraiche tardait à les quitter, empêchant celles plus estivales de s'installer durablement. Mais qu'importe ! L'image de Maria Amalia lui souriant occupait fréquemment son esprit et le réchauffait. C'était pour elle qu'il avait bravé le vent, vers elle qu'il se dirigeait d'un pas léger, aussitôt la leçon à Carlotta terminée.

Il se félicitait de ne pas avoir brusqué les choses avec elle. Plutôt impatient par moments de pouvoir enfin embrasser ses lèvres fines, il avait su se montrer raisonnable et prendre son temps. Il n'aurait pas été convenable de l'embrasser dès leur premier rendez-vous secret, car s'il l'avait fait, elle aurait probablement fui à nouveau. À présent, il pouvait se dire satisfait, et même heureux du résultat. Plusieurs semaines s'étaient écoulées depuis ce fameux soir pluvieux où ils s'étaient embrassés pour la première fois et ils se montraient toujours heureux de se retrouver dans le parc derrière la cathédrale lors de leurs petits rendez-vous.

Même si tout son entourage l'ignorait, Mozart pouvait s'enorgueillir de fréquenter la très belle et douce Maria Amalia. Leurs conversations, interrompues par de longues manifestations d'amour, caresses et baisers, s'avéraient chaque fois joyeuses et intéressantes. Le musicien devenait de plus en plus amoureux et il lui tardait de pouvoir la côtoyer plus régulièrement et ouvertement, sans se cacher.

Ils ne pourraient sûrement pas le faire avant son retour de la grande tournée qu'il préparait. Son père ne permettrait pas cette relation. Bien sûr, elle disait comprendre son besoin de partir, mais Maria Amalia tentait chaque fois de le dissuader d'effectuer cette tournée. Elle arguait qu'il lui manquerait énormément, qu'il était trop tôt et que bien d'autres occasions s'offriraient à lui dans le futur pour se faire valoir. Riant, il la faisait parfois taire d'un baiser ou l'assurait qu'il y réfléchirait. Selon Mozart, ses réponses suffisaient à la rassurer, mais il ne pouvait se douter qu'en réalité, elle se désintéressait totalement de tout ce qu'il faisait et agissait dans l'espoir de plaire à un autre.

Il trouvait pareilles tentatives de le faire changer d'avis touchantes. Ne pouvaient-elles provenir que d'une femme amoureuse ? Toutefois, s'il savait qu'il en souffrirait aussi, il n'allait certes pas annuler son départ. À l'occasion, elle lui demandait également certains détails sur ce grand voyage, mais il refusait de satisfaire sa curiosité. Il ne souhaitait pas l'ennuyer d'un récit ou d'un itinéraire encore non confirmé. De plus, il avait pour principe de ne jamais parler de ses projets tant qu'il ne pouvait pas les toucher du doigt. Elle acceptait les conditions que posait Mozart. Du moins pour un temps. Elle revenait vite à la charge dès qu'il était question de la tournée, et elle se faisait resservir de pareils arguments.

Au début, leur relation paraissait quelque peu déconcertante aux yeux de Wolfgang. Ils ne se voyaient que trois fois par semaine, toujours au même endroit, toujours les mêmes jours en fin d'après-midi, sauf exception. Mozart ne connaissait rien des lieux où elle résidait et n'avait rencontré personne de sa famille, ou de son entourage.

Pourtant, Wolfgang se consolait. Si la plupart des amoureux attendaient la bénédiction parentale pour s'aimer, beaucoup d'impatients, ne supportant pas les longues attentes liées au consentement des parents, vivaient, tout comme eux, leurs amours en cachette. Et comment le musicien pourrait-il en vouloir à Maria Amalia ? Ne lui imposait-il pas des conditions similaires en taisant ses amours à ses parents ? Il se satisfaisait avec bonheur des moments qu'elle lui accordait bien volontiers.

Maria Amalia l'ignorait, mais les préparatifs pour la tournée, dont il s'occupait lorsqu'il ne se trouvait pas avec l'amour de sa vie, avançaient grandement. Il avait reçu des réponses et son itinéraire se concrétisait. Dans quelques semaines, il consentirait peut-être à lui fournir certains détails. À ce stade, encore trop de choses n'étaient pas réglées.

Il lui restait, entre autres, à définir la date exacte de son départ et à prévenir de cette décision les premières personnes qui le recevraient. Sa belle, prétextant ne pas souhaiter le voir s'éloigner d'elle, le priait souvent de retarder la date de départ. Il avait décidé d'entreprendre son grand voyage à l'automne. Des actions ayant déjà été prises en ce sens, il ne pouvait ni ne désirait le reporter.

Pour l'instant, d'autres préoccupations absorbaient toutefois ses pensées. Maria — encore elle — revenait le hanter. Avec l'intention de lui faire plaisir, et dans le but qu'elle songe à lui lors de leur correspondance prochaine, il pénétra dans une boutique pour lui acheter une plume et un encrier. Il désirait également souligner leurs fréquentations, qui duraient depuis maintenant deux mois. Lorsqu'il en ressortit, en cette fin d'après-midi, le vent était finalement tombé.

Le précieux présent dans les mains, Mozart ne songeait qu'au moment où il le donnerait à sa bien-aimée. Il l'imaginait se jeter sur lui, l'embrassant à profusion car trop heureuse qu'il la gâte ainsi. Et soudain il eut très chaud. Il lui tardait tant de la revoir et de la prendre contre lui ! Qu'il aimait l'embrasser et la tenir dans ses bras !

Assurément, leurs démonstrations d'amour et d'affection lui manqueraient cruellement lors de sa tournée. Néanmoins, cette dernière restait une étape essentielle à sa carrière et Wolfgang s'acquitterait des sacrifices nécessaires. Ce qui semblait plus difficile pour sa douce aimée.

Il continuait de répondre vaguement aux questions de Maria Amalia concernant l'itinéraire ou la date de départ, alors qu'elle, pressée par les consignes d'Antonio, se montrait préoccupée par l'absence prochaine de Wolfgang. Cependant, plus récemment, las de l'insistance de la jeune femme, qu'il croyait sincère, pour lui plaire et la rassurer, Mozart avait émis l'idée de remettre sa tournée à plus tard, promettant de lui écrire si son projet se concrétisait dans un avenir imminent et qu'il devait partir loin d'elle. Leurs lettres permettraient d'étendre un baume sur leur cœur meurtri. Probablement certaine que son amour saurait le retenir, Maria Amalia n'exprimait jamais de colère et son petit questionnaire se terminait par un tendre baiser.

Deux jours après l'achat de sa surprise, à la suite d'une leçon de clavecin à un petit voisin, il arriva au lieu de leurs rendez-vous. En cette fin de juin, il l'attendait dans un coin isolé du parc, la plume et son encrier cachés derrière son dos. Wolfgang réalisait que lui offrir pareil présent était peut-être un peu stupide, vu leurs trop récentes fréquentations ; cependant il désirait se montrer romantique et se persuadait, encore une fois, que ce geste lui plairait et que ces objets seraient utiles lorsqu'il partirait, peu importe le jour et l'année.

Depuis environ deux semaines, la température s'apparentait enfin davantage à celle de l'été, et plus particulièrement ce jour-là. Prévoyant, il avait enfilé des vêtements légers, mais même à l'ombre des arbres, les chauds rayons le faisaient souffrir. De toute manière, dès qu'il était question de Maria Amalia, Wolfgang sentait la chaleur irradier dans tout son corps.

Maria Amalia ne se présenta pas à l'heure prévue. Il patienta, le sourire aux lèvres en songeant à la réaction qu'elle aurait en recevant son présent. C'était la première fois qu'elle accusait un peu de retard. Toutefois Wolfgang Amadeus Mozart, persuadé qu'elle saurait s'expliquer, ne s'en préoccupait pas tellement pour l'instant. Il eut raison d'être patient et indulgent, car il entendit bientôt des pas pressés traverser le sentier du parc et il se retourna vers ceux-ci.

• • •

Maria Amalia ouvrit les yeux, un peu désorientée de se trouver dans son lit en plein après-midi. Il était rare qu'elle s'y trouve et davantage qu'elle y dorme à cette heure-là. Or il s'avérait qu'elle s'était réellement endormie. Dans l'autre moitié de son lit, vide, elle voyait encore les formes de l'homme qui l'avait occupée et qu'elle n'avait pas entendu partir. Elle sourit au souvenir des baisers et des caresses, qui lui brûlaient encore agréablement la peau.

Il était arrivé à l'improviste le matin même, annonçant qu'il ne pourrait pas rester très longtemps. Il en était ainsi la plupart du temps, lorsqu'il qu'il la retrouvait. Elle était condamnée à ne vivre ses amours que de façon irrégulière. Pourtant, elle s'en souciait peu puisqu'elle tirait profit d'instants aussi merveilleux qu'éphémères.

L'amante promena son regard dans la chambre de l'auberge, qu'elle habitait depuis plusieurs semaines déjà, toujours selon les arrangements de monsieur Santini, puis s'empara de sa montre de poche, laissée sur sa table de chevet. Elle n'avait aucune envie de quitter les draps qui lui avaient fait vivre ces moments de pure extase avec Antonio, cependant il le fallait ou elle serait grandement en retard. Elle se fit violence et rabattit les couvertures. Elle devait se préparer et honorer ses engagements.

En brossant ses longs cheveux devant le miroir de la coiffeuse, plusieurs souvenirs se mirent à trotter dans sa tête, dont celui constituant le point de départ de l'aventure dans laquelle elle se trouvait. D'abord, elle se rappelait comment elle avait été engagée par Santini à titre de servante. Rapidement, elle s'était éprise de lui. Ce qui ne lui avait laissé aucune défense, quand son maître lui avait demandé un service. Un grave service.

Elle revit leur rendez-vous dans l'auberge. Elle entendit, comme si elle était de nouveau dans la grande salle, la nature de leur échange. À Vienne, il avait exigé d'elle qu'elle vérifie où habitait Mozart. Mais une fois à Salzbourg, Santini ne s'était pas arrêté là. Elle revit ce visage volontaire, ces yeux noirs. C'est à ce moment qu'elle avait compris l'essence de la demande qui lui était faite : se rendre à Salzbourg pour purement et simplement espionner Mozart.

Antonio Santini, musicien pourtant absolument talentueux qui avait composé quelques opéras de grand intérêt, doutait de lui devant le talent précoce du jeune Mozart. Peu avant leur départ pour Salzbourg, alors qu'il n'était qu'encore question que de savoir où demeurait Mozart, Antonio lui avait mentionné avoir été un témoin privilégié de ses dons.

Il avait assisté à Vienne à l'opéra *Bastien et Bastienne* composé par Mozart, immense succès relatant les amours tumultueuses d'une bergère, dont l'amoureux est constamment piégé par le devin du village. Il se rappelait avoir été captivé par les capacités de son émule, lequel avec *Bastien et Bastienne* réussissait à produire un deuxième opéra très réussi à douze ans. Le premier, *Apollon et Hyacinthe*, avait été créé l'année précédente, alors qu'il n'était âgé que de onze ans. Cet intrigant virtuose, qui ne cessait de composer des œuvres à succès, attisait sa curiosité et il souhaitait en apprendre un peu plus sur lui.

Santini admirait pareil talent, certes. Toutefois, la perspective que Mozart dépasse sa propre réputation le hantait. L'idée que son rival lui subtilise son poste de directeur d'opéra à la cour de l'empereur Joseph II, obtenu seulement l'année auparavant, ou qu'on lui attribue de meilleurs contrats à ses dépens le dérangeait énormément.

Maria Amalia ramena ses cheveux en un savant chignon et l'épingla derrière sa tête. Ce faisant, elle poursuivit ses réflexions. Elle partageait les inquiétudes de son amant, et souhaitait ardemment protéger celui qu'elle aimait. Il lui fallait l'aider à retrouver confiance en ses excellentes capacités car, selon plusieurs, dont elle-même, Antonio Santini était vraiment un virtuose, lui aussi. Et la meilleure façon pour qu'il la regagne était d'empêcher des musiciens plus jeunes, tels que Mozart, son cadet de près de six ans, de s'élever au-dessus de lui.

Mais elle n'allait pas agir pour lui totalement gratuitement, avait-elle songé. Témoigner de l'intérêt, voire de l'amour à quelqu'un qui l'indifférait ne l'enchantait guère. Toutefois, elle n'aimait pas non plus se montrer cruelle de la sorte. Aussi, bien qu'Antonio fût marié à Thérèse Hoffman depuis presque deux années, elle s'était promis de le faire succomber à ses charmes. Et elle croyait en ceux-ci, se dit-elle en souriant à l'image que le petit miroir posé devant elle lui renvoyait.

L'important était qu'elle avait gagné son pari. Astucieuse, la belle, disposant d'un prétexte pour allonger son séjour à Salzbourg, en l'occurrence surveiller Wolfgang, avait usé de ses atouts pour que Santini ait envie de revenir sur place s'informer auprès d'elle de l'évolution de la mission. De rencontre en rencontre, elle avait réussi à faire naître en lui de tendres sentiments pour elle, ou du moins un certain désir.

Pour lui plaire, Maria Amalia l'avait écouté. Elle avait assuré le comprendre, avait dit et répété vouloir l'aider à rester parmi les plus brillants musiciens, comme il le méritait. Il avait lentement délaissé ses réserves, surtout lorsqu'elle lui avait avoué, dans un discours bien tourné, qu'une telle requête lui tenait à cœur, mais moins encore que sa personne. Comme elle avait de surcroît pris soin d'enfiler une robe affriolante, il n'avait pas su lui résister plus longtemps, pour le plus grand bonheur de Maria.

Au cours des dernières semaines, pendant qu'elle jouait la comédie au jeune Mozart, Antonio était revenu dans ses bras à quelques reprises. Il lui était aisé de le faire loin de sa femme Thérèse. Profitant de certains jours de congé, servant différents prétextes à son épouse, il rejoignait Maria à l'auberge pour des rendez-vous prédéterminés. Même son maître, l'empereur Joseph II, l'aidait parfois bien involontairement en lui demandant de se rendre à Salzbourg ou dans les environs pour affaires. Dans ce dernier cas, il effectuait volontiers un petit détour pour venir aux nouvelles et, de plus en plus, pour voir la belle, ce qui enchantait Maria Amalia.

Son amant ne restait jamais longtemps, mais elle ne s'en préoccupait pas. Trop heureuse, elle profitait de ce qu'il lui accordait, songeant qu'il fut une époque encore proche où elle n'obtenait absolument rien de lui. Elle ignorait combien de temps encore elle simulerait son amour pour Mozart, puisqu'elle n'en tirait aucune information concrète à fournir à Antonio, mais du moment qu'elle bénéficiait des caresses de Santini, elle s'en moquait.

Elle reprit sa brosse afin de bien replacer sa frange puis la redéposa sur la table, satisfaite de sa coiffure. Elle soupira en pensant une dernière fois à l'homme qu'elle aimait. Il lui avait fait une si belle surprise en la visitant à l'improviste ce matin ! À présent, elle devait filer à la cathédrale pour son rendez-vous avec Mozart. L'homme qui l'attendait se montrerait furieux, et avec raison, si elle le laissait patienter trop longuement. Elle chaussa ses bottillons, revêtit son chapeau puis sortit bientôt dans la chaleur du dernier jour de juin.

• • •

Il fut déçu de constater que les pas pressés n'étaient pas ceux de sa belle Maria Amalia. Il reconnut aussitôt le tenancier d'une auberge qu'il fréquentait de temps à autre. Cet homme plutôt grand, du moins du point de vue de Mozart, lequel dépassait à peine les cinq pieds et deux pouces, se dirigeait vers lui. Le suivant du regard, Mozart fut surpris de constater qu'il s'arrêtait devant lui.

L'œil vif et brun, tout comme ses cheveux et sa moustache, vêtu d'une chemise et d'un pantalon gris et coiffé d'un chapeau brun, il dit d'un ton bourru ne pas pouvoir s'attarder bien longtemps et que le musicien devait l'écouter sans l'interrompre. Surpris, Mozart y consentit et l'invita à s'expliquer en se demandant comment il avait su qu'il se trouvait là, puisqu'il semblait effectivement ne pas être arrivé là par hasard.

– Je dois faire vite. J'ai laissé mon commerce entre les mains de mon jeune fils. Je ne peux cependant le laisser seul une longue période. Je ne serais pas venu à votre rencontre s'il ne s'agissait pas d'une affaire urgente et très sérieuse.

– Vous m'alarmez ! s'exclama Wolfgang Amadeus en songeant qu'il était sûrement arrivé malheur à son tendre amour.

Lorsque, quelques instants plus tôt, il attendait patiemment l'arrivée de son amoureuse en retard, Wolfgang Amadeus Mozart ne s'était jamais imaginé toute la gamme d'émotions par laquelle il allait bientôt passer.

D'abord il y eut l'étonnement, et une certaine irritation de voir arriver quelqu'un qui avait découvert leur cachette et leurs rendez-vous clandestins. Ensuite vint la crainte de devoir subir la réaction de son père, lequel avait peut-être appris la liaison secrète de son fils. Suivit aussitôt la honte de lui avoir caché ses amours. Puis l'angoisse et l'inquiétude le tenaillèrent vivement pendant qu'il se questionnait sur l'état de Maria Amalia.

Enfin, il ne pouvait déterminer quelle émotion le rongeait le plus alors que l'aubergiste lui communiquait la raison de sa visite, d'un ton austère et solennel.

– Je suis ici parce que je vous respecte trop pour taire ce que je sais… commença-t-il.

• • •

– Très cher, je suis désolée de vous avoir fait attendre… haleta-t-elle, essoufflée d'avoir couru.

Maria avait commencé à parler avant même de parvenir à l'endroit où ils se rencontraient habituellement. Ne le voyant pas, elle était persuadée qu'il se cachait derrière un arbre. Elle se tut en constatant que son prétendant était absent. Elle regarda autour d'elle en l'appelant, toujours convaincue qu'il se jouait d'elle et lui ferait bientôt la surprise de la rejoindre.

– Mon cher Wolfgang, où vous cachez-vous ? Je sais que vous êtes là ! répéta-t-elle, une pointe d'inquiétude dans la voix.

Son absence n'était pourtant pas envisageable. Il ne lui avait jamais fait faux bond : au contraire, il arrivait toujours le premier. De plus, il se montrait si épris d'elle qu'il ne pouvait pas avoir raté un rendez-vous, même si elle arrivait avec du retard. Pendant qu'elle l'appelait encore, son regard fut attiré par un bout de papier fibreux qui dépassait d'un caillou gisant tout près de l'arbre où ils se rencontraient habituellement. Elle se pencha afin de découvrir la note qui lui semblait destinée.

Elle la lut. « *M.-A. Désolé, mais ici s'arrêtent nos rendez-vous. Nous avons perdu notre temps. Bonne chance !* »

– M.-A. pour Maria Amalia, sans doute, se murmura-t-elle. Ce message m'est certainement destiné. Pourtant, je ne comprends absolument rien à cette phrase. Wolfgang Amadeus ? appela-t-elle encore en le cherchant plus loin. Si c'est une blague, elle a assez duré.

Comme le silence lui répondait obstinément, sentant des larmes de colère lui piquer les yeux, la jeune femme se laissa tomber sur la bordure de la fontaine qui trônait au milieu du parc. Elle le héla une dernière fois, sans grande conviction, s'efforçant tristement de réfléchir à la raison de cette brusque rupture. Car il n'y avait plus de doute possible : c'en était une. L'absence de Wolfgang et sa note le confirmaient.

Si elle n'éprouvait pas d'amour pour lui, il l'avait souvent fait rire et elle appréciait sa compagnie. Il allait lui manquer et elle en était chagrinée. Cependant, une autre pensée, plus importante, lui accapara l'esprit.

– Antonio me reprochera cette rupture. Trop d'informations nous sont encore inconnues. Que vais-je lui dire ? Et lui, comment réagira-t-il à la suite de l'échec de ma mission ?

Chapitre 4

Vint enfin le jour du départ pour la tournée. Mozart n'avait pas revu Maria Amalia depuis qu'il lui avait laissé sa note d'adieu sous une roche. Elle n'était pas revenue lui demander une explication, probablement pour ne pas alerter son père, devina-t-il. Et c'était tant mieux ! Au moins, après avoir agi aussi cruellement avec lui, elle avait peut-être eu cette bonne intention. Il ne l'avait pas non plus aperçue dans la foule lorsqu'il avait dû sortir et il s'était efforcé de ne pas la croiser. Toutefois, il restait persuadé qu'elle avait quitté la ville depuis ce fameux jour.

À la suite de cette douloureuse mais nécessaire peine d'amour, il avait eu besoin de s'occuper presque continuellement. En plus des leçons qu'il donnait et de son travail avec Colloredo, duquel il n'avait démissionné que deux semaines auparavant, il s'était consacré à la planification de la tournée, s'y affairant souvent dès son lever, jusqu'à tard en soirée.

Il la voulait bien préparée afin de parer à l'imprévisible, même s'il était conscient de l'impossibilité que tout soit parfait. Ce zèle, c'était cependant davantage pour oublier le chagrin qui l'habitait, le tourment qu'avaient provoqué les paroles de l'aubergiste, qui lui revenaient fréquemment.

Comment oublier pareilles paroles ? Le tenancier lui avait donné trop de détails pour lui avoir menti. D'abord, il lui avait dit avoir vu quelques fois une très belle brune en compagnie d'un autre homme, qu'il avait parfois vu monter à la suite de la dame. Pour préserver la bonne réputation de son établissement, il devait lui taire le nom des clients et ne pas en dire davantage, de crainte de faire courir la rumeur que son commerce était une maison de passe.

Wolfgang avait à ce moment hoché la tête, comprenant mal ce que l'homme tentait de lui expliquer. Hé oui, le couple se témoignait une certaine affection. Ces amoureux s'embrassaient peut-être en public et montaient ensuite à l'étage pour une démonstration plus intime de leur amour, avait-il conclu pour lui-même, agacé et impatient. À ses yeux, rien de plus banal qu'un couple qui s'aimait dans une auberge. Il refusait tout simplement de comprendre plus avant ce que l'homme tentait de lui expliquer.

— Je comprends, l'avait assuré Amadeus, ne voyant toujours pas ce qu'il y avait de fâcheux dans le lien unissant ce couple, ni ce qui pouvait les relier à eux. Mais en quoi cela me concernerait-il ?

— Cette dame avait un fort accent italien.

Pour toute réponse, Mozart avait pâli. « Une belle brune à l'accent italien », cela lui avait assurément rappelé quelqu'un de sa connaissance, mais tout cela pouvait encore être une coïncidence. L'aubergiste avait repris son histoire.

— Il leur est même arrivé, lors de certains moments où ils se croyaient seuls au fond de la salle, de se démontrer qu'ils se plaisent l'un l'autre, avait poursuivi l'aubergiste, visiblement mal à l'aise de raconter ce qu'il disait savoir. Ils se tiennent les mains, leurs corps se touchent et, enfin... Le fait qu'elle quitte mon établissement seule en plusieurs occasions me préoccupait. J'ai donc décidé de la suivre, un après-midi plus calme à l'auberge. C'est à vous qu'elle m'a mené, plus précisément dans le parc derrière la cathédrale. Il me fallait vous avouer que cette dame se joue de vous et, pire encore, qu'elle est de petite vertu.

Au fur et à mesure que l'homme en gris parlait, Mozart avait senti ses jambes faiblir. N'eût été le banc sur lequel il était assis, il se serait effondré au sol.

Le voyant pâlir, l'aubergiste l'avait aidé à se redresser en s'excusant à répétition pour cette mauvaise nouvelle.

— Vous n'y êtes pour rien, et je vous remercie de m'avoir informé.

— J'aimerais vous aider davantage, mais je dois partir.

L'esprit encore confus, Mozart l'avait rassuré puis lui avait enjoint de retourner à son travail. Il connaissait l'aubergiste de réputation et n'avait aucun motif pour douter de ce qu'il lui avait révélé. Il n'avait pu lui mentir. Ainsi, c'était la mort dans l'âme qu'il avait écrit une note d'adieu à son amour perdu à l'aide de la plume et de l'encrier achetés pour Maria Amalia et d'un morceau de papier trouvé au fond de sa poche. Il s'était ensuite dépêché de quitter l'endroit avant qu'elle n'arrive.

La fin de son idylle s'était passée il y avait près de deux mois maintenant. Depuis quelques semaines, s'il ressentait encore parfois une certaine nostalgie, la pensée de son visage souriant ou de ses baisers brûlants ne le tourmentait plus. Dans les derniers jours, l'excitation du départ imminent avait même chassé pareil souvenir et amené une saine gaieté chez lui.

Il était heureux de partir en ne laissant derrière lui personne d'autre que son père et sa sœur. À l'occasion de son départ, il avait eu la surprise de la voir arriver la semaine auparavant. Ils avaient profité de chaque heure dont ils disposaient pour passer du temps ensemble, discuter et jouer des pièces de musique au violon et au clavecin.

Soulagé de ne pas avoir accédé à la demande de Maria Amalia de repousser son départ, et que son histoire avec celle-ci soit maintenant derrière lui, Wolfgang entreprenait aujourd'hui son périple avec un cœur plus léger. Bien qu'il ait souffert de cette rupture, la savoir de petites mœurs apaisait sa douleur de ne plus être en relation avec elle.

Il sortit de la demeure familiale et se dirigea vers la voiture qui l'attendait. L'automne s'était installé depuis peu, un magnifique soleil levant l'accueillit à l'extérieur. Après une longue accolade à sa sœur, laquelle lui souhaita plusieurs fois bonne chance, puis à son père, dont le visage était illuminé par un sourire sincère, Wolfgang Amadeus, son violon sous le bras, rejoignit sa mère près de la voiture qui leur était réservée. Une deuxième, remplie de leurs bagages et du clavecin de voyage utilisé lors du précédent grand tour, en 1766, les suivrait. Plein d'un espoir joyeux, il soupira allègrement.

Après les dernières recommandations de Leopold, les promesses de s'écrire et d'ultimes accolades, Wolfgang aida sa mère à s'installer puis prit place à son côté.

— Munich, nous voici ! s'exclama-t-il joyeusement avant d'ordonner le départ au cocher et d'envoyer la main à son père et sa sœur, qui les suivirent le temps de quelques pas, pendant qu'Anna Maria, les larmes aux yeux, envoyait des baisers à son époux.

Hélas, ce furent les derniers qu'elle lui destina.

• • •

Lorsque, à la suite de sa séparation avec Wolfgang, Maria Amalia avait voulu retourner à Vienne auprès d'Antonio Santini, elle lui avait envoyé une lettre dans laquelle elle n'avait pas tenté de clarifier les raisons de son souhait. Comme son maître et amant lui avait refusé qu'elle revienne, lui rappelant qu'elle avait une mission à remplir, elle avait insisté dans une nouvelle lettre, sans pour autant, encore une fois, l'informer de l'échec de sa mission. Elle avait plutôt expliqué, dans cette seconde missive, que Wolfgang serait trop occupé dans les prochaines semaines pour la revoir et que lui-même pourrait avoir besoin d'elle et de ses services. À nouveau, elle avait essuyé un refus.

Elle avait jugé préférable de taire pour l'instant la rupture entre elle et Mozart. Il valait mieux le dire en personne à Santini que le lui écrire, s'était-elle convaincue. Alors, contrainte d'obéir à Antonio Santini, elle avait cessé ses correspondances en attendant qu'il lui annonce son retour prochain à Salzbourg. Afin d'éviter d'éventuelles mauvaises rencontres, la jeune femme s'était enfermée dans la chambre de l'auberge qu'il lui avait réservée pour quelques semaines encore.

Trois semaines plus tard, Antonio Santini lui avait fait porter un message lui indiquant à quelle date il reviendrait à Salzbourg. Le sachant maintenant sur le point d'arriver, elle sentait la nervosité la gagner. La nouvelle qu'elle devait lui annoncer ne lui plairait pas.

Allait-il la détester au plus haut point ? La renvoyer et ainsi briser ses chances de le conquérir durablement un jour ? Il s'était donné à elle quelques fois et elle en voulait encore. Elle ne pourrait plus jamais le recevoir dans son lit si la conclusion qu'elle redoutait survenait.

En se préparant dans le but de le séduire, elle s'efforça de réfléchir. En se parant d'une mince chemise qui la faisait presque paraître nue et en y ajoutant une touche de son parfum aux fleurs des champs, elle s'assurerait de faire un pas dans la bonne direction. Cependant, elle oublia rapidement cette idée ; il lui fallait absolument trouver un plan plus efficace et moins audacieux pour convaincre Antonio Santini que tout n'était pas perdu.

• • •

Levés très tôt et à présent bercés par le roulis de la voiture, les passagers ne tardèrent pas à s'endormir. Ils furent cependant réveillés aussitôt qu'ils franchirent l'entrée du premier village, où les habitants étaient très bruyants. Ils mirent près de deux jours pour atteindre Munich. Fort heureusement, ils n'eurent à déplorer qu'un léger incident : une malle tomba d'une voiture lorsqu'une roue s'enfonça dans le trou d'une chaussée mal entretenue. Le trajet se déroula donc sans encombre.

Le lendemain, après une nuit passée dans une auberge à peine respectable à l'entrée de la ville, Wolfgang quitta sa mère encore endormie pour demander une audience auprès de Maximilien III de Bavière. Le duc et prince-électeur avait été prévenu que Wolfgang viendrait le visiter et lui offrirait à cette occasion quelques compositions. Cependant, une autre raison amenait Mozart chez le duc. Il espérait y trouver du travail. On lui donna des nouvelles de sa demande en fin de journée.

Le prince ayant un horaire passablement chargé, on avait informé Mozart qu'il ne pourrait peut-être pas le recevoir. Impatient, le musicien redoutait cette éventualité. Wolfgang savait bien que le duc de Bavière ne se rendrait pas disponible pour lui simplement parce qu'il l'avait demandé, même si son père l'avait avisé par courrier de sa visite prochaine. Il espérait toutefois que la chance tournerait en sa faveur, puisque le prince avait grandement apprécié sa musique lors de leurs prestations en famille, quelques années plus tôt.

Lorsqu'enfin le messager était venu porter une lettre confirmant un rendez-vous, Wolfgang en avait été soulagé. Le duc convoquait le jeune musicien et sa mère quelques jours plus tard. Dans le pli, Mozart avait aussi lu qu'il éprouvait un réel plaisir à le recevoir à nouveau, ce qui avait achevé de rassurer le musicien.

En effet, les deux hommes s'étaient déjà rencontrés. Lors de la deuxième tournée avec son père, le jeune Mozart s'était produit devant lui en 1772. Le prince-électeur régnait en despote éclairé, soit avec une volonté d'entendre ses sujets pour le bien et l'essor du pays. Tantôt sérieux, tantôt rieur, il aimait s'amuser et adorait la musique. Il appréciait particulièrement celle de Wolfgang Amadeus.

Le jeune Mozart d'alors avait joué dans le théâtre Cuvilliés, bâti près du palais ducal de Munich. De style rococo et doté de magnifiques peintures au plafond, il avait été nommé d'après l'homme auquel Maximilien III avait commandé les plans architecturaux. Wolfgang avait adoré s'y donner en spectacle et il souhaitait bien y retourner. Mieux, il espérait y trouver un poste de maître de concert, ce que pourrait lui offrir le duc.

Lors de leur entretien, auquel la mère de Mozart assistait également, le duc Maximilien III se montra heureux de les revoir et très prévenant afin que leur séjour soit agréable. Pendant le repas, lequel fut très faste comme l'avait prédit

Mozart, ils discutèrent des projets que le duc avait pour lui tout au long de son passage à Munich.

Le prince lui permit de se produire au théâtre, de rencontrer certains musiciens de la région ou de renouer avec d'autres, de participer à des soirées mondaines. Après quelques semaines, Wolfgang Amadeus pouvait s'enorgueillir d'être aussi populaire auprès de la population munichoise que sa musique était appréciée d'elle. Mais surtout, il était fier comme un paon que Maximilien III se montre ravi et admiratif de ses talents.

Le musicien s'était beaucoup amusé et avait fait de belles rencontres, et ses spectacles avaient rapporté un peu plus d'argent qu'il ne l'avait espéré. Près de deux semaines après leur arrivée à Munich, peu avant la mi-octobre, Maximilien III les reçut à nouveau dans ses appartements privés pour un repas somptueux. Mozart avait refait ses preuves. Il était talentueux, maîtrisait divers aspects de la musique et les gens, y compris le duc lui-même, adoraient se rendre à ses spectacles. Mieux, le prince lui faisait l'honneur de l'accueillir en intime. Pourtant, il sentait une ultime résistance, un dernier obstacle avant que les portes du succès s'ouvrent à lui. Il se risqua donc à demander franchement une faveur au duc.

— Les divertissements musicaux que je donne en spectacle plaisent à beaucoup de gens. Vous-même aimez ma musique. Je me demandais si vous pouviez m'octroyer le grand honneur d'occuper le poste de maître de concert dans votre théâtre.

Le duc et prince-électeur porta sa coupe à ses lèvres sans quitter le visage de Mozart des yeux. Il s'agissait d'une grande proposition, qui pourrait également le servir, lui comme les habitants de son duché. Il appréciait vraiment l'homme de bonnes valeurs derrière le musicien aux multiples talents. Effectivement, sa cour tirerait un fort prestige à s'adjoindre les services du jeune prodige.

Le duc reposa sa coupe sur la table et secoua presque imperceptiblement la tête. Les paroles qu'il prononça alors ne plurent cependant pas à Wolfgang.

• • •

Pendant que Wolfgang s'entretenait avec le duc à Munich, à Salzbourg, Maria s'arrêtait à l'intersection d'une grande place dallée. Elle laissa échapper un soupir de nervosité alors qu'elle fixait le bâtiment jaune au milieu des autres résidences. Il lui semblait à peine perceptible dans l'obscurité qui s'étendait. Elle réajusta le capuchon de son mantelet de couleur sombre sur sa tête et se décida enfin à avancer.

Le vent frais d'octobre faisait virevolter les feuilles tombées aux pieds des arbres situés non loin de la place. Les gens, leurs véhicules, leurs chevaux se faisaient rares autour d'elle. À cette heure tardive, la plupart d'entre eux dégustaient certainement en famille leur repas du soir.

Si les gens restent chez eux, en famille, c'est sans doute le moment idéal pour rencontrer celui pour qui je suis venue, se dit-elle pour se convaincre de sa décision.

Quelques jours plus tôt, elle avait trouvé et élaboré ce plan, qu'Antonio Santini avait accepté. Évidemment, il avait laissé éclater sa colère à l'annonce de la rupture entre elle et Wolfgang. Néanmoins, elle s'était empressée d'exposer une solution qui lui avait paru envisageable. Il s'était donc calmé et il avait rapidement repris un ton plus neutre, pour le plus grand soulagement de la jeune femme.

Ayant atteint la maison, elle soupira à nouveau fortement, espérant puiser en elle l'assurance dont elle avait besoin. Lorsque le majordome répondit à ses coups à la porte et lui ouvrit, elle demanda à parler avec monsieur Mozart. Le majordome consentit à satisfaire sa demande et s'éclipsa pour faire place, quelques minutes plus tard, à Leopold Mozart.

À la lumière de sa lanterne, il fut surpris de trouver devant lui pareille beauté, à l'accent chantant de l'Italie, élégamment vêtue d'une jolie robe violette dépassant de son manteau noir, Leopold lui demanda avec quel monsieur Mozart elle désirait parler. Considérant qu'elle devait avoir à peu près le même âge que son fils, il était persuadé qu'elle s'était déplacée pour ce dernier.

— Vous êtes celui avec qui j'aimerais m'entretenir, monsieur, répondit-elle à la surprise de l'homme.

S'il désirait se montrer galant et ne pas faire prendre froid à la demoiselle, il avait surtout peur des ragots, que beaucoup dans le quartier aimaient raconter. Son épouse étant absente, il serait aisé pour plusieurs voisins d'inventer des histoires scabreuses. Au moins se rassurait-il en se disant qu'à cette heure sombre et avec ce manteau, peu de personnes auraient pu voir qu'il s'agissait d'une dame, belle et jeune qui plus est.

— Et à quel sujet voulez-vous me parler, je vous prie? s'informa-t-il, peu certain qu'il était bienséant de faire entrer cette jeune inconnue dans sa demeure, à cette heure, de surcroît.

Il fut agréablement étonné par la réponse de la belle.

— J'adore la musique de votre fils et j'aimerais en connaître davantage sur l'homme qu'il est, sur ses projets, ajouta-t-elle, en tâchant d'utiliser un ton convaincant. J'ai su qu'il avait quitté la ville, mais j'aimerais bien l'entendre jouer un jour prochain, alors vous êtes tout désigné pour répondre à mes questions.

Voyant là une possibilité de plus de participer à l'essor de la carrière de son fils chéri, Leopold Mozart ne put que lui permettre d'entrer et ainsi satisfaire la curiosité de la jeune femme, tout comme la sienne.

• • •

En route vers Augsbourg, second arrêt prévu sur son trajet, Amadeus ne décolérait pas. Sa mère tentait de le raisonner, prétextant qu'un meilleur poste l'attendait très certainement dans une autre ville.

– De toute façon, tu n'as pas imaginé et préparé un tel itinéraire pour t'installer dans la première ville de ton trajet !

– Nous avons tracé cet itinéraire pour le cas où je n'obtiendrais pas de poste lucratif. Obtenir un poste de maître de concert dans une cour impériale aurait rendu notre train de vie beaucoup plus aisé. Si je peux en profiter rapidement, alors tant mieux !

– Mais tu souhaites te produire, faire entendre tes œuvres ! C'est aussi pour cette raison que nous parcourons les grandes villes d'Europe, non ? Tu es déjà célèbre dans plusieurs régions et ceux qui aiment tes compositions parleront de toi à ceux qui ne te connaissent pas. Et on viendra de partout pour t'entendre jouer !

– Évidemment que je désire partager mes œuvres en spectacle, et même en composer d'autres lorsque l'inspiration viendra ! Mais père a fait beaucoup pour moi lors de nos précédents voyages. Je dois accomplir plus que m'en tenir à notre itinéraire pour atteindre la gloire que j'estime mériter. Je veux et je dois y travailler assidûment. J'ai aussi besoin d'argent pour nous faire vivre, pour financer nos déplacements et nos dépenses. Tout comme lors de notre grand tour européen, nous devrons parfois nous installer pendant un certain temps. J'occuperai un poste de maître de concert et pas n'importe quel. Celui-là, dans ce magnifique théâtre de la cour de Munich, Dieu qu'il me plaisait...

— Cesse de te tourmenter, te dis-je. Ça ne sert plus à rien dorénavant, puisqu'il n'est pas disponible. Tu as donné quelques concerts dans ce théâtre, c'est déjà mieux que rien.

— Dois-je vous rappeler les paroles du duc qui m'ont tant peiné ? Les revoilà. *Je suis désolé. J'aurais adoré vous attribuer le poste. Malheureusement, je n'ai plus les moyens de vous payer adéquatement. Nous vivons une période difficile. Votre valeur est inestimable, vous trouverez sans doute mieux ailleurs. Je m'en voudrais de vous sous-payer et vous vous en lasseriez. Vraiment, vous m'en voyez très attristé de devoir vous refuser cette charge*, répliqua Mozart d'un ton moqueur, alors qu'il répétait les explications fournies par le duc de Bavière pour expliquer son refus. « Amateur de musique », dit le tout-Munich, certes, mais aussi de plaisirs et de gastronomie. Il a sans doute dépensé son argent sans compter, maugréa-t-il encore. Pas étonnant qu'il ne lui reste rien pour les arts.

— Attention aux calomnies, l'avertit sa mère, qui ne s'étonnait plus de la formidable mémoire dont il était doué. Ne va pas t'en faire un puissant ennemi. Aussi, tu ne vas pas éternellement te rebeller contre son refus ? Cet homme t'a si bien reçu, il t'était si cher !

— Il l'est encore. J'apprécie toujours sa personne et l'amitié qu'il m'offre. Cependant, je doute que sa manière d'administrer ses finances soit la meilleure. Ses ministres l'ont probablement mal conseillé.

– Il est duc et prince-électeur. Il s'est énormément préoccupé de son peuple ces dernières années. Tu n'as pas le droit de juger sa façon de dépenser et encore moins de lui dicter sa conduite. Il a semblé déçu de te refuser un tel emploi. Il ne pouvait redistribuer ses dépenses dans le seul but de pouvoir te l'octroyer. Dans un autre ordre d'idée, vivement notre arrivée prochaine à Augsbourg ! C'est dans cette ville qu'est né ton père et là encore que réside le frère de ton père, Franz Alois. Tu pourras certainement y rencontrer sa fille, ta cousine Maria Anna Thekla.

– Oui, je me souviens. Nous les avions manqués lors de notre passage quand j'étais enfant, puisqu'ils étaient partis en vacances. Il me tarde de profiter de leur compagnie et j'ai bon espoir qu'oncle Franz pourra cette fois m'être d'un quelconque secours dans ma recherche de poste.

• • •

Le trajet entre Munich et Augsbourg devait être plus court que le précédent ; toutefois, ils mirent plus longtemps pour atteindre leur but. De fortes pluies et le vent obligèrent le cocher à ralentir leur vitesse. De plus, ils durent s'arrêter à trois reprises dans les auberges de différents villages afin de sécher leurs vêtements trempés, se réchauffer et se reposer. Ils se revigorèrent d'un thé chaud dans la première, et dormirent dans les deux suivantes.

Lorsqu'ils entrèrent à Augsbourg, le troisième jour, la nuit tombait. La pluie, qui s'était abattue sur eux une bonne partie de la journée, avait enfin cessé, mais un vent frais persistait. Un villageois qui passait par là leur recommanda une auberge, vers laquelle ils se pressèrent d'aller. Ils rendraient visite à leur famille le lendemain.

Franz Alois accueillit sa belle-sœur et son fils, qu'il n'avait pas vu depuis des années, avec une joie évidente. Lorsqu'il lui présenta la seule de ses quatre filles qui ait survécu, Maria Anna Thekla, une blonde aux yeux pers, âgée de dix-neuf ans, Wolfgang la jugea fort jolie mais plutôt timide. Aussi limita-t-il leur discussion à quelques formules de politesse.

Les espoirs de Wolfgang furent vite réduits. Son oncle ne pouvait rien pour lui dans l'immédiat, car lui-même, musicien, trouvait ardu de se faire octroyer un poste permanent. Certaines connaissances de Franz Alois lui avaient vaguement promis de chercher pour son neveu quelqu'un, parmi les nobles, susceptible de le recevoir dans un salon privé pour un récital. Wolfgang réussit à effectuer quelques concerts durant son séjour, qui le payèrent un peu. Cependant il avait espéré beaucoup plus. Ne perdant pas complètement espoir, il attendait des réponses qui pourraient éventuellement le mener au poste convoité.

Lors de cette période d'attente, il jouait souvent du clavecin dans le grand salon de son oncle. Sa cousine venait le rejoindre. Après ces séances, qu'elle qualifiait de grandioses pour le plaisir de Wolfgang, ils échangeaient régulièrement. Mozart eut tôt fait de modifier son opinion sur Maria Anna Thekla.

Non seulement elle se montra très à l'aise, mais aussi brillante, cultivée, et aimait l'humour, la musique, la vie, tout comme lui ; bref, il la trouva très attachante. Ils commencèrent à se fréquenter ailleurs que dans le salon de musique. Elle l'emmenait visiter la ville et ses jardins publics, ou tout simplement se balader. Ils riaient beaucoup ensemble. Mozart en arrivait presque à oublier qu'il cherchait un emploi.

Il sentait sa blonde cousine amoureuse de lui. S'il n'éprouvait pas pour elle des sentiments semblables à ceux qu'il avait eus envers Maria Amalia, il pouvait affirmer qu'il l'aimait tendrement. Tout semblait si facile avec elle. Ils ne s'étaient pas encore fait de promesses ni n'avaient élaboré de projets communs, mais comme les mariages arrangés entre cousins plus ou moins éloignés dans les familles royales étaient possibles, ils le seraient probablement aussi, selon certaines conditions, dans des familles plus modestes. Ce à quoi Amadeus songeait parfois. Cependant, il souhaitait prendre son temps et n'osait dire tout haut ce qu'il pensait tout bas.

Lorsqu'il fut évident que sa mère et lui devaient reprendre la route, faute de trouver un travail acceptable, le jeune musicien se contenta de promettre à Maria Anna Thekla qu'il lui écrirait souvent. Cette dernière lui baisa la joue et versa une larme lors de son départ, mais n'épancha pas davantage ses sentiments. À son tour, elle promit d'écrire et de lui répondre.

Sur le chemin vers Mannheim, il songea à cette amourette qui pourrait sans doute se développer davantage. Il le sentait, car sa cousine lui manquait déjà beaucoup. En attendant, encore une fois et plus que jamais, il avait grand espoir de trouver un poste à la hauteur de ses ambitions dans cette ville reconnue pour son école de musique et ses théâtres, vers laquelle affluaient quantité de musiciens et de chanteurs.

• • •

Wolfgang souleva les pans de sa redingote marron et s'installa sur le tabouret. Ses mains moites constituaient le seul signe extérieur de sa nervosité. Non qu'il doutât de ses capacités, mais il s'interrogeait sur les commentaires que susciterait sa prestation privée. Autour de lui, quelques hommes, l'épouse de son hôte et leur jeune fille attendaient sa prestation avec une impatience contenue.

Sûrement pour créer une atmosphère apaisante, éviter toute distraction et améliorer la qualité de l'écoute, le salon de musique avait été décoré avec des couleurs sombres. Seules les parures dorées installées tantôt sur un mur, tantôt sur un meuble de la pièce ajoutaient une certaine luminosité. Même le cordon du grand rideau bourgogne séparant les deux pièces tranchait sur le reste du décor par sa couleur, également dorée. Wolfgang Amadeus se racla la gorge puis posa ses mains sur le clavecin. Un coup d'œil à son ami Christian Cannabich, lequel souriait, suffit pour le remettre totalement en confiance.

Dès leur départ d'Augsbourg, il n'avait cessé de parler à sa mère du talentueux musicien et maître de la grande école de musique de Mannheim, Christian Cannabich. Il le considérait comme un ami capable de lui donner les meilleurs conseils. Il l'avait rencontré à Paris lors de sa tournée avec sa famille en 1764. Comme il en était le musicien personnel, Cannabich accompagnait le duc de Zweibrücken, qui possédait un palais dans cette ville et auquel les enfants Mozart avaient démontré l'étendue de leurs talents lors d'un récital.

Depuis leur arrivée à Mannheim, le jeune Mozart avait rencontré Cannabich à plusieurs reprises. Mieux, celui-ci était si heureux de le revoir qu'il les avait même priés, Mozart et sa mère, de loger chez lui. Il lui avait également présenté plusieurs musiciens, tellement il était pressé de leur faire connaître l'immense talent de son ami Mozart. Maintenant directeur de l'école de musique et de théâtre de Mannheim, Cannabich disposait évidemment de relations nombreuses.

Ce soir-là, Mozart avait été invité à jouer quelques-unes de ses pièces chez Johann Baptist Wendling, le premier flûtiste de l'orchestre de Mannheim. Wolfgang appréciait déjà cet homme, rencontré quelques jours plus tôt par l'entremise de Christian.

Les yeux penchés sur le clavier, il aperçut sa veste en brocart grise et pourpre sous sa redingote ouverte. Comme les autres hommes présents étaient vêtus avec élégance et portaient la perruque blanche de circonstance, Wolfgang Mozart se félicita de s'être également aussi bien mis pour l'occasion.

Wolfgang commença par jouer quelques morceaux connus. Il exécuta ensuite trois de ses créations, dont une sonate pour duo avec violon, durant laquelle la fille de ses hôtes l'accompagna. Après seulement quelques notes, les invités montrèrent leur appréciation du duo par de larges sourires, ce qui mit Mozart dans un excellent état d'esprit pour la suite. À la fin, ils ne purent se contenter du petit concert qu'il venait de donner et en demandèrent encore.

Après plusieurs autres pièces, Johann Baptist Wendling le libéra de cette prestation qui s'allongeait et offrit à boire à ses invités. Parce qu'il se faisait tard pour elle, la jeune fille fut conduite à ses appartements. Après quoi la coupe de chacun fut remplie de vin blanc et Johann Baptist salua le talent de Wolfgang Mozart.

— Christian n'a pas exagéré lorsqu'il a évoqué vos dons : vous êtes absolument impressionnant ! Non seulement vous jouez merveilleusement bien, mais vous ne regardez pratiquement jamais les partitions des compositions que vous jouez pour la première fois ! s'exclama monsieur Wendling.

— Je joue souvent ainsi et c'est bien de manière inconsciente. Je l'ai tant fait étant plus jeune, affirma Wolfgang en songeant aux fois où son père recouvrait le clavier d'un tissu ou fermait le livret des partitions pour démontrer aux nobles tout le savoir-faire de son fils.

Johann s'adressa à son ami Cannabich :

— Christian, vous devez organiser une séance pour le comte-électeur Charles-Théodore !

— Ne vous inquiétez pas, mon cher Johann, la demande a été transmise au principal intéressé. J'ai justement avisé Wolfgang avant d'arriver que la réponse viendrait sous peu. Comme il a déjà joué devant lui, je me doute bien que la réponse sera positive.

— Je suis certain qu'il appréciera beaucoup, fit Wendling en portant à nouveau la coupe à ses lèvres, le regard fixé sur le claveciniste.

Mozart nuança :

— Je l'espère grandement, mais vous savez, j'étais enfant lorsque je me suis produit devant lui. Ses goûts peuvent avoir changé.

Wendling eut un grand sourire. Puis il ajouta :

— Allons, allons ! Trêve de fausse modestie. Impossible qu'il ne soit pas sensible à votre musique, je vous le garantis.

— Merci, c'est très aimable à vous. Je crois effectivement que mes chances sont bonnes, mais nous verrons bien.

— Je suis du même avis que mon époux, fit l'épouse de leur hôte, qui n'avait pas dit un mot depuis le début de la représentation, sauf pour encourager le musicien d'un enthousiaste « bravo » à la fin de chacune des pièces. Je connais la musique ; je suis chanteuse et je ne peux qu'espérer me produire sur une de vos compositions un jour.

— C'est vrai, Dorothea est une merveilleuse chanteuse, la vanta Wendling en entourant la taille de la blondinette.

— C'est une fort belle idée, approuva Wolfgang. Je penserai à vous, si j'obtiens la chance de présenter une de mes créations lors d'un spectacle.

— C'est avec un immense plaisir que j'interpréterai une de vos compositions. Je ne veux toutefois pas m'imposer, fit Dorothea, un peu rougissante, en s'inclinant légèrement. En attendant, poursuivit-elle en changeant de sujet afin de se donner une contenance, il vous faudra revenir. J'ai une bonne amie chanteuse qui adorera également votre musique. Je l'inviterai la prochaine fois.

Son époux intervint :

— À qui songes-tu, ma chérie ?

— À Aloysia, bien évidemment ! Aloysia Weber est aussi une très bonne chanteuse et elle se montrera assurément enchantée de vous rencontrer et d'entendre votre musique, monsieur Mozart.

• • •

Un carrosse de la cour impériale était venu quérir les époux Cannabich, Wolfgang et sa mère pour les amener à la soirée festive à laquelle le comte palatin les avait conviés. Alors qu'ils arrivaient à proximité de l'entrée au château, un autre carrosse sortait de la grande cour. Quand ils finirent par le croiser, Wolfgang put voir à son bord le profil d'une jeune femme au chignon noir. Son visage lui fut familier et un pressentiment monta en lui. Cependant il se raisonna à n'y accorder qu'une brève importance. Les femmes à la chevelure noire arborant un chignon qu'il avait pu rencontrer se comptaient certainement par dizaines.

Ce qui lui parut étonnant, toutefois, était qu'elle repartait déjà, bien que les célébrations à l'occasion de l'anniversaire du comte fussent à peine commencées et qu'elle fût, selon lui, la seule passagère à bord. Alors que la voiture les avait à peine dépassés, Wolfgang cherchait toujours à préciser l'identité de cette inconnue à peine entrevue. Il chassa néanmoins rapidement cette idée, par crainte de devoir se confirmer la première hypothèse qui lui avait traversé l'esprit. En ce soir de fête, il n'avait aucune envie de se morfondre. Jugeant qu'il devait y avoir une raison valable à ce départ précipité, il tâcha d'oublier vite cette voiture et son occupante qu'elle conduisait loin de la cour.

Une fois leur voiture immobilisée devant la grande porte du palais de Mannheim, Wolfgang mit un pied à terre puis aida sa mère à descendre. Portant sa perruque blanche à catogan rehaussée d'un bicorne de couleur marine et vêtu d'un habit bleu royal, Mozart se tourna vers son ami Christian. Celui-ci, également coiffé d'une perruque et tout aussi élégant dans son habit brun, se dirigea vers lui, le bras de son épouse Elisabetha sous le sien.

— Suis-je vraiment présentable ? demanda Mozart.

Christian Cannabich retint son soupir et les commentaires inutiles qui lui venaient en tête et sourit plutôt à son ami inquiet. Jouant bien son rôle, il promena son regard sur la mise de Wolfgang. Il débuta par la pelisse marine, petit mantelet court à col de fourrure. Ses yeux descendirent ensuite sur la veste, qu'il distingua entre les pans de la pelisse. De couleur bleue, elle était bordée par une broderie de fantaisie et parsemée de boutons dorés. Christian se rappela qu'il y avait sous celle-ci une chemise blanche à jabot, bien insérée dans une culotte moulante, assortie à la veste.

En ce début décembre, le froid obligeait à se vêtir chaudement. Comme la neige n'avait pas encore fait son apparition, les hommes s'étaient permis de chausser leurs souliers noirs à boucle carrée. Ne trouvant rien à redire sur la mise de son ami, Cannabich releva la tête. Mozart, personnage fier et plein d'élégance, s'habillait toujours avec goût et impeccablement. Il ne voyait pas pourquoi il s'en préoccupait tant ce soir-là. En fait, il se doutait bien du motif ; cependant il le jugeait futile.

— Alors ? s'impatienta l'objet de l'examen.

— Vous avez une tache sur votre veste, se moqua son ami, incapable de résister à la tentation de la taquinerie.

Mozart, affolé, s'empressa d'écarter les pans de sa pelisse afin d'examiner chaque parcelle de sa veste. Il entendit bientôt le rire de Christian.

— Vous êtes impossible ! s'exaspéra Wolfgang, en souriant toutefois.

— Vous n'avez pas à vous inquiéter. Vous êtes parfait et tout se passera très bien. Allez, venez.

— Oui, tu as tout ce qu'il faut pour l'impressionner à nouveau, l'assura Anna Maria, en souriant encore de la plaisanterie de Christian et en acceptant le bras que son fils lui tendait.

Wolfgang soupira tout de même en emboîtant le pas à ses amis. Chasser ses angoisses était plus facile à dire qu'à faire. Un regard sur l'imposante résidence du comte-électeur palatin Charles-Théodore suffisait à bouleverser n'importe qui.

L'immense palais au revêtement de briques roses et blanches était construit en forme de « U » dans un style baroque, où tout était exagéré. Son aspect massif et pompeux, ses grandes portes, ses innombrables fenêtres, sa surcharge décorative ne laissaient aucun visiteur indifférent.

Pourtant, une fois à l'intérieur, malgré la présence d'un même style baroque dans les grandes pièces du palais, Wolfgang oublia rapidement son léger malaise, tout comme le souvenir de la mystérieuse passagère. La musique joyeuse des violons, des flûtes et clarinettes et du pianoforte parvint aux oreilles du petit groupe. Wolfgang, maintenant dans son élément, fut encore plus rassuré. Il se laissa guider par le domestique qui les accueillit dans la grande salle de danse.

Celle-ci, dont les murs peints en bleu ciel étaient garnis de miroirs et de dorures, était bondée d'invités tous aussi élégants les uns que les autres, parmi lesquels plusieurs dansaient déjà sur le menuet qu'on entendait. Du plafond, sur lequel un artiste de talent avait peint des anges jouant lyres, harpes et violons, pendaient cinq somptueux lustres de cristal ornés de dizaines de bougies allumées. Ces dernières procuraient ainsi suffisamment de lumière à la soirée que donnait le propriétaire des lieux.

En avançant au milieu de la salle, Mozart le vit. Sur son siège, à l'autre bout de la pièce, Charles-Théodore regardait attentivement les danseurs et semblait vraiment s'amuser. On pouvait voir sa longue robe rouge bordée de fourrure blanche se soulever au rythme de son pied qui battait la mesure. Il avait posé son écharpe blanche autour de ses épaules, qu'il revêtait lors de fêtes ou de grandes occasions. Une longue chaîne en or ornée de rubis pendait sur son torse.

Ce soir-là, pour le comte, était à la fois une fête et une grande occasion. C'était le jour de son anniversaire, soit le 11 décembre, et il avait décidé de le célébrer plus pompeusement qu'à l'habitude. Non seulement il s'agissait du dernier qu'il célébrait à Mannheim, mais il voulait souligner sa nomination pour succéder au duc Maximilien de Bavière à Munich. Ce dernier était mourant et sans héritier. La nouvelle, qu'avait apprise Wolfgang avant de venir à la soirée, l'avait évidemment choqué et attristé. Cependant, il s'était consolé d'avoir pu passer du temps agréable en sa compagnie alors qu'il se portait encore bien.

En avançant dans cette si grande salle richement décorée, parmi les nombreux invités qui s'agglutinaient partout autour des danseurs, Wolfgang mesura l'ampleur de cette célébration. Au fond de la salle, sur une grande table recouverte d'une nappe blanche, on avait déposé des plateaux remplis de pain, de fromages, de fruits et de poulet froid. Des valets distribuaient généreusement le vin sans mesurer. À côté de la table, le comte, à qui un domestique venait d'apporter des morceaux de pain, riait aux éclats d'une réplique faite par celui avec lequel il conversait. Lorsque, peu après, le comte Charles-Théodore aperçut Christian Cannabich, son épouse et le couple qui le suivait, le seigneur leur fit signe d'approcher.

Une fois que les présentations officielles furent faites, qu'ils l'eurent salué abondamment et félicité pour son anniversaire et sa soirée, et qu'ils eurent un peu discuté avec lui, le prince les quitta et les laissa libres de s'amuser. Il promit de les rappeler plus tard pour entendre Mozart jouer du pianoforte, version plus moderne du clavecin. Le comte se souvenait de Mozart et il lui paraissait impératif de l'entendre au cours de la soirée.

Amadeus Mozart fit danser sa mère, pendant que Christian faisait de même avec son épouse, Elisabetha. Après un menuet, durant lequel deux personnes s'appuient main sur main, tournent ensemble dans un sens puis dans l'autre et en exécutant de petits pas, et deux contredanses, où les hommes et les femmes se font face en rangées et exécutent des mouvements définis, Anna Maria demanda à s'asseoir. Elisabetha l'accompagna tandis que Wolfgang suivit son ami parmi les invités. Ils s'arrêtèrent fréquemment pour saluer les uns ou pour discuter avec les autres ou même pour retourner danser. Ainsi se déroula agréablement la soirée.

Au cours de celle-ci, plusieurs lui démontrèrent leur enthousiasme à l'égard de la réputation qui le précédait. D'autres, moins informés des talents de Wolfgang, le félicitèrent poliment. Bien que Mozart ne se formalisât aucunement de cette méconnaissance, elle le motivait à se dépasser dans son travail et à tâcher d'obtenir le poste lucratif qu'il convoitait.

Bientôt, Cannabich entreprit avec trois hommes une conversation dont Wolfgang se désintéressa vite, jugeant qu'elle ne le regardait nullement. D'un signe de tête et de la main, Mozart s'excusa et lui fit comprendre qu'il les laissait discuter tranquillement et le rejoindrait plus tard. Il déambula lentement autour des danseurs en observant les convives venus célébrer l'anniversaire de leur hôte. Il saluait un petit groupe rencontré plus tôt lorsqu'au bout de la rangée de danseurs, une femme en retrait attira son attention.

La femme, sans doute très jeune, regardait les danseurs en agitant un éventail. Comme elle semblait ne pas l'avoir remarqué, il put l'observer à son aise. Vêtue d'une magnifique robe à la polonaise verte et beige, ample et pincée en trois étages sur l'arrière de la jupe de façon à montrer le jupon doublé assorti, elle suivait la dernière mode. Ses cheveux châtains étaient relevés en un savant chignon, cependant quelques mèches bouclées se noyaient dans la dentelle beige autour de son col.

Plus il s'approchait d'elle, plus son visage lui paraissait parfait. Le teint pâle, la peau lisse, les yeux noirs, le nez droit, une toute petite bouche aux lèvres rouge framboise, elle lui faisait penser à une poupée de porcelaine. Il se demandait qui pouvait être cette belle et toute jeune inconnue. Il s'immobilisa un instant. Craignant qu'elle s'aperçoive de l'examen insolent dont elle faisait l'objet, il préférait garder ses distances et feindre par moments de tourner ailleurs son intérêt.

Distrait par la belle, il ne put éviter un danseur qui lui recula sur les pieds. Ce dernier s'excusa abondamment bien que Wolfgang, se sentant en grande partie fautif, l'assurât de n'en ressentir aucune douleur et de ne pas s'en formaliser. Toujours désolé, le danseur réintégra son rang, mais il était trop tard pour Wolfgang. L'attention de l'inconnue en robe verte et beige avait été captée, la demoiselle avait repéré l'incident.

La main qui agitait l'éventail était tombée. Elle fixa Mozart d'un air grave mais bientôt, le musicien crut déceler sur ses lèvres un sourire. Se moquait-elle de lui ou souhaitait-elle se montrer compatissante à son égard ? Pendant quelques secondes, il fut pétrifié, s'interrogeant sur l'attitude à adopter. La belle le fixait. Ses yeux foncés semblaient briller.

Il ignorait si elle attendait de lui une réaction. Incapable de détacher son regard du sien, il n'eut d'autre réflexe que lui répondre également par un sourire. La musique cessa et avant qu'il n'eût le temps de réfléchir à sa conduite, le comte tapa dans ses mains et avisa que la fête était terminée et que tous devaient réintégrer leur domicile. Les gens, y compris les musiciens de l'orchestre, se préparèrent à quitter le palais sans rechigner.

Mozart se tourna vers le propriétaire des lieux, mais savait que cette exigence ne lui était pas destinée. À la demande du comte palatin, il exécuterait un petit concert privé en compagnie de quelques parents et amis chers que le prince désirait garder auprès de lui encore pour quelques heures. Même si la nervosité l'avait gagné quelque peu à son arrivée, il lui tardait de se produire devant lui et de discuter d'un possible poste.

Quittant du regard le comte qui l'avait distrait de la demoiselle, sortant enfin de sa torpeur, Wolfgang chercha l'inconnue, décidé à la saluer et à ne pas lui paraître d'une impolitesse éhontée. Mais il eut beau regarder dans tous les sens et se diriger vers la sortie de la salle, le sort semblait s'acharner sur lui : il ne trouva aucune trace de la belle inconnue.

Chapitre 5

Dans la petite chambre qui lui était réservée chez les Cannabich, Amadeus était installé à un petit bureau, son bonnet de nuit sur la tête. Une chandelle sur un bougeoir de métal noir éclairait les trois feuilles de papier devant lui. Elles lui servaient à rédiger des lettres. Les deux premières, destinées à son père et à sa sœur, étaient déjà terminées.

La dernière, prévue pour sa chère cousine, lui apportait quelques ennuis. Comme il le lui avait promis, il lui avait donné des nouvelles depuis qu'il se trouvait à Mannheim. Il attendait toujours qu'elle lui réponde avec impatience et Maria Anna Thekla le faisait avec une juste régularité.

Ce soir, ce n'était pas la peur de manquer de matière à lui raconter qui le contrariait, car il y avait tant à lui faire savoir. Il lui était plutôt difficile de se concentrer. Voilà trois ou quatre fois qu'il quittait la feuille du regard et s'égarait dans ses pensées. Bien sûr, il en connaissait la raison. Toutefois, il tairait à sa cousine combien cette intrigante apparition survenue juste avant la fin de la soirée l'habitait encore, des heures plus tard. Si au moins il avait pu connaître son nom…

Alors que Mozart s'était avancé parmi les gens priés de s'en aller, il s'était bien douté qu'il ne la reverrait pas. Pourtant ce fait ne l'avait pas empêché d'espérer qu'il en soit autrement. Ce qui l'avait laissé perplexe, en revanche, c'était l'immense déception qui l'avait envahi lorsqu'il fut certain que la dame en vert et beige avait quitté les lieux.

Et ce sentiment de vide, il le ressentait toujours puisqu'il redoutait de ne jamais rien découvrir à son sujet. Comment demander des précisions à son sujet à son bon ami alors qu'il n'avait aucun indice permettant de l'identifier clairement ? *Vous savez, la femme châtaine en robe verte ?* se voyait-il demander à Cannabich. Il aurait assurément ri de lui. Ces détails, qui pouvaient s'appliquer à plusieurs femmes, n'aidaient en rien à trouver son identité.

Résolu à rester concentré sur sa tâche, Wolfgang revint à l'écriture de la lettre à sa cousine. Il trempa sa plume dans l'encrier puis décrit sur le papier sa soirée chez le comte-électeur palatin, Charles-Théodore. Grâce à sa mémoire eidétique, les mots déjà tracés dans la précédente lettre destinée à son père lui revinrent aisément. Ils prirent de nouveau forme, presque inconsciemment. Le jeune musicien détailla son arrivée au palais avec ses compagnons, son état d'esprit, ses rencontres, la joie ressentie de participer à la célébration, ainsi que la conclusion de la soirée en compagnie du prince et sa prestation dans ses appartements privés en compagnie de quelques invités privilégiés.

« Mes doigts couraient sur le clavier avec enthousiasme et passion. Chaque fois que je joue, je sens mon corps entier s'animer, s'enflammer. J'adore la musique et elle me met dans un formidable état d'esprit. Je voyais briller de ravissement les regards des quelques invités, mais surtout celui du comte Charles-Théodore. J'étais persuadé que la satisfaction que j'y observais me serait bénéfique. À un certain moment, entre deux pièces, il s'est permis un commentaire, que je vous cite de mémoire :

– Il y a quinze ans, vous étiez assis à la même place. Je vous revois, jeune enfant en compagnie de votre charmante sœur et de vos parents, et vous jouiez déjà merveilleusement. Aujourd'hui, à part découvrir chez vous une plus grande maturité, rien n'a changé. Vous faites preuve d'un énorme talent et votre musique me ravit, m'impressionne et me transporte tout autant.

Pouvez-vous imaginer, ma chère cousine, à quel point je me sentais soulagé et comblé ? À ce moment, je me persuadai qu'il ne pouvait me laisser quitter le palais sans m'offrir la charge de directeur musical. Lorsque je terminai ma prestation, tous m'applaudirent et me félicitèrent chaudement. En voyant cette admiration de la part d'autres musiciens accomplis, car il y en avait quelques-uns parmi ceux restés pendant ma prestation, j'ai compris que je méritais une telle place de choix.

Une fois seul avec lui, je m'informai de la possibilité qu'une telle offre me soit faite. Hélas, sa réponse ne fut pas celle que j'espérais :

– J'admire votre talent, monsieur Mozart, et il me sera toujours plaisant de vous entendre, mais comme on m'a pressenti pour remplacer Maximilien III, qui est malade et mourant, à titre de prince-électeur de Bavière, je devrai déménager à Vienne dans les mois prochains. Je fermerai ce palais et partirai avec toute ma cour. Je ne pourrai donc vous offrir de poste, quel qu'il soit. Je ne vous avais rien promis, cependant, je vous ai laissé entendre cette possibilité et je m'en excuse grandement. Croyez-moi, si j'avais pu vous aider, je l'aurais fait avec un immense plaisir.

– Votre annonce me procure une bien triste déception, mais je ne vous en tiens pas rigueur et je vous remercie pour vos bons mots à mon égard. Si l'état du duc de Bavière m'attriste, je me réjouis de votre nomination. À propos de ce possible déménagement, le sort de Christian, votre directeur musical, me préoccupe. Que deviendra-t-il ?

– Si monsieur Cannabich veut me suivre avec sa famille, j'en serai fort satisfait, néanmoins je respecterais son choix dans le cas contraire. Il est actuellement en période de réflexion, mais nous n'en sommes pas encore au moment des décisions. Encore une fois, vous me voyez vraiment désolé de devoir vous décevoir et ne pas accéder à votre demande.

J'étais déçu, il est vrai, mais je comprenais la situation. Christian ne m'avait rien mentionné à ce propos mais selon ses dires, lorsque je m'en informai auprès de lui plus tard, c'était parce qu'il n'avait pas encore arrêté sa décision.

L'électeur et moi avons beaucoup discuté ensuite. Je lui ai parlé comme à un vieil ami. Vers la fin, il m'a laissé lui embrasser les mains. Je lui ai dit avoir entendu plusieurs opéras à Munich qui m'ont inspiré et m'ont donné quelques idées. Je lui ai même offert de composer pour lui dans ces mots :

– Je m'incline devant votre volonté, mais mon vœu le plus cher serait d'écrire un opéra pour vous. Ne m'oubliez pas si le besoin se manifeste.

Il a promis de ne pas m'oublier. Je reste réaliste, mais composer un opéra pour lui avantagerait largement ma carrière. Il me tarde d'obtenir une réponse qui en aiderait l'essor. Je suis las des déceptions que me causent des refus renouvelés. »

Fatigué, Wolfgang termina sa lettre sur des salutations et des mots un peu osés qui en disaient long sur le désir qu'il nourrissait à l'égard de sa cousine.

Une fois les plis scellés de cire, la chandelle soufflée et lui bien au chaud sous les couvertures, Amadeus Mozart laissa son esprit vagabonder. Ce jour-là, il avait vécu deux déceptions considérables. Il n'était probablement pas raisonnable de juger l'une des deux comme telle, mais l'inconnue occupait bien malgré lui une si grande place dans ses pensées qu'il ne pouvait se permettre d'amoindrir l'intensité de cette déception. En faisant le bilan de sa journée, il constatait combien il n'avait que très peu de perspectives devant lui. C'était à son tour de prendre une initiative.

• • •

Après y avoir réfléchi inlassablement durant deux jours, Mozart avait décidé de la meilleure conduite à tenir. Ses affaires n'allaient pas comme il les avait planifiées. Installés au salon, Wolfgang et sa mère terminaient leur tasse de café. Wolfgang attira l'attention de celle-ci sur la gravité de la situation.

Depuis le début de leur voyage, dans les salons de plusieurs aristocrates où Wolfgang avait été reçu pour un événement à leur convenance, les gens s'occupaient peu de lui, la plupart étant trop absorbés à bavarder entre eux ou à manger. Le joueur de violon et de clavecin qu'il était ne représentait souvent qu'un agrément de plus dans leur soirée festive. De plus, Wolfgang était souvent revenu avec de vulgaires bibelots en guise de paiement et de remerciement. Or, il était couvert de dettes et se désolait pour son ami, qui acceptait de les héberger et même parfois de leur faire crédit pour couvrir leurs dépenses alimentaires.

D'une voix empreinte de tristesse, il informa Anna Maria que, pour cette raison et parce qu'il ne pouvait obtenir le travail tant recherché, ils devraient bientôt quitter Mannheim. Il ajouta qu'il se plaisait dans cette ville, d'où sa déception à l'idée de devoir partir. Ce à quoi sa mère avoua qu'il en était de même pour elle, mais que la carrière de son fils passait avant tout.

— S'il t'est ardu de trouver un poste à ta hauteur, je suis d'accord à poursuivre le voyage autre part.

Wolfgang sourit tristement. Au cours des dernières heures, il avait sans cesse essayé de trouver des solutions pour remettre leur départ à plus tard mais à présent, il n'avait plus le choix. Même s'il s'interrogeait encore à propos de l'énigmatique jeune inconnue aperçue à la fête du comte Charles-Théodore et qu'il regrettait de rester dans l'ignorance, Wolfgang ne songeait plus autant à elle. Il avait vite compris qu'il fallait oublier cette demoiselle qu'il n'avait aucune garantie de retrouver.

Elle demeurait un espoir insatisfait, toutefois elle n'était pas sa seule déception, loin de là. Il existait une multitude d'autres raisons qui le peinaient de quitter Mannheim. Avec Anna Maria, ils évoquaient leurs amis et les formidables personnes rencontrées qui leur avaient fait vivre d'inoubliables moments et qu'ils laisseraient derrière eux.

C'est à ce moment que leur hôte, Christian, témoin involontaire de leur conversation en passant devant le salon, intervint en commençant par s'excuser de les interrompre :

— Si vous aimez tant cette ville et êtes attachés à quelques personnes que vous avez rencontrées, vous n'êtes pas dans l'obligation de les abandonner et de partir tout de suite. J'aime également votre compagnie et c'est avec plaisir que nous vous logeons, mon épouse et moi. Même si vous vous sentez redevables, je peux vous loger gratuitement pendant une certaine période encore, comme je vous l'ai déjà dit. Je pense même avoir besoin de vous. Mon ami, vous êtes d'un grand talent au clavecin et comme il appert que vous disposez d'une plus grande disponibilité que moi, j'aimerais que vous donniez des leçons à ma fille Rose. Elle-même en serait plus que ravie.

Wolfgang n'était pas sans savoir que le talentueux violoniste qu'était son hôte se voyait moins qualifié au clavecin. Il fut honoré par cette proposition. Il jeta un coup d'œil à sa mère, laquelle lui répondit par un large sourire et un léger hochement de tête.

Quelques semaines de plus à Mannheim seraient sans conséquence sur la progression de sa carrière. Son père, à qui tant lui que sa mère écrivaient fréquemment pour l'informer des développements de leur tournée, ne s'opposerait pas à ce petit ralentissement, conclut-il pour lui. Et sa mère semblait être de son avis. Il se leva afin de serrer la main de son ami en guise d'accord et le remercia de son hospitalité.

– S'il s'avère que je trouve un poste convenable et que nous restions plus longtemps, je n'abuserai pas de votre maison et de vos bons soins. Je chercherai un logement pour ma mère et moi.

– Il en est hors de question pour le moment. Nous verrons bien plus tard, répondit son ami pour le satisfaire quelque peu.

Au cours des jours suivants, il enseigna à Rose, la fille aînée du couple Cannabich, âgée de treize ans. Elle possédait déjà plusieurs notions de musique et savait jouer du violon, comme son père. Elle se montra bonne élève et apprit à jouer du clavecin rapidement. Certains soirs, elle se donnait en spectacle afin de montrer ce que Wolfgang lui avait appris dans la journée.

Un soir, alors qu'ils s'attablaient pour le repas, Christian félicita chaleureusement sa fille pour ses progrès et Wolfgang pour ses talents d'enseignant. Quelque peu embarrassés par tant de compliments, ceux-ci les acceptèrent toutefois rapidement avec joie et fierté. Une fois le bénédicité dit, tous apaisèrent leur appétit d'un ragoût que leur avait servi une domestique.

Elisabetha prit ensuite la parole :

— La fête de Noël approche et pour cette occasion, nous sommes invités chez les Wendling, samedi de la semaine prochaine.

— Donc le 20 ? calcula Christian.

— En effet. J'ai vu Dorothea ce matin dans une boutique et elle m'a priée de vous transmettre l'invitation en insistant sur le fait qu'elle et son mari, Johann Baptist, tiennent à ce que nous y venions tous.

— Tous ? répéta Rose avec enthousiasme.

— Désolée, ma chérie, mais les enfants ne seront pas admis pour cette soirée. Nous célébrerons la fête de Noël en votre compagnie le jour même. Je parlais plutôt de nos invités, expliqua Dorothea en regardant Wolfgang et Anna Maria.

— C'est avec plaisir que nous nous y rendrons à nouveau avec vous, affirma Wolfgang en se rappelant le récital qu'il y avait donné quelques jours avant la soirée d'anniversaire au palais du prince-électeur Charles-Théodore.

— À la bonne heure ! fit Christian en levant sa coupe de vin.

Le jour de la fête, Wolfgang et sa mère ainsi que le couple Cannabich arrivèrent à l'heure voulue chez les Wendling. Le majordome les aida à retirer manteaux et bottillons, qu'ils avaient enfilés ce soir-là, car une mince couche de neige était tombée dans la journée. Alors que le domestique les conduisait au grand salon, une musique douce leur parvint aux oreilles. Dans un coin, un jeune homme jouait du violon, et un homme plus âgé, son père assurément vu la ressemblance, manipulait un violoncelle.

Ceux déjà arrivés resplendissaient dans leurs beaux habits. Mozart avait revêtu la même tenue que lors de la fête du comte, sans le bicorne, cependant. Le couple hôte vint les accueillir. Dorothea ne manqua pas de complimenter Wolfgang sur sa mise. Ce dernier la remercia timidement, puis lui retourna le compliment. En effet, avec sa chevelure rousse, dont les mèches frisées tombaient sur les épaules, et sa robe d'un vert éclatant, elle resplendissait. Elle quitta bientôt les hommes, emmenant Anna Maria et Elisabetha pour aller rejoindre d'autres invitées. Quelques pas plus loin, elles discutèrent amours, familles, belle vêture et tenue de maison.

De son côté, le maître de maison entraîna les hommes avec lui et leur fit traverser l'immense salon aux boiseries foncées. Tout en marchant, il affirma qu'il désirait présenter Wolfgang à d'autres convives. Les tentures bourgogne séparant le salon de la salle de musique étaient ouvertes afin de faire entrer davantage de lumière, remarqua Wolfgang au passage. Il reconnut aussi le pianoforte sur lequel il avait joué la première et seule fois qu'il était venu en ces lieux. Sans doute qu'on lui demanderait de jouer plus tard. Tout près de l'instrument se dressait un magnifique arbre de Noël, décoré de pommes de pins et de guirlandes.

Un autre domestique circulait entre les convives, avec à la main un plateau de coupes de vin qu'il offrait à ceux et celles qui avaient les mains vides. Monsieur Wendling incita Christian et Amadeus à en accepter une. Tous trois rejoignirent bientôt un groupe d'hommes qui conversaient joyeusement au fond du salon, près de l'entrée de la salle de musique.

Après les présentations, les hommes, tous des musiciens et la plupart jouant dans l'orchestre de Mannheim, causèrent tout naturellement de musique, puis de l'orchestre lui-même. Ils se dirent tous fiers d'appartenir à cette grande famille d'artistes.

— L'orchestre de Mannheim est le meilleur que j'aie entendu, tint à souligner Mozart, après avoir pris une gorgée de vin. Celui-ci doit son excellente réputation à Christian, son directeur, qui a contribué à parfaire l'ensemble orchestral en accordant un soin particulier aux crescendos ainsi qu'aux diminuendos afin que les premiers soient aussi justes que puissants et que les seconds s'avèrent bien sentis. Évidemment, vous, messieurs les musiciens, qui les jouez si merveilleusement, partagez cette formidable réputation, reconnue dans toute l'Europe. De plus, tous les hautbois, clarinettes et autres instruments à vent intégrés à la demande de Christian enrichissent considérablement la valeur de l'ensemble. Je suis fier de compter monsieur Cannabich parmi mes amis. On louange beaucoup mon jeu au clavecin, mais pour ce qui est du violon et de diriger un orchestre, Christian, vous êtes un maître d'exception.

— Je vous remercie, mais je ne suis pas un musicien si exceptionnel et surtout, je n'aurais pas réussi à faire de l'école musicale et de l'orchestre de Mannheim ce qu'ils sont s'ils ne comportaient pas de si admirables membres, comme vous l'avez si bien dit, qui ne rechignent pas devant le travail, ajouta Christian avec modestie. Quant à vous, mon cher Mozart, le clavecin est loin d'être le seul domaine que vous maîtrisez. C'est là une part de votre génie.

L'un argumentant pour louanger l'autre, les hommes décidèrent de clore la discussion, dont ils ne voyaient pas la fin. D'un commun accord et de l'avis des musiciens présents, ils conclurent que chacun d'eux était doté de dons exceptionnels.

Pendant qu'ils parlaient, une jeune femme, qu'un domestique venait d'introduire dans le groupe des dames, s'en écarta subtilement. Peu intéressée par leur conversation du moment, elle s'immobilisa à côté du pianoforte installé tout près des dames. Elle tendit la main et toucha le clavier.

La note émise par le piano, un *la*, analysa Wolfgang, attira l'attention de ce dernier. Il leva les yeux vers le fond de la salle, d'où provenait ce son.

Entre le piano et l'arbre de fête se tenait une femme aux cheveux châtains et bouclés. Un demi-sourire aux lèvres, elle le fixait. Il reconnut aussitôt l'expression de ses yeux noirs.

• • •

L'espace de quelques secondes, pour Wolfgang Amadeus, plus personne ne bougeait, ni ne discutait. Le temps s'était arrêté. Il n'entendait plus rien. Le père et le fils avaient cessé leur concert. Des gens groupés dans la salle, il ne voyait que les lèvres remuer lentement. Il n'y avait que cette jeune fille qui le fixait, une main portée à sa bouche en signe de confusion. Celle dont la nature du regard lui était difficile à définir. Celle qu'il avait craint de ne jamais revoir.

Avait-elle joué accidentellement cette note ? Ou alors, l'avait-elle fait volontairement ? Tout comme lui, elle avait peut-être osé souhaiter le revoir. À présent qu'ils se retrouvaient tous les deux à une même soirée, peut-être avait-elle voulu attirer son attention, alors qu'il se trouvait en pleine discussion avec d'autres hommes, s'imaginait Wolfgang. Elle se tenait à plus courte distance de lui ce soir-là. Il avait ainsi le loisir de l'observer de plus près. À sa surprise, il la trouva plus jeune qu'il ne l'avait cru : elle devait être âgée de quinze ou seize ans, pas davantage, et surtout, elle était beaucoup plus jolie que dans ses souvenirs.

Mozart remarqua alors également que sa mère, Elisabetha, Dorothea et deux autres femmes étaient assises près dudit piano, auprès duquel elles s'entretenaient. La jeune femme retira la main de sa bouche, afin de s'excuser auprès de la maîtresse des lieux qui s'était levée et approchée d'elle. Elle craignait probablement d'avoir dérangé les violonistes dans leur prestation ou les invités dans leur conversation, dont la curiosité aurait pu être attirée par le bruit.

En même temps que l'intervention de Dorothea, le temps se remit en marche et la réalité rattrapa Mozart. La cacophonie des discussions et la musique des violons, qui n'avaient pourtant jamais cessé, revinrent à ses oreilles. Les quelques personnes qui s'étaient aperçues de la distraction causée par la jeune femme retournèrent rapidement à leur conversation.

Le *la* entendu semblait accidentel, réfléchit encore Wolfgang. Mais était-ce vraiment le cas ? D'une manière ou d'une autre, elle avait réussi à capter son intérêt. Intrigué, Wolfgang s'excusa auprès du groupe d'hommes au milieu duquel il se tenait et qu'il délaissa aussitôt. Il commençait déjà à se diriger vers la jeune inconnue et Dorothea, qui échangeaient quelques propos, lorsque cette dernière, l'apercevant, lui fit signe de les rejoindre.

— Monsieur Mozart, voici mademoiselle Aloysia Weber. C'est la chanteuse dont je vous ai parlé l'autre soir, la présenta-t-elle d'un ton enthousiaste avant même que l'homme ne se soit immobilisé à leur hauteur. Comme elle est arrivée depuis peu, je n'ai pas pu vous la présenter plus tôt.

Se rappelant avoir entendu ce nom de la bouche de Dorothea Wendling, Mozart réprima une réaction de surprise devant l'étonnante coïncidence, avant de s'immobiliser devant les deux femmes.

— Ne vous en faites pas, Dorothea. J'étais alors à discuter mais je suis disponible à présent. Je suis vraiment enchanté de vous rencontrer, mademoiselle Weber, affirma Wolfgang après s'être tourné vers la distraite visiteuse et en lui prenant délicatement cette main gantée jusqu'au coude, au-dessus de laquelle il pencha la tête en une gracieuse révérence. Je suis Wolfgang Amadeus Mozart.

— Un musicien accompli et fort talentueux, compléta-t-elle avec sincérité, tout en pliant à demi les genoux pour lui retourner une révérence en signe de politesse. Le plaisir est pour moi, monsieur Mozart. J'ai beaucoup entendu parler de vous et je vous rencontre enfin.

Mozart se demanda si elle sous-entendait ainsi qu'elle aurait aimé lui parler le soir où ils s'étaient vus à peine quelques secondes. À moins qu'elle ne sût qu'il se trouvât à Mannheim depuis un certain temps… Il était évidemment trop tôt pour l'interroger. Et le regard qu'elle lui adressait ne l'aidait en rien à deviner ses intentions à son égard.

Qu'il aurait aimé pouvoir lire dans ce regard profond qui continuait de le fixer intensément, mais dans lequel il ne pouvait rien déceler, ni indice ni signe d'un quelconque intérêt !

La seule certitude qui lui venait était qu'Aloysia lui paraissait très jeune. Toutefois, son attitude et son regard, celui qu'elle persistait à lui lancer, démontraient une maturité et une détermination qui le touchaient profondément.

Mozart reprit :

— Dorothea et Johann Baptist m'ont vanté votre talent. J'espère pouvoir vous entendre chanter prochainement !

— Pourquoi pas ce soir ? intervint Dorothea.

— Bien sûr, et je vous accompagnerai au pianoforte avec plaisir, déclara Wolfgang dans l'espoir qu'elle accepte.

— Maintenant ? C'est que je chante dans une chorale. Je n'ai pas l'habitude des solos…

Wolfgang réalisait qu'elle était peu expérimentée, que l'auditoire de ce soir l'embarrassait. Cependant, mieux valait, pour son bien, combattre cette timidité rapidement. Aussi, se permit-il d'insister.

— Pourquoi pas ? Si vous vous destinez à une carrière de chanteuse, il vous faudra bien chanter devant un public un de ces jours. Autant commencer dès à présent.

La jeune chanteuse le fixa un moment. Son regard farouche disparut et il retrouva celui rempli de détermination et si difficile à déchiffrer qu'il avait déjà vu.

— Je veux bien chanter pour vous, accepta Aloysia, même si je n'ai pu exécuter quelques exercices au préalable.

Wolfgang ne sut interpréter ses propos. L'idée de chanter pour lui lui plaisait-elle réellement ou cherchait-elle une excuse pour qu'on la soulage de cette tâche ? Son regard si difficile à sonder et ses dernières interventions, dans lesquelles se trouvaient de faibles protestations, cachaient peut-être une angoisse qui commençait à l'étreindre. L'homme sensible en lui hésitait à insister.

C'est Dorothea qui termina toutefois l'échange, lequel amena un sourire sincère dans le visage d'Aloysia, à l'heureuse surprise de Wolfgang, content de s'être trompé.

– Vous m'en voyez comblée! Je vais l'annoncer à nos invités. Vous êtes prêts?

Ils acquiescèrent, mais lui demandèrent une ou deux minutes, le temps de choisir un petit répertoire. Dorothea s'avança d'un pas pour les laisser discuter et tapa dans ses mains pour attirer l'attention de tous. Les violonistes cessèrent de jouer. Chaque convive approuva l'idée du petit spectacle que la maîtresse de la maison venait d'annoncer.

Aloysia se plaça debout à proximité du piano, une main sur la bordure du clavier. Wolfgang s'y installa, puis laissa habilement courir ses doigts sur les notes blanches et noires. Le violon et le violoncelle émirent aussitôt une faible musique en guise de fond sonore, ce qui eut pour résultat un magnifique agencement des différents instruments. Les invités s'approchèrent du clavecin dès le début de la mélodie.

Comme ils l'avaient convenu au préalable, Aloysia chanta d'abord un passage d'une pièce connue de Jean-Baptiste Lully, qu'il avait composée pour l'opéra *Le Bourgeois gentilhomme*. Mozart, ayant déjà entendu et joué la mélodie au cours de ses apprentissages, sut l'accompagner adéquatement. Elle enchaîna ensuite avec *O Tannenbaum, Mon beau sapin*, créé par Melchior Frank, un compositeur allemand du 16e siècle, parce que la fête de Noël approchait et que tous se trouvaient là pour la célébrer.

Dès le premier couplet de la pièce de Lully, Wolfgang fut subjugué par la voix d'Aloysia. Elle était jeune et avait sans doute encore beaucoup à apprendre, mais il ne pouvait nier l'immense talent qu'elle possédait et les possibilités qui s'ouvraient à elle.

Wolfgang jeta alors un coup d'œil en direction de la chanteuse, tout en hochant la tête à plusieurs reprises pour lui faire comprendre qu'il reconnaissait la grande aptitude qu'elle possédait. Mais le regard impénétrable qu'elle lui retourna le surprit encore une fois. À cet instant, Aloysia Weber l'intrigua plus que jamais. Il se promit de percer le mystère de son énigmatique regard.

Malgré lui, il ne pouvait détacher ses yeux des siens et il se risqua même à sourire. Allait-elle lui répondre ? Ou plutôt s'enfermer derrière ce regard presque défiant ? À sa grande joie, la demoiselle lui sourit. Les lèvres de Wolfgang s'étirèrent davantage, puis il la gratifia de mouvements de tête approbateurs successifs. Elle sourit à nouveau, plus franchement cette fois.

Ravi, le musicien se concentra à nouveau sur son jeu. Au dernier couplet du chant de Noël, les invités, qui avaient respecté les minutes de gloire d'Aloysia, joignirent leur voix à la sienne et l'ensemble fut fantastique. Pendant un instant, la chanteuse apprécia visiblement ce moment. Wolfgang, aussi heureux et ému de cette finale grandiose, ressentait une grande joie à penser qu'il pourrait peut-être briser la muraille de glace derrière laquelle la jeune fille semblait se protéger.

• • •

– Des cours de chant ? demanda Aloysia. Vous voulez me donner des cours de chant ?

Mozart mit quelques instants à lui répondre, ses pensées s'étant perdues dans la contemplation de la belle.

– Effectivement. Jusqu'à l'âge de treize ans, j'ai moi-même reçu des cours de monsieur Giovanni Mazzuoli, chanteur italien que nous avons rencontré à Londres lors de la grande tournée avec ma famille, alors qu'il y présentait quelques spectacles.

– Je ne doute pas que vous sachiez chanter, car le chant et la musique vont de pair, néanmoins, je voyais davantage en vous un professeur de musique.

Mozart marchait aux côtés de mademoiselle Weber, laquelle avait promis à ses parents de partir tôt de la fête, pour la raccompagner à sa voiture. Les chevaux attelés piaffaient pour se réchauffer. Comme le sol était enneigé et glissant, il lui avait offert son bras, qu'elle avait gracieusement accepté après une seconde d'hésitation. Cette proximité lui procurait une chaleur dont il était reconnaissant dans ce froid glacial.

Il ne lui avait que peu reparlé après leur prestation, plusieurs souhaitant encore discuter avec lui pendant que d'autres s'informaient de sa disponibilité pour enseigner à leur progéniture. Lorsqu'il avait pris conscience qu'elle allait quitter la fête, il s'était empressé de quérir son manteau pour sortir avec elle. Il devait lui parler. Quelque chose le poussait à éclaircir le mystère qui planait autour d'elle. Heureusement, la demoiselle avait accepté de le suivre.

Ignorant comment aborder le sujet de leur première et trop brève rencontre, ce dont il avait tant de fois cherché l'occasion après leur prestation, Wolfgang avait espéré qu'elle vienne enfin à son secours et y fasse allusion alors qu'ils seraient seuls. Comme Aloysia gardait le silence, l'idée de cette proposition lui était venue et il réalisait avec une certaine fierté à quel point elle était sensée.

— Oh, bien entendu, je suis également professeur de musique. Seulement, je pense pouvoir vous aider à vous améliorer sur un point précis. Vous possédez déjà un talent énorme, vous disposez d'un extraordinaire potentiel et ce petit plus que je pourrais vous apporter ferait de vous, je crois, une chanteuse parfaite en tous points et très demandée.

— Je ne sais pas. Je ne possède sans doute pas les moyens de bénéficier d'un professeur tel que vous !

— Vous n'aurez certainement pas besoin de plusieurs cours. Je crois bien que je pourrais vous les offrir gratuitement. Croyez-en mon expérience, on peut habituellement qualifier une chanteuse de fort talentueuse et accomplie lorsqu'elle a la vingtaine bien entamée. Vous me paraissez déjà en voie de le devenir, malgré votre jeune âge. Il ne vous manque qu'un léger encadrement pour y arriver.

Ils s'immobilisèrent devant la voiture que les parents d'Aloysia avaient mise à sa disposition pour son transport. Elle dégagea son bras de celui de Wolfgang, afin de monter à l'intérieur. Ce dernier, usant de galanterie, lui ouvrit la porte, lui reprit la main et posa délicatement une main dans le dos de la jeune chanteuse afin de l'aider à monter sur le marchepied sans incident.

D'un air intrigué, Wolfgang la regarda s'installer confortablement, attendant toujours qu'elle réponde. Comme si elle réalisait enfin ne pas l'avoir fait, elle se pencha vers lui.

— Vous logez chez les Cannabich ?

— Vous êtes bien renseignée.

— Il m'est impossible de venir plus tôt mais je serai là le mercredi 7 janvier, en après-midi, annonça-t-elle d'autorité en fermant la porte alors que les chevaux partaient déjà.

— Très bien, répondit Wolfgang Amadeus, étonné par son attitude et peu certain qu'elle l'ait entendu.

Il allait rentrer rejoindre ses amis lorsqu'elle lui cria d'un ton sans réplique par la porte qu'elle venait d'entrouvrir :

— Je suis âgée de dix-sept ans, monsieur Mozart. Je ne suis pas aussi jeune que vous le pensez !

• • •

Décidément, ce bout de femme qu'était mademoiselle Weber n'allait pas cesser de le surprendre. Elle n'était là que depuis une dizaine de minutes qu'elle voulait décider du déroulement de son cours. Amadeus ne l'avait rencontrée qu'en deux occasions, mais il n'avait pu lui parler seul à seule que durant l'une d'entre elles. Pourtant il en devinait déjà beaucoup sur elle. Il croyait que sous cette carapace de femme directive, à la recherche d'un certain contrôle et au regard impénétrable, se cachaient une douceur exquise et une forte volonté de plaire.

Probablement que quelqu'un ou quelque chose l'avait conduite à se montrer plus forte, à développer une autonomie précoce. Il en fut profondément touché. Un intense désir lui apparut brusquement de lui faire comprendre que peu importait les mauvaises expériences vécues dans une jeune vie, les gens n'étaient pas foncièrement mauvais et plusieurs méritaient qu'on leur accorde une réelle confiance.

— Mademoiselle Weber, il faut me croire. Je pense vraiment pouvoir vous être utile, cependant vous devez me laisser vous enseigner comme je l'ai planifié.

— Je suis désolée, dit-elle, confuse. Je ne souhaitais pas vous heurter, seulement, c'est plus fort que moi. Je sais ce que j'aime chanter et…

— Ne vous en faites pas. Vous ne m'avez point blessé et je comprends votre volonté de gérer votre propre métier.

Toutefois, comme je l'ai mentionné plus tôt, apprenez à me faire confiance. J'ai moi-même reçu l'éducation de quelques maîtres, dont mon père, lequel s'est montré plutôt sévère, et voyez comment se portent ma carrière et ma renommée à présent ! Je pense me débrouiller assez bien et je peux vous en faire profiter.

— Oh, monsieur Mozart ! Vous ne faites pas que vous débrouiller en la matière. Vous possédez un talent exceptionnel. J'ai souvent entendu parler de vos performances, avant même que vous n'arriviez à Mannheim. C'est un honneur pour moi d'être votre élève. Je veux seulement me montrer à la hauteur.

— Mademoiselle Weber ! Je suis reconnaissant que vous jugiez mon talent exceptionnel et je vous en remercie, mais ne rabaissez jamais le vôtre. Vous entendre chanter chez les Wendling a suffi pour me convaincre que vous êtes déjà une grande chanteuse. Je souhaite seulement vous amener à un degré plus haut, le seul qu'il vous reste à franchir pour que votre renommée s'enflamme.

— Monsieur Mozart, vous faites preuve d'une grande gentillesse.

— Merci ! Cependant, ce n'est pas par amabilité, mais par pure franchise que je vous dis tout cela. Je ne me rappelle pas vous avoir dit que le travail nécessaire à votre progression s'avérerait facile, toutefois ! Alors, au travail !

Devant le sourire franc de la belle, il ne put s'empêcher de rire.

— Pourquoi riez-vous ?

— Parce que j'ai remarqué que vous ne souriez pas souvent et les deux seules fois où je vous ai vu le faire, c'était grâce à moi. J'en récolte un peu de fierté même si je suis persuadé qu'il vous arrive de le faire en mon absence.

– Ce que vous dites est vrai, mais je tâcherai de sourire plus souvent, monsieur. Mozart, promit-elle en souriant.

– Appelez-moi Wolfgang, plutôt. Et je vous en prie, ne changez rien. Vous êtes ravissante en tout temps.

Elle baissa légèrement la tête sous le compliment. Aussi ne put-il affirmer lequel des deux rougissait le plus.

Chapitre 6

Ils se trouvaient dans un champ rempli de fleurs sauvages. Il en avait cueilli quelques-unes pour les lui offrir. Elle lui souriait tendrement, ses yeux brillaient. Il savait qu'elle brûlait d'amour pour lui. Il lui tendit une main qu'elle attrapa sans se faire prier.

— Wolfgang, dites-moi que vous m'aimez !

— Ne viens-je pas de vous le montrer ? répondit-il plutôt en montrant le bouquet du menton.

— Mais dites-le-moi ! Je vous en conjure. Prononcez ces mots que je veux tant entendre.

— Vous êtes constamment dans mes pensées, Maria Anna Thekla. Je vous chéris plus que tout.

— Vous ne me parlez toujours pas d'amour, se plaignit sa cousine.

Il examina le visage parfait encadré de boucles châtaines. Il s'arrêta d'abord sur le nez droit, puis sur les yeux noirs qui le fixaient avec une expression difficile à définir, enfin sur la petite bouche entrouverte, qui demandait visiblement à recevoir la sienne.

Il désirait tant caresser ce visage qui s'offrait à lui. Il éleva sa main libre pour le toucher mais elle retomba. Le bruit que fit son bras en s'abattant à côté de lui sur l'édredon le réveilla.

Wolfgang s'assit dans son lit en se frottant les yeux. Il se sentait mal et le cœur lui débattait. Il avait rêvé de sa cousine mais cette dernière, au lieu d'arborer sa longue chevelure blonde et de le fixer de ses yeux pers, lui était apparue sous les traits d'Aloysia. Il réalisa qu'il se culpabilisait de trahir sa cousine, qui devait l'attendre et se morfondre sans lui. Pourtant, il ne pouvait plus nier que ses sentiments avaient évolué.

Au cours des dernières semaines et des quelques enseignements qu'il lui avait prodigués, il avait appris à la connaître davantage. Celle-ci, âgée de dix-sept ans, et non de quinze comme il l'avait cru, montrait une étonnante maturité et, surtout, comme lui était âgé de près de vingt-deux ans, la différence n'était pas aussi grande qu'il l'avait craint au départ.

Il aimait ce qu'il découvrait d'elle et de sa personnalité. Lorsqu'il n'était pas en sa présence, il songeait fréquemment à elle. Aloysia n'était plus une énigmatique jeune fille qui attisait sa curiosité, maintenant qu'il en découvrait la personnalité attachante. Il désirait constamment l'avoir près de lui, lui tenir les mains. Il s'imaginait l'embrasser, la serrer contre lui. Il voulait qu'elle ressente pour lui ce qu'il éprouvait pour elle.

Son rêve lui avait parlé. S'il se savait attiré par Aloysia Weber, il ne pouvait plus faire semblant d'ignorer tout l'amour qu'elle lui inspirait. Et il fallait qu'elle le sache incessamment, décida-t-il, car ses enseignements toucheraient bientôt à leur fin. Elle n'était pas une élève débutante et progressait vite.

Il n'avait rien promis d'autre à Maria Anna Thekla que de lui écrire et de lui donner quelques nouvelles. De son côté, elle lui avait démontré de l'intérêt, mais ne lui avait pas avoué de sentiments amoureux non plus. Il ne devait donc pas s'en vouloir. Pourtant, l'idée de la blesser le tourmentait. Wolfgang reposa sa tête sur son oreiller et essaya de calmer l'agitation qui l'habitait malgré tout, pendant que sa mère ronflait tranquillement dans la pièce à côté.

• • •

Wolfgang achevait une leçon avec Rose Cannabich. Celle-ci, docile élève, s'améliorait chaque jour. Lui enseigner gratuitement constituait une forme de paiement pour leur hébergement, à lui et sa mère, chez les Cannabich. Bien sûr, il offrait à Christian une part de ce qu'il gagnait en donnant d'autres leçons ou des représentations musicales chez des nobles de la région. Il lui faudrait trouver d'autres revenus si mademoiselle Rose s'améliorait suffisamment pour diminuer la fréquence des cours.

Durant les dernières minutes, pendant lesquelles Wolfgang écoutait la pièce que Rose jouait à sa demande au clavecin, il ne songeait qu'à la venue prochaine d'Aloysia, à laquelle il donnerait bientôt un troisième cours. Cette ultime partie de la leçon lui parut par conséquent aussi pénible que longue. Il n'était pas dans ses habitudes, et il s'en désola pour la fillette, d'être aussi distrait et d'avoir envie de précipiter la fin du cours, mais il y avait si longtemps qu'il attendait ce moment !

En effet, il s'était écoulé près de deux semaines depuis la dernière leçon d'Aloysia. Son indisponibilité agaçait Wolfgang, car il aurait aimé la voir plus régulièrement. Néanmoins, il respectait les motifs fournis, sans pour autant pouvoir s'empêcher de penser qu'une forte personnalité et un besoin d'indépendance expliquaient mieux pareilles absences prolongées.

À l'instant où Rose joua sa dernière note et qu'on cogna à la porte d'entrée, Wolfgang, libéré de son cours, se remémora sa discussion avec Aloysia sur le choix des chants qu'elle avait voulu imposer. Il lui avait expliqué les raisons qui motivaient le sien. La demoiselle les avait vite comprises et acceptées.

Ce jour-là, Wolfgang avait souhaité la faire profiter d'une leçon qu'il avait déjà eue et qui serait largement plus utile à Aloysia qu'à lui. Pour que son talent soit complet, elle devait travailler des passages hautement difficiles aux notes rapides. Il avait commencé son enseignement avec des airs plus faciles, afin de mieux évaluer ses aptitudes, d'où sa préférence pour ses propres choix musicaux en comparaison à ceux suggérés par Aloysia. Mais maintenant, elle était prête pour des défis plus grands.

Aussi, lors d'une précédente leçon, Mozart avait remarqué qu'elle affectionnait un style cantabile, pour lequel elle montrait une inclination, ce qu'elle avait approuvé ainsi :

— C'est ce qu'on m'a dit. Je chante ainsi depuis un tout jeune âge. Mon tempo est mesuré, souple et harmonieux. Mes lignes chantées sont bien connectées entre elles.

— C'est en effet ainsi qu'on définit le style cantabile, avait acquiescé le musicien. Ne vous inquiétez pas, nous ne modifierons nullement ce qui vous caractérise si bien.

Pour lui permettre de réussir des passages difficiles et de perfectionner son style cantabile, il prévoyait lui faire répéter plusieurs arias, telles des mélodies expressives, empreintes de fortes émotions, qui se destinent à l'opéra. Celles-ci devaient également comprendre des passages de bravoure, c'est-à-dire des parties d'un chant où la performance devient plus ardue et plus audacieuse. Des passages qui poussent l'interprète à démontrer ce dont il est capable. Cette manière de chanter lui serait nécessaire si Aloysia se rendait un jour en Italie, là où les possibilités d'opéra étaient les meilleures. La jeune chanteuse avait applaudi à cette perspective et à la pertinence d'exercer les habiletés choisies par son maître.

En somme, cet après-midi-là, où février était déjà entamé, elle devait lui chanter de courts arias qu'il lui avait demandé de répéter à la maison. Il lui tardait de la revoir et d'entendre les progrès qu'elle avait accomplis. Il ignorait si elle avait travaillé comme elle l'avait laissé entendre, vu le nombre de semaines durant lesquelles il n'avait pu la diriger. Cependant, en songeant à la détermination qui animait Aloysia, il ne s'étonnerait pas d'entendre une nette amélioration.

Il en était à toutes ces pensées, quand elle franchit le seuil de la pièce et se dirigea vers lui. Après une brève salutation et quelques échanges de politesses, ils se mirent vite au travail. Il la trouva encore plus belle que dans ses souvenirs et contint difficilement l'émotion qui l'étreignait et lui dictait de la prendre dans ses bras alors qu'elle commençait son chant. Ce dernier lui parut encore plus mélodieux, et après l'ultime leçon qu'il lui réservait, il deviendrait impeccable.

À la fin de la leçon, alors qu'il l'aidait à passer les bras dans son manteau, il lui parla de son projet.

— J'ai en tête une composition que je terminerai dans les prochains jours. Il s'agit d'un nouvel aria auquel vous trouverez vous-même l'air qui sied, celui avantageant votre talent. Après quelques exercices, venez me le chanter et, en toute honnêteté, je vous révélerai ce qui me plait et ce qui doit être modifié. Cela deviendra une manière d'évaluer à quel point mes enseignements vous sont bénéfiques.

— Je reviendrai en début de semaine m'enquérir de cette partition, alors ! Vous croyez vraiment que je posséderai ainsi les aptitudes pour chanter au Burgtheater de Vienne ou même en Italie ? ne put-elle s'empêcher de lui demander, se doutant déjà de la réponse positive à cette question.

— Votre voix est magnifique, vous démontrez des capacités incroyables, vous êtes déterminée, toute votre personne est ravissante. Vous possédez tout ce qu'il faut pour vous rendre là où vous le souhaitez.

— Cessez de me complimenter à outrance ou je croirai que vous me faites la cour ! s'exclama-t-elle joyeusement en enfilant ses gants, ne s'attendant pas à tant de louanges.

— Serait-ce une si mauvaise idée ? Je crois fermement ce que je vous ai dit.

Elle suspendit son mouvement et le fixa un instant de ce regard insaisissable qu'il avait vu tant de fois. Elle avait avancé cette hypothèse pour plaisanter, persuadée que le musicien aurait nié entreprendre pareille démarche romantique. Comme il semblait penser le contraire, elle en demeurait abasourdie.

— Arrêtez. Taisez-vous. Il ne faut pas vous exprimer davantage.

— Et pourquoi devrais-je me taire ? Est-ce si mal de vous trouver belle, gentille, fort talentueuse et pleine de bons principes ?

Elle termina d'ajuster son gant et sourit, choisissant de prendre cette conversation à la légère.

— Vous êtes incorrigible !

— Je n'ai pas envie de me corriger, Aloysia, poursuivit Mozart, lequel, désirant s'ouvrir à elle sur ses sentiments, trouvait le moment adéquat.

Ses yeux devinrent plus durs. Elle ajouta, avec une pointe de sécheresse dans la voix :

— Cela suffit, cette conversation ne mène nulle part et je dois partir. Je reviendrai la semaine prochaine. Au revoir, monsieur Mozart.

Ce dernier la salua sans oser la questionner ni pousser plus loin sa confession. Ne comprenant rien à ce brusque changement d'attitude, blessé de l'avoir vue badiner avec l'aveu lui brûlant les lèvres depuis si longtemps, il referma la porte derrière elle, dévasté, pour ne pas dire anéanti. Jusqu'à l'heure du départ, leur discussion s'était déroulée dans la bonne humeur. Au fil de leurs rencontres, leur relation, sans qu'il puisse la qualifier d'intime, se développait bien. Ils semblaient s'apprécier mutuellement, analysait Wolfgang.

Ou alors il s'était trompé, ou il avait tout gâché. Joyeuse durant toute la leçon, elle lui avait semblé accepter les compliments qu'il lui avait adressés. Apparemment, cela n'avait pas duré. Elle lui avait ordonné de se taire et n'avait eu qu'une idée : partir le plus vite possible.

Il l'avait bousculée, peut-être même apeurée, sans trop savoir comment, et elle lui en voulait pour cela. Allait-il devoir refouler encore une fois la tendre affection, l'amour qui martelait sa poitrine ?

• • •

Amadeus n'avait pas vu Aloysia depuis plus d'une semaine. Elle était venue chercher la partition de l'aria à répéter pendant son absence. Il se donnait alors en concert chez un noble de la région. S'il redoutait d'avoir tout gâché avec elle, au moins il se faisait peu à peu un nom dans la ville, avide de ses services, et par le fait même, il bénéficiait d'occasions supplémentaires pour payer ses frais d'hébergement chez son ami Christian.

Il ne pouvait toutefois empêcher le doute s'immiscer en lui. Aurait-elle fait exprès de l'éviter ? L'amoureux, persuadé qu'elle reviendrait poursuivre la leçon, croyait pourtant toujours en la possibilité d'une franche explication sur le malentendu qui existait entre eux.

Elle revint à l'improviste, deux jours seulement après être venue quérir ladite partition, alors que Mozart répétait avec Christian pour un événement auquel tous deux participeraient bientôt. Ceux-ci cessèrent de jouer aussitôt qu'ils eurent donné à la domestique l'autorisation de faire entrer la visiteuse, puis ils se levèrent pour l'accueillir.

Wolfgang se tenait debout aux côtés de son ami, tâchant de ne rien laisser paraître de son trouble. Ajoutait à ses angoisses le fait que Christian ignorait tout de ses sentiments pour Aloysia. Amadeus se sentait inconfortable, parce que la demoiselle venait à lui sans l'avoir prévenu et à la suite d'une dernière visite quelque peu bouleversante. Enfin, Mozart craignait aussi la réaction qu'elle aurait en le voyant pour la première fois sans perruque.

– Bonjour, messieurs, je suis désolée de vous interrompre, s'excusa-t-elle une fois autorisée à entrer dans le salon de musique. Monsieur Mozart, je suis prête à vous montrer ce que vous m'avez demandé et j'ai pensé qu'en ce début d'après-midi, vous seriez libre.

Elle s'adressait à lui sans exprimer la moindre surprise de le voir tête nue, pas plus qu'elle ne fit allusion à sa précédente visite.

– Ce n'est rien, mademoiselle Weber, l'assura Christian après l'avoir chaleureusement saluée. Je vous laisse. Mon ami, nous continuerons plus tard.

Wolfgang hocha la tête en direction de son ami qui s'éloignait déjà, puis salua la jeune fille en portant cette main offerte à ses lèvres, décidant de garder le silence sur les sujets qui le tracassaient. Celle-ci le laissa faire, mais tout comme lors de son dernier départ, elle n'affichait pas une humeur facile.

Tandis qu'elle le saluait, elle se montrait respectueuse, mais aucune gaieté n'apparaissait sur son visage. Wolfgang y vit davantage la détermination à lui livrer sa meilleure interprétation qu'une quelconque rancœur. Évidemment, il lui avait déjà vu ce regard résolu, cependant il y décelait en plus un mélange de dépit, de colère et de contrariété, ce qui le laissa à la fois triste et perplexe.

La demoiselle ne lui faciliterait pas la tâche lorsque viendrait le moment de s'expliquer avec elle. Il était déjà ardu de la questionner sur ce sujet délicat qu'était l'attirance qu'il éprouvait envers elle. Si Aloysia conservait cette ennuyeuse attitude, il lui deviendrait plus difficile de parvenir à confesser ses sentiments et s'ouvrir à elle. Wolfgang voulait réparer sa bévue, bien qu'il ignorât en quoi il se trouvait coupable, mais il cherchait toujours la manière idéale d'aborder le sujet.

– Mademoiselle Weber, je me demande…

– J'aimerais commencer tout de suite, si vous n'y voyez pas d'inconvénient, l'interrompit-elle sèchement.

— Très bien, répondit-il après un bref silence, à la fois peiné et étonné de cette réaction.

Il releva le pan de sa redingote grise et s'installa dans le fauteuil central, se persuadant qu'il valait mieux la laisser faire à sa guise pour le moment. Il exigerait des explications plus tard. Il lui fit signe de la main pour lui indiquer qu'elle pouvait chanter dès qu'elle se sentirait prête. Aloysia se plaça devant Mozart, toussota une fois puis, si petite fût-elle, laissa exploser son chant en italien d'une voix puissante et mélodieuse :

« Alcandro, Io Confesso
Alcandro, je me confesse.
Son visage, son regard, sa voix
Réveillent dans mon cœur
Un tremblement si soudain
Que mon sang se renouvelle
Dans chaque fibre de mon être.
J'en cherche la cause dans mes pensées
Mais ne peux la trouver.
J'ignore d'où vient cette tendre affection,
Cette vibration qui naît dans ma poitrine,
Cette glace qui maintenant coule dans mes veines.
Alcandro Io Confesso »

Ému, il l'écoutait chanter de tout son cœur une composition qu'il avait créée pour elle. Elle rendait sa chanson exactement comme il l'avait voulue, telle qu'il l'aurait chantée lui-même, pareille à ce qu'il lui aurait appris. Les yeux fermés, elle termina sur une longue note, puis se tut. La chanteuse rouvrit les yeux et, l'air grave, attendit le verdict.

Il applaudit en silence, en secouant la tête. Interloqué et renversé, il ne trouvait pas les mots justes pour exprimer ce qu'il ressentait, pour qualifier un tel exploit. Il se leva afin de lui exprimer finalement ce qu'il venait de conclure pour lui-même. Après qu'elle l'eut sincèrement remercié, Wolfgang enchaîna sur les possibilités que lui permettrait son immense talent.

Impatiente d'obtenir une autre réponse, elle ne l'écoutait toutefois plus.

— Cette chanson, ces mots, c'est à moi qu'ils s'adressent ?

Il fut surpris par la justesse de la question, mais surtout par le ton qu'elle avait utilisé. Expéditive, elle exigeait une réponse franche et sur-le-champ. Il se remémora sa réaction lors de l'épisode des compliments et réfléchit à la meilleure réponse à lui donner sans qu'elle lui en veuille.

— Aloysia, je n'ai jamais souhaité vous blesser. Pourtant, je ne peux rien contre les sentiments que vous m'inspirez. Je vous ai servi un aria voilant à demi ce que je ressens, car j'ignorais comment vous…

— Non, ne dites plus rien, s'écria-t-elle, affolée, en se retournant afin d'essuyer rapidement une larme qui coulait sur sa joue.

— Aloysia, je vous en prie, ne pleurez point. Pourquoi ce chagrin soudain ? s'informa-t-il, devinant toutefois ce qu'elle tentait de lui cacher.

Wolfgang contourna le dos qui lui était offert puis, se plaçant en face d'elle, lui releva le menton. Il ne comprenait pas pour quelle raison cette femme se montrait souvent contrariée par lui depuis leur première rencontre. Pourquoi abhorrait-elle l'intérêt qu'elle suscitait chez lui au point de se rendre amère et maintenant triste ?

Elle renifla, puis le fixa. Le regard déterminé avait fait place à un regard désespéré.

— Je vous interdis le moindre tendre sentiment envers moi, puisque vous allez bientôt partir. Et je ne pourrai supporter ce départ si vous m'affirmez que vous ressentez réellement…

Il prit la délicate main de la jeune femme entre les siennes et termina pour elle la phrase laissée en suspens.

— … Si je vous affirme que je suis amoureux de vous ? Je ne peux plus le nier et il m'est difficile de vous taire l'amour que je ressens pour vous. Très chère Aloysia, si par votre réaction, vous essayez de m'apprendre que vous ressentez ne serait-ce qu'un début d'amour à mon égard, je deviendrai l'homme le plus heureux qui soit.

— Monsieur Mozart, je vous en conjure, ne vous abandonnez pas à ce sentiment. Nous en souffririons tous les deux. Laissez-moi plutôt quitter cette maison, l'implora-t-elle en libérant sa main de celles de Wolfgang.

— Je ne puis vous laisser partir ainsi. Je vous aime, Aloysia. Il est trop tard, désormais. Si vous refusez de vous abandonner à vos sentiments ou de succomber aux miens, vous savez d'ores et déjà que nous aurons tous deux le cœur brisé définitivement. Dans le cas contraire, nous nous retrouverons à mon retour de tournée. La séparation s'avérera aussi difficile pour moi, mais je vous porterai pendant toute celle-ci dans mon cœur.

— Wolfgang ! Vous reviendrez mais vous repartirez ! J'en comprends la nécessité pour votre profession, cependant je ne saurai supporter vos absences.

— Alors, épousez-moi, belle Aloysia, et venez avec moi.

Chapitre 7

Les deux voitures des Mozart avançaient sur la route dallée, parsemée de plaques d'eau gelée et d'amas de neige. Le printemps approchait, mais une tempête avait surpris tout Mannheim au début de la semaine précédente. Pour cette raison, Anna Maria et Amadeus avaient dû remettre au milieu de mars leur départ, pourtant prévu dans les premiers jours du même mois.

Les chemins étaient carrossables, cependant, comme il fallait s'y attendre, plusieurs portions de ces derniers s'avéraient peu dégagées. Les passagers étaient installés dans la première voiture. La deuxième était remplie de leurs malles et des instruments de musique de Wolfgang. Passablement secoués, ils gardaient le silence depuis que leur voiture s'était mise en branle. C'était la troisième journée de route depuis leur départ de Mannheim et il restait encore beaucoup de chemin à effectuer avant d'atteindre la capitale française.

Anna Maria, qui avait subi le silence obstiné de son fils une grande partie de la journée, le questionna :

– Paris est encore loin ! Penses-tu afficher cette humeur jusque-là ?

Les yeux d'Amadeus quittèrent la fenêtre par laquelle il regardait avant qu'il réponde :

– Je suis désolé de me montrer si piètre accompagnateur, mère. Je ne peux m'empêcher de songer aux événements des dernières semaines. Surtout à la manière dont j'ai dû quitter mademoiselle Weber.

— Je comprends tout à fait ce que tu ressens, mon fils. Mais je partage l'avis de ton père. Tu dois prioriser tes intérêts et ton travail de musicien. As-tu déjà oublié que nous allons à Paris ? s'exclama-t-elle ensuite, les yeux brillants d'enthousiasme. Pense à toutes les occasions qui t'attendent dans cette ville ! Nous y verrons Melchior Grimm, le prince de Conti et assurément les autres personnes figurant sur la liste de ton père. Tous sont susceptibles de t'aider. Ton père a déjà écrit à monsieur Grimm et il t'attend. Il te présentera à des contacts et des gens qui contribueront à l'essor de ta carrière. Cette fois, comme l'a prédit Leopold, il ne peut en advenir autrement. Cette perspective devrait te faire sourire.

— Vous êtes trop optimiste, mère, remarqua Wolfgang avec un sourire forcé. Je ne suis plus certain de croire en mes possibilités. J'ai vécu trop de déceptions.

— Et toi, tu es trop pessimiste. Tu en veux encore à ton père ? s'informa-t-elle ensuite après un bref silence, constatant que la bonne humeur ne revenait pas sur le visage de son fils.

Il soupira puis revint à la fenêtre. Il apercevait parfois des gens à pied qu'ils dépassaient. Tous portaient un épais manteau, se pressaient, et une fumée s'échappait régulièrement de leur bouche. Pas de doute, le froid s'acharnait et l'hiver semblait ne pas avoir dit son dernier mot. Bien que la voiture, fermée et capitonnée, les protégeât en partie du froid de l'hiver, il remonta instinctivement la couverture sur ses cuisses.

— Je n'ai pas apprécié les recommandations de mon père, ni davantage le ton qu'il a employé, mais je sais qu'il a raison.

— Il est vrai que Leopold analyse bien les faits et en conséquence, il agit raisonnablement. N'avait-il pas spécifié, au printemps dernier, lors de notre conversation au sujet de notre départ prochain, que tu devais te détourner de toute distraction qui ne concernait pas la musique ? Tu devrais plutôt t'y appliquer afin de ne plus provoquer son courroux. Par ailleurs, je suis persuadée qu'il n'a pas souhaité te blesser et que par son opposition à ce mariage, il ne pense qu'à ton bien. Dans vos prochains échanges, vous aurez tout oublié.

Wolfgang, peu convaincu, se contenta de lui sourire à demi. Retrouvant aussitôt son air abattu, il retourna à sa contemplation. Il aurait pu répliquer qu'Aloysia étant chanteuse, il ne se laissait pas tellement distraire de ses objectifs.

Sa mère, soucieuse de le rassurer, reprit la parole :

— À Paris, tout ira pour le mieux. Les perspectives y sont grandes. Comme le mentionnait ton cher père, les gens se montreront généreux envers toi. Loin d'Aloysia, il t'apparaîtra plus facile de t'affairer comme il se doit pour en récolter les bénéfices qui te reviennent.

Sans vraiment les voir, il garda les yeux fixés sur les champs enneigés et, sceptique quant à l'avenir radieux qui lui était annoncé, il laissa entendre un bref rire étouffé sans rien ajouter. Wolfgang adorait la musique et croyait en ses moyens. Il doutait toutefois des possibilités que lui offrirait Paris. Séparé de sa chère Aloysia, il peinait à se consacrer à sa passion. À vrai dire, le cœur n'y était plus, sa motivation était basse. Ce qu'il souhaitait, c'était de profiter des deux. Tenter une explication ne lui aurait pas servi ; ses parents refusaient de lui donner raison.

Comprenant qu'elle ne pouvait rien ajouter pour le faire changer d'humeur, la mère se pencha vers la fenêtre de son côté. Le roulement eut tôt fait de produire son effet et après quelque temps, la tête d'Anna Maria tomba sur sa poitrine. Laissé à lui-même, Wolfgang retourna à ses doux souvenirs pendant que sa mère somnolait.

• • •

Mozart se souviendrait longtemps de ce merveilleux jour de mi-février, lors duquel il avait appris qu'Aloysia partageait ses sentiments. Il convenait que sa grande demande de fiançailles n'avait pas été très chevaleresque et il s'en était excusé ; toutefois, elle avait eu l'effet désiré. Aloysia s'était jetée sur lui et s'était emparée des mains qui lui étaient tendues, riant et pleurant à la fois, avouant que la perspective de pouvoir voyager avec lui en tant qu'épouse la comblait de bonheur.

— Je n'ai jamais songé que vous m'aimeriez au point de vouloir vous unir à moi au tout début de notre relation. Si je me suis montrée un peu dure envers vous, c'est que j'ai hélas craint que des absences répétées jusqu'à un éventuel mariage en viennent à nuire à un couple récemment formé. Voyant mes sentiments pour vous se développer, je me suis vite fermée pour éviter d'en souffrir.

— Je comprends votre désarroi, mais soyez assurée de la fidélité de mon amour envers vous. Alors, vous m'aimez donc aussi ?

— Si vous pouviez entendre les battements de mon cœur sous ma poitrine, vous en resteriez convaincu à jamais.

Il avait souri à cet aveu et s'était rapproché d'elle. Peu certain de pouvoir briser les convenances, c'est avec une certaine retenue qu'il l'avait embrassée. Ses mains s'étaient d'abord jointes dans le dos d'Aloysia. L'ayant ainsi prise contre lui, il avait déposé ses lèvres sur les siennes dans un chaste baiser. À voir la manière dont elle s'était alors offerte à lui, les yeux fermés, la bouche à demi ouverte, il avait pu constater qu'elle en demandait encore. Il l'avait enlacée pour mieux boire à ses lèvres une tendresse bienfaisante, vite transformée en une passion enivrante.

Cette jeune personne se montrait prête pour l'amour et c'est lui, Wolfgang Amadeus Mozart, qu'elle avait choisi. Il ne pouvait être plus heureux. Une fugace image de Maria Amalia lui était venue à l'esprit. Il avait ressenti pour celle-ci bien davantage que l'envie physique de se trouver auprès d'elle, de la prendre contre lui. Il l'avait aimée et elle lui avait brisé le cœur, mais il constatait maintenant que ce qu'il éprouvait pour Aloysia ne ressemblait en rien à son amourette avec Maria Amalia.

S'il ne l'avait rencontrée que récemment, Wolfgang avait tout de même appris à connaître la cantatrice, et ils partageaient tant d'intérêts ! Il songeait constamment à elle. Il rêvait d'elle. Il s'imaginait créer des rôles chantés pour elle. Il voulait lui composer une multitude de poèmes, qu'elle garderait amoureusement dans un précieux coffre. Il souhaitait la rendre heureuse. Aloysia était l'amour, la passion de sa vie.

— Tendre Aloysia, informez votre père. Pendant ce temps, je devrai écrire au mien afin qu'il m'envoie son consentement pour nos fiançailles, avait-il annoncé entre deux baisers sur le pas de la porte, incapable de la laisser repartir. Dès que j'aurai obtenu son approbation, je demanderai officiellement votre main à votre père. Il me tarde que le mien apprenne la nouvelle, qu'il découvre à quel point je vous aime, à quel point je suis heureux.

— Je suis aussi pressée que vous qu'il approuve notre union. Puisque votre mère me connaît et m'apprécie, ce ne sera qu'une formalité. Mon père, mon cher père, je le connais très bien. Il ne pourrait que bénir le choix de mon cœur. Ne reste plus qu'à convaincre le vôtre.

À la suite de la discussion qu'Aloysia avait eue avec ses parents à propos de sa nouvelle flamme, ceux-ci avaient accepté de recevoir Wolfgang. Lorsqu'il les avait rencontrés quelques jours plus tard, le père, Fridolin, s'était montré chaleureux, alors que la mère, Cécilia Weber, avait fait preuve d'une certaine froideur envers le jeune homme. Les yeux noirs d'Aloysia, qu'elle tenait de sa mère, s'étaient promenés d'un parent à l'autre à la recherche d'un appui quant au choix de son prétendant.

Fridolin Weber, homme bon et doux mais à la santé fragile, prenait souvent ses décisions dans le but premier de satisfaire le bonheur de ses filles. Quand Aloysia lui avait avoué être amoureuse et l'avait prié de bénir leur union lorsque Wolfgang lui demanderait sa main, il n'avait pu rien lui promettre sur-le-champ. L'affaire étant sérieuse, il n'avait pas eu le choix de prévoir un petit interrogatoire pour Wolfgang Amadeus Mozart.

Monsieur Weber connaissait la réputation musicale du père et du fils Mozart. Il n'avait que de bons mots à propos de celle-ci. Toutefois, selon certains témoignages de gens du milieu musical, il savait Leopold entêté, souvent trop direct et avide de contrôle. Cécilia, également au courant de cette rumeur, craignait que le fils Mozart développe aussi de tels traits et qu'il devienne insupportable envers leur fille.

Moins sévère, plus sage également, Fridolin avait décidé de lui accorder une chance et d'en apprendre davantage sur celui qu'aimait sa chère fille. Il avait donc demandé un entretien privé avec l'intéressé. À la suite de cet entretien, il avait été satisfait des valeurs de Wolfgang et, croyant à la sincérité des sentiments qu'il ressentait pour Aloysia, il leur avait accordé le droit de se fréquenter, à condition qu'ils ne soient jamais seuls, ce que les amoureux avaient promis. Dans l'attente de la réponse de Leopold Mozart, Fridolin Weber leur avait signifié ne pas souhaiter se prononcer davantage sur le sort futur des deux jeunes gens.

Heureux de la décision de monsieur Weber, Aloysia et Wolfgang profitaient de chaque instant qui leur était offert. Entre les concerts et les leçons que donnait Wolfgang, lui rapportant pourtant si peu, tout juste de quoi payer son hébergement chez Christian, le couple se voyait chaque jour. Ils se promenaient dans les rues de Mannheim, bras dessus bras dessous, à discuter longuement sur la vie en général, leurs projets, leur enfance, laquelle, quoique placée sous le signe d'une éducation stricte et d'un horaire chargé, fut aussi très heureuse.

Mozart se rendait souvent à l'église de Mannheim pour entendre chanter Aloysia dans le chœur dont elle faisait partie. Il appréciait les prestations mais il n'écoutait qu'elle, n'avait d'yeux que pour elle. Une fois les répétitions ou les cérémonies religieuses terminées, il l'attendait à la sortie pour la raccompagner. Ils bavardaient et riaient en se serrant l'un contre l'autre pour se protéger du froid ou se lançaient des balles de neige et couraient pour se réchauffer.

Plusieurs après-midis, ils se retrouvaient chez les Cannabich pour pratiquer leur art. Ils se trompaient parfois, riaient, recommençaient, sans jamais oublier de s'embrasser entre deux chants. Il était même arrivé à Aloysia d'accompagner son musicien préféré à certaines soirées lors desquelles ce dernier offrait un concert aux invités. Plusieurs le félicitaient et applaudissaient à ses dons, mais l'ignoraient rapidement ensuite afin de rejoindre leurs connaissances. Habitué à ce comportement, Wolfgang s'en moquait et se réjouissait plutôt de la présence de sa chère Aloysia, qu'il dévorait des yeux.

— Vous êtes si belle dans cette robe, lui disait-il souvent.

Elle lui souriait et clignait des yeux en guise de remerciement, sachant pertinemment que peu importe sa tenue, il la trouvait toujours fort jolie. Elle aimait qu'il la complimente, et le fait qu'elle acceptait désormais ses éloges enchantait le jeune homme.

— Cette fois, vous êtes à couper le souffle, avait-il ajouté à sa phrase habituelle un soir qu'elle était accoudée au pianoforte du noble chez qui il donnait un concert.

Il avait joué la dernière note de sa pièce et ne pouvait s'empêcher d'examiner Aloysia à nouveau. Sa belle, dont le chignon était savamment remonté, avait revêtu une robe polonaise bleu ciel dont le corsage blanc était brodé de fils argentés. Les manches, ajustées aux coudes, se terminaient par une large bordure de dentelle. Elle s'était éloignée de l'instrument et avait exécuté un tour complet sur elle-même, révélant derrière elle le jupon blanc sous les plis pincés sur trois sections de l'ample jupe de la robe. Elle souriait, heureuse de plaire à son musicien.

— Votre mise et votre beauté ne sont pas négligeables non plus, monseigneur, avait-elle répondu un peu moqueuse, en reprenant sa position initiale.

— Monseigneur ! Vous exagérez, très chère ! Quant à ma beauté, elle est extrêmement loin d'égaliser la vôtre.

– Vous êtes charmant, et c'est ainsi que je vous adore.

Leur petite parade amoureuse s'était bientôt terminée, au moment où Mozart avait dû jouer un nouveau morceau pour son hôte. On l'avait applaudi distraitement et, avec un sourire et quelques hochements de tête en guise de remerciement, il allait enchaîner avec une sonate. Mais avant, il n'avait pu s'empêcher de la caresser d'un autre compliment lancé tout bas :

– Vos cheveux sont si beaux ! Si vous saviez comme j'aimerais les défaire et y glisser ma main !

– Wolfgang ! l'avait-elle semoncé en fronçant les sourcils.

– Tirer le fil de votre corsage, dégrafer une à une les agrafes dans votre dos, avait-il poursuivi, coquin, en voyant qu'elle lui avait ensuite rapidement souri.

– Il faut vous arrêter, avait-elle ordonné en posant les mains à plat sur le dessus de l'instrument, tout de même prise d'une soudaine envie de rire. Vous êtes impossible !

– Vous en avez envie aussi, n'est-ce pas ? J'ignore si je pourrai tenir jusqu'au mariage.

– Il le faudra pourtant, mon chéri. La réponse de votre père arrivera certainement bientôt. Pour l'instant, cessez vos divagations et concentrez-vous, Wolfie, il n'en reste plus pour longtemps. La soirée tire à sa fin.

Wolfie, songea encore Mozart, le front appuyé sur la vitre du fiacre. Il lui avait permis d'utiliser le surnom que lui donnait sa sœur Maria Anna, que lui-même appelait Nannerl. Il devait avouer qu'il s'était habitué à l'entendre de la bouche de sa bien-aimée et que cela lui plaisait.

Le soleil baissait à l'horizon. L'après-midi s'achevait. Il jeta un coup d'œil à Anna Maria, qui semblait encore dormir.

Il cogna contre la cloison de la voiture pour attirer l'attention du cocher assis à l'avant du carrosse, lequel se retourna et ouvrit le petit guichet vitré donnant sur l'habitacle.

– Qu'y a-t-il ?

– D'après vous, où sommes-nous rendus ? Il doit commencer à se faire tard.

– Nous sommes à environ une heure de la frontière de la France. Nous nous arrêterons avant de la traverser, car effectivement la nuit approche. Nous trouverons facilement, à Saarbrücken, un toit pour nous héberger et une bonne table pour satisfaire notre appétit, répondit le cocher, sa voix étouffée par l'écharpe de laine devant sa bouche.

– Parfait, je vous remercie, Edward. Vous serez aussi heureux d'être enfin au chaud, j'imagine.

– Je suis bien couvert, mais il fera bon se réchauffer, en effet, monsieur Mozart. Nous en profiterons tous dans peu de temps.

Après une salutation, il referma lui-même le guichet et jeta un coup d'œil à sa mère, craignant que son échange avec le cocher l'ait dérangée. Comme cela ne sembla pas être le cas, il retourna à ses pensées. Aloysia lui manquait tellement ! Imaginer qu'elle éprouvait la même émotion que lui mettait un baume sur son cœur meurtri par la séparation.

Pourquoi lui avait-elle dit « cessez vos divagations », alors qu'installé au pianoforte, il lui avait tout simplement exprimé ce qu'elle lui inspirait ? Comment ne pas s'imaginer partager l'intimité d'une femme telle qu'Aloysia Weber ? Il ne rêvait que d'enfouir son visage dans ce cou de cygne, lui embrasser ses épaules nues de lys, sentir de près cette odeur si délicate qui l'embaumait. Qu'il aimait s'imaginer les nombreuses manifestations de son amour pour elle !

Les sourires qu'elle lui destinait, les regards brillants qu'elle lui lançait suffisaient à le rassurer sur les sentiments qu'elle lui réservait. Que la vie semblait facile avec cette femme ! Qu'il était heureux avec elle ! En fait, ils avaient été heureux jusqu'à ce que la lettre arrive.

• • •

Wolfgang soupira au souvenir de tout ce qu'il avait laissé derrière lui.

Quelqu'un à l'extérieur héla un homme, puis un rire fusa, ce qui réveilla Anna Maria.

– Que se passe-t-il ? Où sommes-nous ?

– Nous arrivons dans la ville de Saarbrücken. C'est un peu animé, on dirait ! Nous y passerons la nuit.

– Nous nous arrêtons déjà pour la nuit ? J'ai dû dormir longtemps !

– Plus d'une heure, c'est certain. Vous en aviez besoin, apparemment, répondit le fils, attendri.

Lorsque la voiture s'immobilisa peu après devant une auberge, le cocher les avertit qu'il allait demander si des chambres étaient disponibles. Quand il revint avec le sourire, les occupants comprirent qu'ils pouvaient sortir et emporter leurs effets personnels. Les Mozart s'installèrent dans la chambre que leur avait désignée l'aubergiste, pendant qu'Edward menait les chevaux à l'écurie avant de prendre ses quartiers dans la sienne.

Une fois qu'ils furent rassasiés, tous trois réintégrèrent leur chambre pour la nuit. Dans celle des Mozart, Wolfgang s'installa sous les couvertures, pendant qu'Anna Maria s'assit au petit bureau, une bougie éclairant la feuille qu'elle destinait à son mari.

– Wolfgang, tu n'écris pas à ton père ?

– Je n'en ai pas envie.

Anna Maria se permit d'insister.

– Je suis fatigué, répondit-il. Une autre fois, peut-être.

– D'accord. Je le saluerai de ta part, consentit Anna Maria, quelque peu indignée par le comportement de son fils.

Le jeune homme posa sa tête sur l'oreiller et ferma les yeux. Toutefois, il savait son sommeil fuyant. L'expression arborée par Aloysia la dernière fois qu'ils s'étaient vus le hantait constamment. Par égard pour lui, elle s'était tue, toutefois il savait ce à quoi elle pensait. Ce silence était une preuve de plus de sa gentillesse et il ne l'en aima que davantage pour cela. Elle s'était abandonnée à ses sentiments, car elle croyait pouvoir l'accompagner. Hélas, la pauvre se retrouvait devant ce qu'elle avait souhaité éviter : des séparations obligatoires.

Au grand désarroi d'Anna Maria, le silence épistolaire buté de son fils se poursuivit jusqu'au soir où ils s'installèrent à Paris. Au cours des derniers jours, elle n'avait pas cherché à le faire correspondre avec son père, persuadée qu'il en exprimerait lui-même bientôt la volonté. Les moments où il avait écrit à Aloysia au cours du trajet, Anna Maria n'avait rien tenté non plus. Découragée qu'il boude toujours ainsi Leopold, elle ne put s'empêcher d'intervenir à nouveau ce soir-là, alors qu'elle s'installait au petit bureau, un châle sur les épaules, pour écrire à son époux et à sa fille.

– Allons, mon fils. Raconte-lui notre journée.

– Je n'en ai pas envie, fut la seule réponse qu'il donna en regardant par la fenêtre de la petite chambre que Leopold avait trouvée pour eux dans une pension parisienne.

Irritée par la fermeture de son fils, Anna Maria essaya de le ramener à l'ordre.

— Mais enfin, Wolfgang, il ne sert à rien de lui garder rancœur. Il sera heureux de te lire. Je persiste à croire qu'il ne voulait pas…

— Mère, l'interrompit-il un peu sèchement en se tournant vers elle, je sais ce que vous croyez. Je vous ai dit que je comprenais. Cela n'empêche pas la tristesse de me comprimer le cœur depuis que j'ai lu les mots de père, lesquels m'ont été bien pénibles. Comme j'éprouve encore beaucoup de mal, je ne me sens pas prêt à lui écrire.

— Fort bien, acquiesça-t-elle, étonnée de la réaction sans appel de son fils.

Elle le regarda s'installer à un coin du bureau. Là, il trempa sa plume dans l'encrier puis la fit glisser sur la feuille qu'il dit destinée à Aloysia. Affairé, il n'avait pas conscience du regard de sa mère sur lui.

— Wolfgang ? l'appela-t-elle d'une voix douce après quelques minutes de silence.

Il se retourna vers elle et fut soudain désolé d'avoir secoué celle qui faisait tant pour lui.

— Pardon, chère mère. Vous n'avez pas à être victime de ma colère.

— Je sais, mon fils. Mais dis-moi, quel était exactement le message que comportait cette lettre ? À moi, il n'a rien dit et j'aimerais comprendre ta réaction.

Sidéré, il déposa sa plume dans l'encrier, soupira longuement et avança sa chaise vers celle de sa mère.

• • •

Le jour où il avait reçu la réponse de son père, Aloysia venait de quitter la résidence des Cannabich. Avant d'ouvrir le pli, il se souvenait avoir été déçu. Il aurait tant aimé lui faire part de la nouvelle, qui ne pouvait qu'être positive, en même temps que lui-même en apprendrait la teneur. La missive commençait très bien. Les propos tenus dans la suite de la lettre ne furent toutefois pas aussi bienveillants. Heureusement que sa chère Aloysia n'était pas à ses côtés, finalement. Elle aurait vu ses larmes couler au fur et à mesure qu'il lisait.

— Je ne vous citerai pas tout ce que père a écrit, mais il m'a qualifié de plusieurs noms suggérant que j'avais perdu la raison. Je l'entendais presque crier à travers le papier pour me rappeler l'importance de ma carrière. Il disait comprendre qu'un jeune homme de mon âge puisse être amoureux, cependant je ne devais pas perdre mon temps avec de tels badinages ne pouvant que me détourner de l'essentiel. Comme si mes sentiments n'étaient pas sérieux ! Comme si je pouvais choisir avec qui et quand tomber en amour !

— Je comprends sa colère. Sache qu'elle est faite de nobles intentions : il ne veut que le meilleur pour toi. Je reconnais que ses vilaines épithètes puissent t'avoir blessé, mais il a été jeune et amoureux, il retrouvera la raison.

— Je ne crois pas. Il a ajouté que j'étais endetté, que j'étais peu ou mal payé. Alors, il était mal venu d'investir dans un mariage. Ce sur quoi il avait raison, je dois l'avouer, et j'aurais accepté son refus s'il s'en était tenu à ce motif.

— Il n'a donc pas évoqué que cette raison pour justifier son refus ?

— Apparemment, non. S'il m'a blessé en m'injuriant de la sorte, ce fut pire lorsqu'il s'est attaqué à Aloysia et sa famille.

— Wolfgang, ça ne peut être si grave !

— Hélas ! si… Il a mentionné qu'il aspirait pour moi à une position mondaine appropriée à mon génie, et donc qu'il souhaitait que j'épouse une femme issue d'un milieu plus riche et plus noble. Il a affirmé en connaître davantage que moi sur cette famille, précisant qu'Aloysia ne pouvait apporter une dot suffisante. Il a ajouté que les Weber formaient une famille trop modeste, dont les cantatrices ne possèdent pas ce qu'il faut pour être reconnues ni pour se mettre en valeur. Les jugeant indignes des Mozart, il m'a interdit de fréquenter n'importe laquelle de leurs filles et a exigé que je me concentre plutôt sur ma recherche d'un poste lucratif.

– Voyons, Wolfgang, souffla Anna Maria en mettant une main sur son cœur. Je comprends ta douleur mais ton père n'a pas tort. Bien que les Weber soient des gens gentils, un mariage avec une de leurs filles ne t'apportera fort probablement rien qui puisse t'aider. Tu es important aux yeux de ton père. Il désire le meilleur pour toi et ton avenir, et il se montre bon à ton égard. Tu le remercieras plus tard d'avoir pris cette sage décision. Peut-être n'a-t-il pas voulu se montrer aussi malveillant que tu le dis.

– Je n'invente rien, je vous assure. Il déteste les Weber, assurément ! Bien sûr je n'ai rien mentionné de tout cela à Aloysia. Je m'en veux de le lui avoir caché, mais je ne voulais pas la faire souffrir davantage en lui révélant les pensées de père à leur égard. J'espère parvenir à le faire changer d'avis au sujet des Weber et qu'il m'accorde de demander la main d'Aloysia. Ainsi, j'éviterais des souffrances inutiles à ma bien-aimée. En attendant, j'ai expliqué à ma très chère amie qu'il est plus raisonnable d'attendre, le temps de trouver les moyens financiers nécessaires à notre union. Je lui ai aussi dit que mon père m'exhortait à songer à ma carrière d'abord et à trouver un poste convenable pour l'essor de celle-ci. Comme il n'y a pas eu de mariage, il était hors de question que ses parents la laissent venir avec nous. J'ai alors craint qu'elle veuille se séparer de moi, car elle déteste les longues absences.

Wolfgang, gagné par l'émotion et la nervosité, faisait à présent les cent pas dans la petite pièce. Sa mère, également agitée par le discours de son fils, replaça son châle, tombé d'une épaule, et le suivit du regard avant de poursuivre leur discussion.

— Oh ! mon fils chéri, tu as vécu beaucoup de fortes émotions dernièrement ! Pourquoi t'es-tu enfermé dans ce déplorable silence ? J'aurais pu t'expliquer les raisons qui ont motivé la décision de ton père.

— Je ne voulais pas vous inquiéter. Je priais pour que tout s'arrange comme je le souhaitais.

— Tu devras te montrer patient pour cela. Et comment Aloysia a-t-elle réagi ? Sa réaction s'ajoute-t-elle à tes tourments ?

— Heureusement, tout s'est bien terminé avec elle. Elle s'est montrée conciliante et plutôt confiante que je pourrai très bientôt jouir d'une renommée qui me permettra de m'enrichir et ainsi notre mariage pourra être célébré prochainement. D'ici là, je tenterai de trouver les mots pour convaincre père que je ne peux faire ma vie sans elle. Je m'estime chanceux qu'elle m'aime autant, sinon, les longues absences lui étant insupportables, elle m'aurait intimé de l'oublier. Je dois absolument réussir ma vie de musicien et obtenir des contrats lucratifs, ou je la perdrai. Il n'y a que quelques jours que nous sommes séparés et elle me manque tant, maman ! Je ne pourrais supporter une séparation définitive.

— Je suis désolée pour toi. Mon pauvre petit, tu te mets beaucoup de pression sur les épaules. De toute façon, tu verras, tout s'arrangera pour le mieux. Grâce à monsieur Grimm, nous trouverons un poste adéquat pour toi. Ta renommée grandira, tu seras enfin payé selon tes mérites et tu aimeras à nouveau, s'il faut te résigner à une décision défavorable de ton père concernant mademoiselle Weber. Et peut-être même que tes souhaits les plus chers seront exaucés et que Leopold reviendra sur sa décision. Il réalisera qu'il t'a blessé et accordera une chance à Aloysia de se montrer digne de toi. Ne t'inquiète plus, tu retrouveras ta bien-aimée. J'ai foi que Paris saura combler tes espérances et que tout finira comme tu le souhaites : tu rentreras à Salzbourg avec ta fiancée.

— J'aimerais tant partager votre optimisme, mère ! dit-il, soudainement calmé, arrêtant de marcher et souriant enfin, au grand plaisir d'Anna Maria.

— J'ai déjà entendu cette réplique, dit-elle, joyeuse, en lui prenant affectueusement la main. Et moi, je suis heureuse de ne pas avoir ton pessimisme !

• • •

Le lendemain de leur arrivée à Paris, ils allèrent à la rencontre de leur ami, le baron Friedrich Melchior von Grimm, et de sa tendre moitié, Louise d'Épinay. Par message, les Mozart l'avaient avisé de leur venue imminente et le couple les attendait à leur domicile pour le dernier repas de la journée.

Après de joyeuses retrouvailles, un repas frugal et le rappel d'heureux souvenirs, Grimm conduisit Wolfgang au salon pour un thé accompagné d'un cigare. Louise d'Épinay, femme de lettres, passionnée d'écriture et de philosophie, compagne de vie de Melchior Grimm, s'installa dans un autre coin du salon avec madame Mozart.

— Je déteste la fumée des cigares, expliqua la Française en esquissant une grimace de dégoût. Et nous serons plus tranquilles pour discuter d'art et de robes.

Malgré sa curiosité de connaître les plans de leur hôte pour Wolfgang, Anna Maria approuva en prenant place auprès de la femme. Elle la jugeait de compagnie agréable, et bien qu'elle fût bien plus jeune qu'elle, elle était si maigre qu'on pouvait par erreur lui attribuer quelques années de plus. La mère jeta un coup d'œil à son fils, lequel déclinait poliment l'offre de Melchior lui tendant une boîte à cigares. Le baron, qui frisait la quarantaine, la ferma d'un coup sec et s'assit sur une des chaises près du clavecin, tout en invitant le jeune musicien à en faire autant.

Diplomate, journaliste et critique d'art pour une feuille réservée à l'aristocratie, il avoua s'être déjà empressé de vanter les mérites de celui qu'il appelait son protégé dans ses articles. Il lui promit que des invitations à jouer pour des gens de la haute société viendraient, car beaucoup d'entre eux semblaient s'intéresser à lui.

Wolfgang le regarda prendre une bouffée de son cigare. Avec son visage émacié, son nez long et fin, son menton pointu et ses yeux noirs, on le pensait souvent d'humeur exécrable. Il avait des opinions bien arrêtées et n'aimait pas qu'on le contredise, toutefois il savait se montrer généreux, aimable et souriant envers ceux qu'il appréciait. Wolfgang s'estimait chanceux de faire partie de ces derniers et de pouvoir profiter, tout comme lors de sa première visite en 1764, de ses relations, de son savoir et de ses précieux conseils.

Cet Allemand installé en France avait rapidement pris le jeune Wolfgang sous son aile lors de son précédent voyage avec sa famille, et sa volonté de le servir à nouveau restait inchangée. À ce moment, la famille Mozart lui avait été reconnaissante de ses avis judicieux et ses vives recommandations, se sentait toujours en confiance avec lui et appréciait les initiatives dont il faisait preuve.

– Vous me dites, monsieur Grimm, qu'à la suite d'un article que vous avez écrit à mon propos, plusieurs gens de bonne naissance, dont vous m'avez cité quelques noms, se sont dits prêts à me recevoir afin de divertir leurs invités avec ma musique. Cependant, vous n'avez pas mentionné le prince de Conti. Il nous a si bien reçus dans son palais du Temple lors de notre premier séjour ! Je me souviens des grandes réceptions qu'il donnait les lundis. Il me plairait de retourner jouer pour lui et pour ceux qu'il lui siéra d'inviter. Croyez-vous qu'il voudrait m'honorer d'une invitation ?

Assis confortablement sur sa chaise coussinée de velours rouge clair, Friedrich Melchior von Grimm porta son cigare à ses lèvres. Il remarqua le sourire rêveur du musicien. Il se rappelait à quel point le somptueux palais du prince avait marqué Mozart, alors tout jeune. Sans doute que, derrière ce sourire, Wolfgang revivait d'heureux souvenirs et qu'il espérait bientôt s'en fabriquer d'autres dans cet endroit qui l'avait alors si bien servi.

L'histoire de l'établissement, que Grimm avait jadis racontée à son jeune protégé, avait certainement contribué à nourrir les espoirs de l'enfant qu'était Mozart et à faire naître la magie qu'il avait ressentie en déambulant dans les grandes salles.

Ancien chef-lieu de l'ordre du Temple, ordre religieux et militaire qu'avaient fondé des chevaliers désireux de protéger la Terre sainte et les pèlerins qui s'y rendaient, l'enclos du Temple comprenait quelques bâtiments sur un vaste terrain. Lorsque l'ordre fut dissous au 14e siècle, l'endroit fut alors légué à l'ordre de Saint-Jean de Jérusalem, remplissant à la fois une fonction militaire et une fonction hospitalière pour les démunis. Au 17e siècle, un palais y fut construit pour le grand prieur de l'époque, l'ambassadeur de l'ordre, Jacques de Souvré.

Une centaine d'années plus tard, le roi Louis XV intervint auprès du pape Benoît XIV, afin que son cousin, Louis-François de Bourbon, prince de Conti, soit nommé grand prieur de l'Ordre, parce qu'il était veuf et sans compagne connue.

Le roi appréciait les qualités politiques, militaires et juridiques de son cousin. Toutefois, sous l'influence de sa maîtresse, la marquise de Pompadour, qui ne l'aimait guère, il se mit à se méfier de lui et de ses ambitions. Pire, le roi crut qu'il pourrait éventuellement lui nuire. Afin de l'éloigner de Versailles, mais aussi pour qu'il lui soit attribué une charge prestigieuse et lucrative, le roi espérait que sa requête auprès du pape fût acceptée. Ainsi fut-il fort heureux d'apprendre qu'elle l'avait été et que le prince de Conti devenait ainsi le quatrième successeur de Souvré. Bien que certains eussent quelques doutes sur ses capacités, le prince s'acquitta très bien de ses tâches et contribua même à la prospérité de l'ordre Saint-Jean de Jérusalem.

La rupture entre les deux hommes devint bientôt définitive. Fâché que le roi Louis XV lui refuse en 1756 le commandement d'une armée, le prince décida de s'en éloigner. Le roi considéra cette embrouille comme un outrage et le prince de Conti ne fut plus admis à Versailles. Celui-ci se retira dans le palais du Temple, construit dans l'enclos du même nom, dont il fit sa résidence principale. C'est à cet endroit qu'il tenait ses fameuses réceptions qui avaient tant réjoui le jeune Mozart.

Il fut présenté au prince par l'entremise de Johann Schobert, son claveciniste personnel. Ce dernier, impressionné par les talents de l'enfant qu'il avait entendus au hasard d'une rencontre avec Leopold, s'était fait un devoir de le présenter à son maître, lequel ne put que constater l'immense don que possédait Amadeus. Le jeune musicien s'était par la suite produit à quelques reprises dans le salon des Quatre-Glaces du palais du Temple.

Impressionné, Mozart n'en avait eu que pour la riche décoration du palais, le plancher de bois verni, les tentures roses des immenses fenêtres carrelées, les murs au rose tendre ornés de boiseries et de magnifiques dorures, enfin les énormes glaces couvrant la partie centrale de chacun des murs du sol au plafond.

D'abord enthousiasmé qu'un virtuose tel que Schobert veuille bien lui fournir quelques conseils musicaux, Wolfgang s'était ensuite senti privilégié d'être invité par le prince de Conti, dont la noblesse et la gentillesse l'impressionnaient, et de jouer au clavecin pour ses illustres invités, également de haute naissance. Monsieur Grimm se souvenait que l'enfant lui avait confié ses joies, ajoutant qu'il vivait au palais la plus belle période de son grand tour.

Soudain, la voix de Mozart le tira de ses pensées.

– Monsieur Grimm ? Monsieur de Bourbon s'est-il dit disposé à me recevoir ? Vous savez, je serai très heureux de me déplacer chez lui quand il lui plaira.

Melchior Grimm quitta ses souvenirs joyeux pour revenir à son interlocuteur, dont les questions le rappelaient à la réalité. Il se désolait de l'annonce qu'il devait lui faire, des rêves et des projets qu'il allait briser.

— Je suis navré, Wolfgang. Le prince de Conti est décédé.

• • •

Louise d'Épinay éventait Anna Maria à l'aide de son éventail. Cette dernière, affaissée sur sa chaise, reprenait lentement des couleurs. Wolfgang, atterré par la mort du prince et inquiet de l'état de sa mère, allait et revenait autour d'elles en cherchant à comprendre. Melchior, qui était allé chercher à boire, ne cessait de s'excuser depuis son retour. Lorsque sa mère reprit ses esprits et s'exclama à répétition, Wolfgang, rassuré, se tourna vers leur hôte.

— Je ne peux croire que ce cher monsieur de Bourbon soit trépassé depuis presque deux ans et que je n'en aie point été informé. Je vous ai exposé mes plans dans ma lettre et…

— Je sais, mon cher Wolfgang, et pour la dixième fois, je crois bien, je m'en excuse. Toutefois, lorsque j'ai reçu l'annonce de votre prochaine venue, je n'ai pas trouvé le courage de vous avouer ce terrible événement et j'ai jugé plus bienséant de vous en faire part de vive voix. Son fils, avec lequel il s'est réconcilié quelques mois avant de mourir, fort heureusement, s'est exilé dans sa résidence de L'Isle-Adam depuis et ne vous sera d'aucun secours. Je réalise que vous comptiez sur leur appui pour une meilleure publicité ou même pour l'obtention d'un poste à la mesure de votre talent, cependant, je vous promets de bien m'occuper de vous.

Anna Maria intervint alors :

– Moi qui voyais dans ce séjour à Paris la consécration de la carrière de mon fils. Nous voilà bien mal partis avec cette terrible nouvelle!

Wolfgang Amadeus regarda sa mère se relever et taper sur l'éventail qui commençait à l'agacer. Bien que partageant le désespoir d'Anna Maria, il était trop triste pour l'exprimer. La disparition du prince qui l'avait si bien accueilli lui était pénible. Il préféra se taire, de peur de ne pas trouver les mots appropriés, et son regard se posa à nouveau sur Melchior, visiblement désemparé.

Même si une part de frustration demeurait, il comprenait les motivations de son mentor et ami, lequel avait préféré temporiser et remettre à plus tard cette triste annonce. Il choisit de lui sourire et posa une main sur son épaule pour lui démontrer son soutien et son pardon. Il appréciait toujours cette personne et n'avait de toute façon pas d'autre choix que de s'y fier. Comme Grimm l'avait dit plus tôt, il se débrouillerait pour l'aider. Mozart avait foi en lui.

Les jours, les semaines passèrent, partagés entre le souvenir d'Aloysia et quelques concerts privés sans envergure. Mai survint et avec lui, les bourgeons dans les arbres. La température devint plus clémente et on troqua les épais manteaux pour de minces mantelets ou de simples redingotes. Vers la fin du mois, le musicien dressa un petit bilan. Rien de majeur ou de grandiose n'était survenu pour sa carrière, au contraire de ce qu'avait présumé son père.

Depuis son arrivée, Wolfgang avait réussi tant bien que mal à gagner un peu d'argent, cependant il devenait difficile d'en accumuler. Avec l'appui de Melchior, il avait offert quelques spectacles et donné des leçons à des membres de certaines familles nobles. Celles-ci promettaient des invitations qui souvent ne venaient pas ou le traitaient avec arrogance et condescendance. Si au début cette attitude le blessait, il ne s'en formalisait plus. Ce comportement était généralisé dans la société aristocratique, ce qui lui procurait une piètre opinion des Parisiens de bonne naissance. Malgré cela, il lui arrivait encore de rencontrer des gens bien et il espérait toujours que sa chance viendrait.

Les rapports entre lui et Grimm se voulaient encore bons, mais ce dernier commençait à trouver difficile de solliciter des représentations pour son protégé et de chercher davantage d'endroits où l'on souhaitait entendre Mozart, si bien qu'il rechignait parfois à la tâche. À quelques reprises, Grimm lui avait répété combien ses démarches lui semblaient à présent inutiles et le priait de réfléchir à d'autres solutions.

Ce jour-là cependant, après qu'ils eurent déjeuné ensemble, il se montra plus inquiet.

— Comme je l'ai déjà mentionné, mes actions sont fatigantes, coûteuses et improductives. À part vous donner quelques bibelots ou autres babioles inutiles, la plupart des gens vous rendent hommage, vous acclament et vous félicitent, sans plus. Je crains que vos maigres gains ne suffisent plus à payer vos dettes. Il y a quelques jours, je vous ai même vu partir de chez moi avec certains de vos objets de valeur. C'était pour les vendre, n'est-ce pas ?

Le musicien ne répondit pas, accusant le coup. Il pensait s'être mieux caché. Il ignorait avoir offert le spectacle d'une telle vulnérabilité.

Devant ce silence, Grimm poursuivit :

— Il s'avère impératif de vous trouver un travail stable. Vous devez vous y mettre sérieusement, mon ami. Il vous faudra trouver des moyens efficaces pour améliorer votre situation.

— Je sais. Je m'y applique et je recevrai des nouvelles bientôt. Ne vous tracassez point. Je dois d'ailleurs me rendre chez un ami afin d'entendre une proposition de sa part.

Pour son grand soulagement, Melchior n'argumenta pas davantage et le laissa partir à son rendez-vous. Délaissant sa mère et ses hôtes, Mozart s'élança dehors. En route, il se mit à réfléchir à tout ce qu'il avait tenté depuis son entrée à Paris. Au cours des dernières semaines, il avait composé plusieurs œuvres pour des personnalités de haut rang, dont un concerto pour le duc de Guînes, chaudement recommandé par son ami de Mannheim, le flûtiste Johann Baptist Wendling.

Également flûtiste, le duc lui avait commandé une pièce pour le duo qu'il formait avec sa fille harpiste. À celle-ci, Mozart avait donné vingt-quatre leçons de musique. Malencontreusement, il n'avait pas encore reçu la totalité de son dû. En effet, on ne lui avait payé que douze leçons, et ce après plusieurs demandes de sa part. Pire, il n'avait rien perçu pour sa composition.

Hélas, l'endroit que son père leur avait trouvé pour se loger, la pension des Mayer, ne convenait pas pour abriter un piano, tout comme chez les Grimm, parce que les pièces s'avéraient trop exiguës. Wolfgang devait se rendre chez un chanteur du nom de Joseph Legros chaque fois qu'il désirait répéter et composer. Non seulement ces déplacements commençaient à lui peser, mais ils l'obligeaient à délier également les cordons de sa maigre bourse. Il n'avait toutefois d'autre choix que de s'en accommoder.

Monsieur Legros, avec qui il s'était lié d'amitié, lui avait présenté Jean-Georges Noverre, danseur et maître de l'Opéra de Paris, de qui il s'était également rapproché et pour lequel il avait composé quelques ballets. Ni le prestige ni le salaire attendu n'avaient été au rendez-vous et Wolfgang commençait à désespérer. À sa dernière visite chez Legros, à qui il avait récemment confié ses déboires, l'homme lui avait parlé d'une possible solution. Le chanteur devait la lui préciser incessamment.

En fait, rien de ce que son père avait espéré pour lui à Paris ne se produisait. Les souvenirs qu'avait Leopold de Paris, ville cosmopolite, terre accueillante pour les musiciens allemands, étaient si bons qu'il avait cru impératif de la mettre sur leur itinéraire. Bien sûr, jouer pour les princesses, filles de Louis XV, et pour le roi lui-même à Versailles avait été une occasion exceptionnelle pour les petits Mozart à l'époque.

Mais ce roi était aussi décédé, tout comme l'étaient certains des contacts de son père, tandis que d'autres avaient simplement quitté la ville. Rien pour aider la carrière du jeune musicien. Grand virtuose du violon, son père avait pourtant rencontré beaucoup de gens influents au cours de sa carrière et avait noté plusieurs noms sur une liste. Mais ses relations avaient disparu. Mozart se butait donc à des portes closes derrière lesquelles peu de gens souhaitaient l'aider. À croire que le mauvais sort s'acharnait expressément sur lui.

Les rares personnes qu'il était parvenu à contacter pour solliciter un poste de maître de concert lui avaient répondu que le poste convoité était indisponible. Wolfgang Mozart n'était pas le seul musicien talentueux venu tenter sa chance en France.

Si Leopold lui avait tant vanté Paris et les possibilités qu'elle offrait, la réalité qui se montrait aux yeux de Wolfgang était tout autre. Il s'efforçait de garder son optimisme, mais il ne se berçait plus d'illusions.

Mozart releva le col de sa redingote. Le vent frais du matin le surprit, mais il ne ralentit pas son allure pour autant. En chemin, il croisa les doigts pour que l'offre de monsieur Legros lui soit favorable, puis replongea dans ses pensées. Occupé toute la journée à tenter de rapporter une paye décente, Wolfgang partait chez l'un pour répéter des récitals ou composer des œuvres qu'on lui commandait, chez l'autre pour donner des leçons ou exécuter une prestation. Ainsi, sa mère demeurait seule la plupart du temps dans sa petite chambre de la résidence des Mayer, avec le tricot et la lecture pour uniques désennuis. Elle souffrait souvent de solitude et du froid dans la pièce mal chauffée.

Leur logeuse était gentille, généreuse et prenait soin de ses pensionnaires du mieux qu'elle le pouvait. Toutefois elle peinait à joindre les deux bouts. C'était seulement en louant une partie de son très modeste loyer qu'elle arrivait à mieux vivre. La pension qu'elle offrait était par conséquent plutôt misérable. Les conditions d'hygiène et d'hébergement ne s'avéraient pas optimales pour sa mère, qui avait une santé fragile. Pour lui, mais surtout au bénéfice de sa mère, il lui fallait trouver un emploi dont les émoluments seraient stables. Avec un surplus d'argent, il pourrait mieux se loger et acheter de quoi la soigner. C'est pourquoi il était si important que le projet de Joseph Legros fonctionne.

Il se dirigeait vers une rangée de fiacres au bout d'une grande place, espérant qu'un de ceux-ci soit disponible. Tout à coup, une voix familière le héla. Il l'avait reconnue sur-le-champ. Il sentit aussitôt son cœur battre jusque dans ses tempes. Pourtant, un doute persistait en lui. Il ne pouvait croire en cette chance inouïe. Il se retourna alors que le cri se répétait.

– WOLFGANG !

Si ses oreilles avaient pu le tromper, ses yeux ne le pouvaient pas.

– ALOYSIA !

Chapitre 8

Elle le regardait, tandis qu'il la rejoignait, un sourire éclairant son visage. Vêtue d'un léger mantelet de lainage gris, le capuchon sur la tête, elle l'attendait, ses mains croisées devant ses cuisses. Une large mèche bouclée, sortant de son couvre-chef, tombait sur sa poitrine. Lorsqu'il fut à quelques pas d'elle, Aloysia franchit l'espace qui les séparait et lui tendit ses mains gantées à baiser.

Wolfgang s'exécuta. Toutefois, il eut ensuite un moment d'hésitation et garda les mains d'Aloysia entre les siennes. Bien éduqué, il savait bien que les convenances l'empêchaient de lui démontrer davantage d'affection. Seulement, après avoir été privé si longtemps d'elle, lui embrasser les mains ne suffisait pas à combler son cœur débordant d'amour. Il ignorait comment le lui expliquer sans la choquer.

Remarquant qu'il lui tenait les mains un peu trop longuement et le devinant confus, elle se libéra et lui abaissa les bras avant de lui venir en aide.

– Wolfgang, mon chéri, y a-t-il un problème ?

– Oh non, ne vous en faites pas, s'empressa-t-il de répondre.

Il s'arrêta. Les mots lui manquaient. Elle ne devait surtout pas s'imaginer que sa venue le contrariait. Enfin il poursuivit :

— Je vous aime tant. Vous m'avez cruellement manqué et… j'aimerais… en fait, poser mes lèvres sur votre main ne suffit pas à vous montrer à quel point vous m'avez…

Il se sentait si maladroit. Le jeune homme l'aimait à un tel point qu'elle le privait de ses moyens, lui qui se montrait habituellement sûr de lui. Les mots venaient avec hésitation et il s'en voulait. Pourtant ils produisirent l'effet escompté. Il n'eut pas le temps de terminer sa phrase qu'elle se rapprocha dans le but de se blottir contre lui en l'appelant par son surnom.

Surpris pendant une seconde, il referma bientôt ses bras fermement autour d'elle pour la serrer contre lui. Puis, la soulevant, il la fit tournoyer. Wolfgang pivotait en riant. Elle s'accrocha à ses épaules et joignit son rire au sien. Les yeux dans les yeux, leurs nez se frôlaient. Il cessa son mouvement avant de trop s'étourdir et il la déposa doucement par terre sans la quitter des yeux. Il la tenait toujours contre lui et elle laissait ses mains sur le torse de son musicien.

— Ma tendre, ma belle Aloysia, vous êtes l'amour de ma vie ! lui avoua-t-il en lui glissant un doigt sur la joue.

— Je crois que je n'ai jamais été aussi heureuse, dit-elle avant de se mordiller la lèvre inférieure nerveusement.

Interprétant ce geste comme une invitation, il approcha sa bouche de celle d'Aloysia. Comme elle ne reculait pas, il l'embrassa ; d'abord un court baiser, puis un second, plus insistant.

Conscient qu'il devenait préférable de s'en tenir là pour l'instant, il délaissa à regret les lèvres aimées en expliquant qu'il ne pourrait garantir un bon contrôle de ses élans si elle restait davantage entre ses bras. Maintenant que cette demoiselle, qui ne cessait de le surprendre, lui permettait pareilles démonstrations publiques, il savait qu'il trouverait d'autres occasions de lui démontrer son amour à des moments plus opportuns.

— Vous avez raison, dit-elle, et déjà nombreux doivent être les gens offusqués par notre baiser au milieu de cette place.

— Qu'ils aillent se faire voir ! Il ne tient qu'à nous deux, s'il nous plaît, de nous embrasser.

Pour appuyer ses dires, il l'embrassa à nouveau. Elle rit devant cette singulière vulgarité. C'était la première fois qu'elle l'entendait dire une si vilaine expression.

— Je ne vous pensais pas si polisson !

Il rit en haussant les épaules.

— Vous découvrirez un tas de choses à mon sujet, lesquelles ne vous décourageront pas trop, je l'espère !

— Je ne le pense pas, car je peux paraître moi-même désespérante parfois. Vous savez, vous pourriez être vous-même surpris !

— Voyez, c'est une des nombreuses choses que j'aime chez vous. Vous ne cesserez jamais de m'étonner. À commencer par cette visite surprise. Vous ne pouvez savoir le plaisir que j'éprouve de vous voir à Paris, belle Aloysia. Que me vaut cet honneur ? Vous m'avez tu cette escapade, petite coquine !

— Très cher Wolfgang, vous n'ignorez pas à quel point votre plaisir est partagé. Pour tout vous dire, j'ai saisi l'occasion d'accompagner ma sœur Josepha, engagée à l'Opéra de Paris, et j'ai souhaité vous garder la surprise de mon passage. Vous savez qu'elle chante aussi. Nous sommes arrivées hier et restons dans un petit hôtel pour les deux à trois prochaines semaines. Comme dans nos correspondances vous m'aviez mentionné l'adresse de votre pension, je m'apprêtais à vous y rejoindre.

– C'est un heureux hasard que de vous voir sur cette place. Nous aurions pu nous manquer, puisque je ne me trouve pas à la pension.

Mozart avait parlé avec une légère pointe de reproche dans la voix, qu'elle ne manqua pas de remarquer et qui lui fit baisser la tête.

– J'en suis bien consciente à présent. Mais je voulais tant vous surprendre !

– Et c'est réussi ! Ne vous inquiétez pas. Je ne vous en veux pas. Bien au contraire ! C'est seulement que l'idée de vous savoir désemparée si nous nous étions manqués me chagrine. Fort heureusement, ce n'est point arrivé, conclut-il en lui tendant le bras.

La jeune femme retrouva son sourire et enroula son bras autour du sien.

– Où allons-nous, lui demanda-t-il ?

– Ne vous pressiez-vous pas quelque part lorsque je vous ai interpellé ?

Il s'immobilisa et la fixa intensément dans les yeux. Il peinait encore à croire en sa chance. La chance qu'elle soit venue dans cette ville, mais plus que tout, qu'elle lui ait donné son cœur. Qu'il serait comblé, si un jour elle se donnait complètement à lui ! Il ne lui avoua toutefois pas tout de suite la profondeur de ses sentiments. Il se contenta de répondre à sa question, mais il ne se retint pas de lui baiser la main avec un empressement renouvelé qui la fit rire d'embarras.

– Effectivement, j'ai rendez-vous. Cependant, cela peut attendre. Comme on ne m'attend pas pour une heure précise, je préfère profiter de votre compagnie pour quelque temps encore. Ma beauté, vous m'avez tant manqué que si je le pouvais, je vous regarderais, vous embrasserais pendant des heures!

— Je peux comprendre votre ennui, car ce fut réciproque, répondit-elle, le regard grave. Et en ce cas, je sais où nous devrions aller. Ma sœur est en répétition au théâtre pour le reste de la journée!

• • •

Apparemment personne ne s'inquiétait des allées et venues des gens circulant dans le hall du bâtiment. Ils s'étaient donc prévu en vain un scénario pour le cas où l'on aurait remarqué que Wolfgang n'était pas un client de l'hôtel.

Aussitôt la porte de la chambre refermée, Aloysia enleva ses gants et son mantelet, révélant une robe toute simple mais élégante, puis elle s'immobilisa tout près du jeune homme, son visage touchant presque le sien. Elle dénoua le petit ruban noir noué autour du col de sa chemise. Constatant combien elle était hardie, le musicien, qui jusque-là avait cru qu'ils finiraient sur une causeuse à discuter, sentit son désir monter. Mais ce qui le déconcerta davantage encore était qu'il n'était pas étonné d'un tel comportement.

— Vous êtes certaine de bien vouloir aller au bout de ce que vous entreprenez? demanda-t-il un peu malhabilement.

— Certaine, affirma-t-elle en reculant, laissant Wolfgang perplexe.

Elle s'immobilisa à côté d'un petit bureau sur lequel elle prit quelques pinces restées dans un petit bol de porcelaine. Elle enroula la mèche tombante, la ramena en chignon derrière sa tête et la fixa à l'aide des pinces.

– Très chère, je vois que vous êtes à présent moins sûre et je comprendrais que vous changiez d'avis, soyez sans crainte.

Wolfgang réfléchissait rapidement. Cette fille de bonne famille, dont les parents avaient refusé qu'elle l'accompagne dans son périple puisqu'ils n'étaient pas mariés, ne pouvait que se réserver pour sa nuit de noces. Ne le lui avait-elle pas déjà fait savoir ? Pourtant, en l'emmenant dans cette chambre, elle semblait vouloir s'abandonner à lui. À présent, il interprétait ce geste de se faire une nouvelle coiffure comme si elle changeait d'avis. Il n'y comprenait rien…

– Je suis toujours aussi sûre, mon beau musicien. Je me suis rappelé vos paroles, lorsque vous disiez tant vouloir défaire mes cheveux et y glisser vos mains. J'aimerais maintenant vous en donner l'occasion. Si vous le souhaitez toujours, évidemment !

Mozart comprenait désormais mieux ses intentions. Le caractère fort et intrigant dont elle avait fait preuve dès leurs premières rencontres ne pouvait la mener qu'à abandonner ses résistances.

Elle se permettait même de le narguer un peu, mais Wolfgang ne s'y attarda pas. Il retira sa redingote, le ruban au col de sa chemise et sa perruque blanche, qu'il jeta sur la causeuse. Il avança vers Aloysia. Elle marchait vers lui d'un même pas, un regard grave et coquin fixé sur son visage.

– C'est la deuxième fois, dit-elle, que je vous vois sans perruque. Lors de la première, j'étais venue chez les Cannabich chanter l'œuvre merveilleuse que vous m'aviez composée. J'étais si troublée que j'ai oublié de vous remercier pour ce geste touchant et de vous faire une remarque à propos de votre tête nue. Ce à quoi je vais remédier, car ce que j'en ai pensé alors m'apparaît encore vrai. Vos cheveux si blonds sont magnifiques. Je les préfère sans perruque et devrais vous demander de les laisser libres plus souvent, mais je les veux pour moi toute seule. J'aimerais que nul autre ne puisse contempler ce qui se cache là-dessous !

L'amoureux la remercia pour de telles louanges. Il lui sourit, pendant qu'elle promenait sa main dans les cheveux de Wolfgang. Il l'assura qu'il lui serait possible d'en abuser autant de fois qu'elle le désirerait. Suivant des yeux le mouvement de ses propres doigts, il caressa le cou gracile puis remonta sur la joue rosie et sa main s'arrêta dans les cheveux de la demoiselle. Il retira une à une les pinces qu'elle avait piquées dans son chignon et s'attarda dans les boucles libérées. Il y enfouit ses deux mains et s'approcha davantage afin de humer les fins cheveux.

Sa main droite dégrafant le haut de la robe dans le dos, il lui embrassa la ligne de la mâchoire, descendit dans le cou et termina à l'épaule, qu'il venait de dégager. Il entendit le soupir de plaisir qu'elle ne put réprimer et poursuivit le travail commencé pour la débarrasser de sa robe. Une main sur les dernières agrafes, l'autre s'attardant dans les cheveux, il fit courir ses lèvres sur l'épaule, cherchant à reproduire le frisson de plaisir qu'il lui avait causé.

Elle se tenait droite, les mains appuyées sur la taille de son amant. Lorsqu'il la sentit ramollir contre lui, il savait son but atteint. Il dégagea l'autre épaule, qu'il frôla de ses lèvres, révélant le haut du corset de dentelle blanche. Ce faisant, il lui soutira un gémissement qui le ravit. Le nez toujours dans son cou, il lui murmura quelques douces paroles :

— Aloysia, mon tendre amour, j'aime la soie de vos cheveux, vous sentez si bon, votre beauté m'éblouit. J'adore découvrir la merveille que vous êtes.

— Je suis une merveille instable. Je pourrais un jour vous décevoir !

Son ton se voulait probablement coquin ou taquin, cependant il y décela une note d'inquiétude. Certainement, elle se savait un peu déconcertante, parfois même trop confiante, et craignait qu'il ne s'en lasse. Lui-même appréhendait qu'elle lui réserve un pareil sort. Pourtant il ne jugea pas le moment propice aux doutes, seulement aux aveux. Il dit :

— Impossible ! Jamais je ne serai déçu du splendide cadeau qui se trouve devant moi. Jamais vous ne me décevrez. Votre caractère est tout à fait charmant. Tout comme votre personne. Je vous aime telle que vous êtes.

Il planta son regard dans le sien. Leurs visages se trouvaient si près l'un de l'autre qu'ils pouvaient sentir le souffle de leur partenaire sur leur peau. Leurs mains se cherchèrent, leurs doigts se croisèrent. Ils demeurèrent ainsi, en silence, pendant un moment, comme s'ils se défiaient. C'était à savoir lequel d'entre eux résisterait le plus longtemps. Comme si elle s'attribuait le fin mot, la robe d'Aloysia, dont Wolfgang venait de dégrafer la dernière attache, tomba à leurs pieds. La damoiselle se montra ainsi à lui presque nue, ne portant plus que le corset et le seul jupon qui lui restait.

Elle ouvrit la bouche. Probablement pour commenter la dernière remarque de Wolfgang. Toutefois ce dernier ne lui en donna pas l'occasion. Ils parleraient plus tard. Il en profita plutôt pour lui prendre les lèvres avec une passion qu'il ne pouvait plus retenir.

• • •

Wolfgang revenait de son entrevue avec le ténor Joseph Legros. Ce dernier avait pu l'intégrer aux concerts spirituels donnés au palais des Tuileries chaque soir de la semaine. Ces concerts publics, dirigés depuis quelques années par son nouvel ami, avaient été créés pour venir en aide aux nouveaux musiciens ou à ceux qui éprouveraient certaines difficultés, ce qui correspondait pleinement à la situation de Mozart. Monsieur Legros lui avait déjà mentionné la possibilité d'y participer. Or, il venait de lui confirmer une place en le mandatant d'une nouvelle composition.

Comme première tâche, Mozart travaillerait sur une symphonie qu'il offrirait au public le dix-huit juin.

Dans le fiacre qui le ramenait à sa pension, Wolfgang ne pouvait que sourire à la journée qui se terminait. Cette association avec le ténor lui fournirait suffisamment d'argent pour subvenir à ses besoins et à ceux de sa mère malade, jusqu'à ce qu'il trouve le poste auquel il aspirait. En plus, la venue de sa dulcinée dans les quartiers de Paris le comblait au plus haut point.

Le souvenir de son odeur, de ses cheveux soyeux, des parfaites courbes de son corps, auxquelles il avait songé à répétition pendant l'entretien, réalimentait incessamment son désir. Bien que vierge comme toute fille de bonne famille et de bonne éducation, Aloysia avait agi avec lui avec audace et passion. Cette pensée réveilla encore la partie sensible de son corps et il peinait à attendre au lendemain pour la retrouver.

Le lendemain, le temps maussade n'empêcha pas les amoureux de se rejoindre à l'endroit convenu. Le musicien avait mis quelques rendez-vous à son horaire de la journée. Il avait tout de même dans la tête une bonne dose de raison pour ne pas délaisser sa passion musicale. Il lui fallait améliorer son sort ainsi que celui de sa pauvre mère avant de pouvoir se consacrer pleinement à sa belle. Cependant, il pouvait se permettre quelques heures avec sa bien-aimée.

À peine débarqua-t-il du carrosse l'ayant mené jusque-là qu'il la vit. Elle l'attendait déjà dans le parc situé tout près de l'église Saint-Pierre de Montmartre, un parapluie noir au-dessus d'elle. Il reconnut le mantelet gris et son capuchon. Une pluie fine tombait et un vent frisquet soufflait depuis le matin. Autour d'elle, les gens se pressaient dans leur long manteau, se protégeant d'un parapluie au-dessus de leur tête. Ils devaient vaquer à leurs occupations malgré la grisaille.

Elle se retourna et l'aperçut. Elle le salua de la main, il lui répondit. Le souvenir des brûlantes caresses de la veille s'immisça dans son esprit lorsqu'il la vit sourire. L'espace de quelques secondes, Wolfgang Mozart désira se retrouver au même endroit, répéter les mêmes gestes. Cette demoiselle allait le rendre fou, tellement il la voulait.

En la voyant, Mozart se rappela la lettre que lui avait adressée son père, celle écrite en réponse à sa demande de prendre Aloysia pour épouse. La pensée que Leopold avait vu juste lorsqu'il disait que cette femme risquait de gâter sa carrière lui traversa l'esprit, mais il la chassa rapidement. Wolfgang ne voulait pas lui donner raison. Il se savait apte à gérer la situation de sorte qu'elle ne nuise pas à ses activités. De plus, s'il était marié avec Aloysia, Wolfgang chercherait moins fréquemment à la trouver et respecterait ses obligations plus assidûment.

Sa mère n'avait pas besoin de savoir qu'il voyait sa belle à Paris. Elle se croirait obligée de le raconter à son époux, lequel prendrait certainement les moyens de priver son fils des trop peu nombreux moments dont il disposait avec sa belle.

Il accéléra le pas pour la rejoindre en tenant son tricorne d'une main pour que le vent ne le lui dérobe pas. Ses souliers à boucle carrée claquaient sur le sol dallé. Il aurait aimé la prendre dans ses bras et la faire tournoyer à nouveau, mais la pluie l'en dissuada. Il prit délicatement la main gantée et la baisa probablement plus longuement que l'exigeait l'étiquette.

— Ce sont vos lèvres, votre cou et vos épaules que je préférerais embrasser ainsi. Apparemment je dois me satisfaire de votre main, lui murmura-t-il en montrant la foule autour d'eux en guise d'excuse.

— Wolfgang ! s'exclama-t-elle, reprenant sa main d'un coup sec et feignant d'être offusquée.

— Cessez cette comédie. M'entendre parler ainsi ne peut certes vous offusquer à ce point. Hier, vous m'avez semblé aimer recevoir ces caresses autant que moi, vous les prodiguer.

Elle sourit au souvenir de la veille. Bien sûr, il s'agissait d'une première expérience, dont Aloysia avait tiré une jouissance à laquelle elle ne s'attendait pas. Les lèvres et les mains agiles de Wolfgang l'avaient fait frissonner d'une euphorie plus intense qu'elle ne l'avait imaginé. Au contraire des rumeurs circulantes qui disaient l'acte presque animal, vil et souvent précipité, elle avait aimé goûter à ce plaisir charnel et rêvait déjà aux prochaines occasions d'y replonger.

Avant sa première expérience, Aloysia se questionnait sur le genre d'amante qu'elle serait. À présent, elle s'interrogeait sur la constance de son désir, sur le degré de satisfaction qu'elle en retirerait quand leurs ébats se répéteraient sur une base plus fréquente. Wolfgang avait agi avec tendresse, passion et générosité. Une combinaison qui l'avait surprise et comblée et qui lui donnait à son tour l'envie de le satisfaire. Comme Wolfgang l'avait si bien aimée, l'amoureuse doutait qu'il puisse s'améliorer. Pourtant, elle savait que la perfection était impossible à atteindre ; ils pouvaient sans doute tous deux encore progresser. Toutefois, discuter de l'acte d'amour la gênait grandement.

— Je… oui, j'ai… ce fut une expérience… euh… vous êtes un amant doux, respectueux et passionné et… peinait-elle à expliquer devant un Wolfgang tout sourire.

— Je comprends ce que vous tentez de m'expliquer, et vous êtes adorable ! vint-il à son secours.

— J'ai été comblée, dit-elle très rapidement, son orgueil piqué. Sachez néanmoins que jamais je n'ai planifié en arriver là. J'aurais tant aimé que les circonstances soient autres. Mais hélas, nous avons dû nous plier aux consignes de vos parents et les accepter.

— Je sais qu'il aurait été préférable que nous soyons mariés, comprit Wolfgang.

Il afficha un air triste du fait qu'ils avaient été tous deux privés du mariage qu'ils avaient souhaité contracter, mais surtout, il se culpabilisa de n'avoir pas tout révélé du contenu de la lettre de Leopold à Aloysia. Recevoir une offre ou un contrat avantageux pourrait l'aider à convaincre ses parents de changer d'avis, ce qui lui permettrait de taire certains détails. Ainsi, il éviterait à sa belle de souffrir de l'opinion que ses parents avaient de la famille Weber.

— Je ne souhaite pas revenir sur la décision de votre père, mon chéri, et je crois qu'avec un peu de patience nous parviendrons à nous unir comme nous l'espérons. Ce que je veux dire, c'est que je n'imaginais pas me donner à vous en venant à Paris. Vous m'avez cependant tant manqué ! Vous revoir a soudainement éveillé en moi des pulsions que je ne soupçonnais pas.

— Croyez-moi, je ne vous juge pas et je ressens aussi ce que vous me révélez. Si vous m'aviez repoussé, je n'aurais très certainement pas insisté. Mais revenons donc au but premier de nos retrouvailles en ce lieu ! suggéra-t-il pour la débarrasser de l'indisposition dans laquelle il l'avait lui-même jetée.

Visiblement soulagée, elle accepta le bras tendu et ils se dirigèrent vers les ruelles entourant l'église. La pluie ayant cessé, Aloysia ferma son parapluie et l'accrocha au bras que tenait Wolfgang. Ils déambulèrent dans les environs, discutant de tout et de rien.

Il s'agissait du premier voyage d'Aloysia dans la grande ville française et, bien que consciente qu'il en serait ainsi, elle trouvait étrange d'entendre parler autour d'elle une autre langue que la sienne. Wolfgang aurait aimé lui montrer le grandiose château de Versailles, un superbe palais où, enfant, il avait adoré exposer son talent à la famille royale. Comme ce bâtiment se trouvait trop loin du quartier où ils restaient et que les amoureux ne disposaient que d'à peine quelques heures, Wolfgang avait choisi un autre lieu de rencontre, aussi agréable à la vue.

Après environ une heure de marche, pendant laquelle ils avaient discuté de leurs projets respectifs, ils se rendirent sur une grande place, aux abords de laquelle attendaient quelques fiacres prêts à effectuer une course. Les amoureux échangèrent un dernier regard doux pour ensuite se séparer et monter chacun à bord d'une voiture différente afin de vaquer à leurs occupations respectives, non sans s'être promis de prochains rendez-vous.

Une fois en route, le jeune homme revivait en boucle les tendres moments passés avec Aloysia. Chacune de ces minutes comptait énormément pour lui, peu importe comment elle s'était déroulée, pourvu qu'elle fût passée à ses côtés.

Il lui arrivait de songer à Maria Amalia ou bien à Maria Thekla, mais plus de la même façon. Maintenant qu'Aloysia lui avait fait connaître l'amour, et ce dans tous les sens, il n'arrivait pas à croire qu'il avait un jour envisagé de passer sa vie avec l'une des deux premières. Assurément, Maria Thekla resterait toujours sa cousine. Il lui écrivait encore parfois et ressentait une profonde affection envers elle, cependant Aloysia demeurerait la passion de sa vie. Il lui faudrait bientôt l'avouer à sa blonde cousine.

Plusieurs minutes après que la voiture se fut ébranlée, il soupira. Aloysia lui manquait déjà. Il lui tardait que le lendemain survienne pour lui faire découvrir d'autres décors de Paris, pour découvrir lui-même d'autres aspects de sa bien-aimée.

• • •

Juin était largement entamé et avec lui, la chaleur s'était enfin installée. Wolfgang avait espéré que cette température améliorerait l'état de sa mère, cependant il n'en était rien. Au contraire, et ce malgré les soins que le fils attentionné lui prodiguait, il se détériorait. La fièvre persistait. Elle se moquait des linges froids appliqués sur le front et dans le cou. Anna Maria faiblissait et se plaignait fréquemment de douleur abdominale. Comme la fièvre qui montait, leur inquiétude grandissait.

Peu avant la maladie de sa mère, il avait recommencé à écrire à son père, à la grande joie d'Anna Maria. À sa surprise, la reprise de contact s'était bien passée. Heureusement, car il aurait été ardu de lui annoncer une si terrible nouvelle concernant sa mère dans une situation tendue.

Le jeune musicien avait recueilli les fonds nécessaires pour appeler un médecin. Celui-ci avait diagnostiqué, au malheur de tous, une fièvre typhoïde. Il lui avait servi un médicament pour la soulager de ses symptômes. Cependant, si ce traitement ne fonctionnait pas, avait-il dit en se montrant suspicieux, il lui faudrait tenter un remède plus coûteux, ce que Mozart ne pouvait se permettre.

Il tâchait toujours tant bien que mal de trouver un poste payant pour lui, mais aussi pour le bien de sa mère. Toutefois, les résultats ne changeaient pas. Au cours des deux dernières semaines, il avait fait plusieurs tentatives en se croisant les doigts et, chaque fois, sauf pour quelques exceptions peu lucratives, il avait essuyé un refus. Il lui restait pour l'instant la composition qu'il devait offrir dans quelques jours au palais des Tuileries. Sa symphonie était presque achevée.

Las de recevoir des réponses décourageantes, il s'accorda ce jour-là un répit. Prétextant une longue répétition pour un concert spirituel, ce qu'il avait déjà fait plus tôt le matin, il se rendit à l'hôtel où logeait Aloysia. Préoccupé par l'état de sa pauvre mère et absorbé par sa course pour trouver un poste convenable, il l'avait négligée et ne l'avait que peu vue ces trois derniers jours, et il s'était promis de se racheter jusqu'au départ de la belle, prévu dans moins d'une semaine.

Informée de l'état d'Anna Maria, compréhensive, elle ne lui avait rien reproché, cependant elle ne lui avait pas caché sa hâte de le retrouver à son hôtel. Aloysia l'avait assuré que sa sœur, laquelle, au fil des représentations, n'aurait plus besoin de répéter son rôle aussi intensément, serait partie visiter la ville avec ses compagnons d'opéra.

Lorsqu'elle lui ouvrit la porte et lui découvrit une mine attristée, la jeune amoureuse n'eut qu'une envie : l'attirer contre ses seins afin de lui changer les idées.

Sans mot dire, elle se résolut à refermer derrière lui et à lui offrir le dos.

— Mon amour, commença Mozart, aurais-je dit ou fait quelque chose qui vous aurait fâchée ?

— Du tout. Je vous en prie, faites simplement ce que vous devez, ce que vous faites si bien. J'ai tant rêvé de vous ces derniers jours ! Aimez-moi !

Wolfgang crut deviner les désirs d'Aloysia, mais encore peu sûr, il hésita à entreprendre quoi que ce soit. Décelant que l'incertitude le paralysait, elle se retourna à demi.

— S'il vous plaît, ne me faites pas patienter davantage !

— Oh, Aloysia, je suis profondément épris de vous, murmura l'amoureux, comprenant enfin, avant de défaire délicatement les cordons de la robe.

Lorsque la robe tomba, elle fit demi-tour, révélant le haut de ses seins dans son corset blanc ajusté. Le jeune homme promena ses mains sur la taille et les hanches menues d'Aloysia, pendant que celle-ci lui mettait la main derrière le cou, sous la queue de la perruque. Après quelques caresses, elle l'attira sur son invitante poitrine.

Surpris, mais tout aussi avide d'en profiter, il huma la peau tendre de cette féminité offerte, la combla d'une pluie de baisers et la caressa subtilement, mais juste assez pour la faire se cambrer et lui arracher le gémissement qu'il recherchait.

Il s'éloigna d'un pas pour enlever sa perruque, qu'il lança sur un fauteuil. Ce faisant, il ne cessa de fixer le joli visage dont les yeux restaient clos. Il aimait la regarder se mordre la lèvre en devinant ce qu'elle espérait qu'il lui fasse. Après quelques secondes, elle ouvrit les yeux. Il la regardait avec son sourire amoureux, en déboutonnant de manière exagérément lente les quelques boutons de sa chemise à jabot.

– Vous m'êtes pénible, Wolfgang !

– Pardon ?

– Vous attisez mon désir puis vous m'abandonnez en me regardant me languir de vous !

Il rit, sachant qu'elle n'était pas réellement en colère.

Elle voulut bien protester :

– Je ne trouve pas cela dr…

Il la coupa d'un long baiser, auquel Aloysia répondit avec passion en l'entourant de ses bras. Sans cesser de l'embrasser, il promena ses mains là où elle était sensible pour ensuite la prendre dans ses bras et la porter jusqu'au lit. Il désirait entendre chanter sa cantatrice, mais autrement qu'elle le faisait pour ses spectateurs.

• • •

Un long soupir de tristesse sortit de la gorge de Wolfgang. Assis sur une chaise droite en bois, il tenait la main de sa mère en lui murmurant des paroles réconfortantes, tentant de la soulager du mieux qu'il le pouvait. Alitée depuis quelques jours, elle dépérissait : il devenait évident que son état n'allait pas s'améliorer. Malgré l'épaisse couverture, sa main était froide. Son front, duquel la plupart du temps ruisselait la sueur, était tout aussi froid.

À l'aide des nouveaux médicaments, la fièvre était momentanément tombée, mais il devenait de plus en plus ardu de la contrôler. En effet, le médecin avait modifié la médication et augmenté la dose quelques jours plus tôt. Wolfgang avait pu lui offrir une grande part de l'argent reçu pour d'autres leçons qu'il avait données et lors de sa participation au concert spirituel. Sa symphonie, intitulée *Paris*, écrite pour l'occasion, regroupant timbales, trompettes, flûtes et clarinettes, avait fait un triomphe.

Anna Maria avait été heureuse du résultat et lui avait affirmé que sa chance était enfin arrivée. S'il s'était estimé heureux du succès de sa pièce, Wolfgang ne croyait plus en la chance que sa mère avait évoquée. Le médecin, passé en début d'après-midi afin de vérifier l'état de sa malade et l'efficacité des nouveaux soins, avait affiché au moment de l'auscultation un air abattu qui n'augurait rien de bon aux yeux du fils.

Le musicien se sentait coupable de n'avoir pu offrir plus tôt cette thérapie à sa mère. Elle-même ayant été la première persuadée qu'elle s'en remettrait bientôt, il n'avait pas cru nécessaire de faire accourir un docteur à son chevet dès le début de la maladie. Ce dernier avait beau lui avoir assuré que quelques jours de traitement de plus n'auraient certainement pas permis d'amélioration notable, Mozart n'en désespérait pas moins. Il se sentait atrocement coupable.

Avant de les quitter, le médecin avait remarqué que la détérioration de l'état de sa mère avait progressé si rapidement au cours des deux derniers jours qu'il aurait été difficile d'enrayer la maladie, même si elle avait été traitée dès ses premières manifestations. À demi rassuré, Wolfgang espérait toujours un miracle, mais devinait bien que sa mère chérie, sa confidente, sa dose d'optimisme, le quittait peu à peu.

Veillant sa mère pratiquement jour et nuit, il ne dormait que durant de courtes périodes, et il n'avait d'autre chose à faire que de ruminer de tristes pensées. Plus rien n'allait pour lui dans Paris. Il en venait même à oublier le succès de sa symphonie. L'espoir ressenti en entrant dans cette ville, qui lui avait alors semblé remplie de promesses, faisait maintenant place à une aversion grandissante compte tenu des malheurs qui lui arrivaient.

Sa petite amie, retournée à Mannheim en compagnie de sa sœur, qui avait terminé ses représentations, ignorait l'intensité du chagrin et du découragement qui habitaient son cœur. Aloysia était partie la veille sans qu'il puisse savoir quand il la reverrait, et il allait bientôt perdre sa mère.

Même si le médecin lui répétait qu'il n'y était pour rien, il se culpabilisait de la maladie d'Anna Maria et de son évolution fulgurante. Sa mère, qui lui parlait encore le matin du départ d'Aloysia, soit le 2 juillet, se trouvait maintenant alitée, atteinte d'une forte fièvre qui la rendait inconsciente la plupart du temps. Elle ne s'éveillait que pour se plaindre des douleurs atroces lui traversant le ventre ou pour simplement lui dire qu'elle l'aimait énormément et qu'elle était fière de lui.

Lui, s'il l'assurait également de son amour, n'était pas aussi fier de sa personne. Il se sentait honteux de ne pouvoir rien lui offrir de mieux à l'heure de l'ultime séparation et de son passage vers l'au-delà. Qu'il aurait aimé qu'elle ait davantage de raisons de s'enorgueillir de l'ascension sociale de son fils, de ses contrats prestigieux, de ses bourses arrondies de profits ! Malgré ses multiples démarches, il ne parvenait pas à obtenir le poste dont son père avait rêvé pour lui. On ne l'avait pas payé pour tous les services qu'il avait offerts et sa renommée n'atteignait pas les sommets espérés qui lui permettraient d'obtenir la fonction convoitée. En dépit des amitiés sur lesquelles le musicien pouvait compter, il se sentait très seul. Comment pourrait-il, après tout cela, ressentir encore l'envie de rester dans cette ville qui semblait se montrer hostile à ses ambitions ?

• • •

Après le décès de sa mère, en fin de journée le 3 juillet, Mozart la fit enterrer à Paris en l'absence de son père et de sa sœur, avertis trop tardivement pour se déplacer. Leurs moyens étant restreints et la route Salzbourg-Paris étant beaucoup trop longue, ils avaient dû se résoudre, non sans un immense chagrin, à laisser Wolfgang seul pour cette terrible épreuve. Compatissant, son ami et mentor Friedrich Melchior von Grimm l'invita ensuite à s'installer chez lui. Wolfgang lui fut reconnaissant de cette attention, car la vie sans Anna Maria lui semblait bien difficile.

Comme l'absence de sa bien-aimée lui pesait également, Wolfgang s'isolait la plupart du temps dans la chambre qui lui avait été attribuée, n'y sortant que pour les repas en compagnie de ses hôtes ou pour prendre l'air en de rares occasions. Le seul baume qui soulageait son cœur reposait dans les lettres enflammées qu'il échangeait avec Aloysia et les nombreuses œuvres qu'il créait, souvent pour son propre plaisir.

Melchior et Louise d'Épinay le laissèrent à son deuil pendant les premières semaines où il résida chez eux. Un jour, pourtant, estimant qu'il était temps de le sortir de sa léthargie, ils tentèrent de le distraire de sa tristesse en l'incitant à sortir ainsi qu'à retourner chercher du travail. Par égard pour eux, Wolfgang finit par consentir à leur demande.

Le fils éploré s'efforçait de s'intéresser à autre chose, toutefois, les sentiments d'absence et de vide causés par la disparition de sa mère le rattrapaient rapidement. Son enthousiasme le fuyait, avec pour résultat que toutes ses démarches étaient inefficaces. Si au début Melchior avait fait preuve de patience envers celui qu'il appelait toujours son protégé, il commençait à s'irriter de son attitude.

Il crut pouvoir enfin mettre un sourire sur les lèvres du musicien lorsqu'un jour d'août, il revint chez lui, porteur d'un message provenant du château de Versailles. Il était ardu d'entrer en contact avec l'un de ses occupants et davantage de s'y faire inviter. Puisqu'il avait eu ce privilège lorsqu'il était tout jeune garçon, Wolfgang avait imaginé qu'il s'avérerait facile d'y retourner. La difficulté d'obtenir des résultats positifs à ses démarches l'avait découragé et, de ce fait, l'aristocratie française l'avait rebuté. Toutefois, Melchior tenait peut-être la clé qui mettrait fin à ses tourments.

— On me propose un poste d'organiste ? interrogea Wolfgang après avoir pris connaissance du pli.

Melchior hocha vigoureusement la tête, un énorme sourire accroché au visage.

— Je vais y réfléchir, mais je ne crois pas accepter, déclara Mozart, devant un Melchior absolument médusé. Je vous sais gré du geste, cependant je recherche un poste de directeur musical, de chef d'orchestre. J'adore jouer d'un instrument de musique, cependant, je ne veux pas vouer ma vie à l'orgue. J'en serais malheureux.

Au fil des semaines, leur relation devint difficile. Wolfgang jugeait Melchior parfois trop entêté, trouvant que ses opinions arrêtées empêchaient parfois l'établissement d'un commun accord. De son côté, le journaliste discernait chez le musicien une incapacité à se mettre en valeur. Il l'estimait à la fois trop sûr de lui et trop rêveur.

Bien sûr, son protégé avait droit à ses rêves, à ses ambitions, mais il lui fallait aussi tenir compte de la réalité. Le jeune homme agissait comme s'il s'attendait à ce que tout Paris lui fût redevable et il espérait ne recevoir que les offres que ses dons lui méritaient. Mozart avait une fois exprimé l'idée que devoir déployer à répétition tant d'efforts pour faire valoir ses talents, que beaucoup avaient déjà reconnus, lui paraissait insensé.

Las de répéter des conseils que Mozart tardait à mettre en pratique, Melchior comprit, à voir le comportement du jeune musicien, qu'il n'était pas heureux à Paris. Il écrivit à Leopold afin de lui faire part de ce constat. Dans sa lettre, il lui indiquait combien il était épuisant et coûteux de parcourir les quatre coins de la ville pour répéter de vains discours, et que de toute façon, Wolfgang ne souhaitait pas seulement jouer ou enseigner : il voulait écrire et diriger.

Leopold répondit en lui recommandant d'organiser le retour de son fils à Salzbourg. Il ferait son possible pour que Colloredo le reprenne à son service. Afin de lui confirmer cette consigne que monsieur Grimm ne tarderait pas à lui transmettre, il écrivit également à Mozart pour l'informer des plans qu'il caressait pour son avenir immédiat, ce à quoi le jeune homme sourcilla. Retourner sous les ordres de son ancien maître le contrariait grandement. Néanmoins, à Paris, il n'avait pas de travail, pas d'argent, pas de famille sur qui compter, donc aucune possibilité autre qu'obéir.

• • •

Le premier jour de l'automne, après avoir largement remercié ses hôtes et amis, Wolfgang Mozart se tenait près du petit convoi prévu par Melchior Grimm afin d'effectuer le chemin qui le ramènerait à sa ville natale. Un an s'était écoulé depuis son départ pour son grand voyage, et personne qui fût doté d'une importance et d'un prestige considérable ne lui avait véritablement accordé la chance qu'il croyait mériter. C'est passablement découragé qu'il quittait la ville en laquelle il avait fondé ses plus grands espoirs.

Ce furent exactement les mots qu'il exprima à monsieur Grimm après l'avoir serré dans ses bras.

Il y eut un long silence plein d'émotion, puis Grimm dit :

– J'ai quelque chose à vous avouer. Je ne voulais pas vous l'apprendre avant que votre départ ne soit certain. Car j'espérais vous éviter un chagrin de plus. Vous en avez assez subi depuis votre arrivée, et avec le décès et le deuil de votre chère mère…

– Que voulez-vous dire ? questionna Wolfgang Amadeus avec inquiétude.

– Mon cher ami, je sais que Paris ne vous a pas donné ce que vous souhaitiez. Vos talents auraient certes mérité une meilleure réponse aux demandes que vous avez multipliées. Si certains étaient sincères en affirmant que leurs possibilités de vous offrir un travail étaient faibles, d'autres ont menti : ils ont refusé vos services seulement parce que c'était vous. Je l'ai su, il n'y pas très longtemps, par un collègue et ami.

– Cela ne peut être possible ! s'étonna Wolfgang. Comment a-t-on pu vous avouer une telle chose ?

– Un ami proche l'a su d'une source sûre, laquelle, ayant appris le décès de votre mère, a été soudainement prise de remords à l'idée de vous avoir nui. Elle s'est donc confessée de ses agissements, regrettant que vous ayez tant souffert. Sachant que vous logiez chez moi, l'homme qui a reçu la confession m'en a parlé. Je ne souhaite pas que vous vous tourmentiez incessamment avec cela, mais il me fallait vous avouer ce que je sais. Je voulais me montrer franc avec vous et que vous compreniez que ce n'est pas par manque de talent que vous n'avez pas réussi à trouver le poste idéal à Paris.

– Cessez de vous perdre dans les détails et dites-moi ! Qui m'a refusé quoi ? s'impatienta le musicien.

– Cela, je n'ai pu le savoir, car dans un but de protection, ma source m'a tu certains détails. Cependant, je peux affirmer qu'à la demande d'une quelconque personne, certains nobles, parmi ceux contactés, vous ont refusé des contrats et des paiements afin de vous décourager de rester à Paris. Ils ont probablement été chèrement récompensés pour cela, mais rien ne me le confirme. Ne désespérez pas et là où vous irez, vous parviendrez à la réussite que vous espérez, car votre talent est immense.

Grimm lui donna quelques tapes amicales dans le dos puis ils se serrèrent à nouveau la main. Wolfgang, ému, le remercia ensuite de cette franchise, de même que du soutien et de l'hospitalité qu'il lui avait accordés.

Wolfgang embrassa ensuite madame d'Épinay puis monta dans la voiture, encore préoccupé par ce que Melchior venait de lui avouer. C'était chose du passé, il n'y pouvait plus rien et il devait regarder en avant, pourtant, il ne pouvait s'empêcher de réfléchir à l'identité de celui ayant manœuvré contre lui auprès de certains nobles parisiens.

• • •

En cours de route, il s'arrêta à Mannheim pour un court séjour en compagnie de son Aloysia chérie. Comme personne ne lui répondit à la résidence des Weber, il fut soudainement inquiet. Leur était-il arrivé quelque malheur ? Il questionna un voisin qui passait par là. Selon lui, la famille était partie pour un certain temps à Munich en quête de meilleures perspectives. La nouvelle le secoua rudement. Pourquoi ne lui avait-elle pas appris son départ dans leur correspondance ? Déçu de manquer Aloysia et de devoir patienter encore avant de la retrouver, mais plus encore surpris et même frustré qu'elle ne lui ait pas mentionné la chose, il profita de l'occasion qui lui était donnée et renoua pendant quelques jours avec les Cannabich et leur entourage. Wolfgang reprit ensuite la route vers Munich, où se cachait sa belle.

Ses retrouvailles avec ses amis lui avaient fait oublier ses malheurs à Paris, y compris la dernière nouvelle de Grimm, et fait retrouver le sourire. À présent en route vers Munich et Aloysia, la pensée de pouvoir à nouveau la serrer contre lui le comblait au plus haut point. Après deux semaines de transport difficile, sous une pluie souvent diluvienne et dans des conditions d'hébergement médiocres faute de pouvoir se payer mieux, Wolfgang entra dans la ville de Munich. Il ignorait encore où chercher, mais il était décidé à retrouver Aloysia.

En ce début de novembre 1778, deux jours après s'être temporairement installé à Munich, Wolfgang sortait de la voiture, ajustait son manteau de lainage et saluait le cocher. En gravissant l'escalier du magnifique théâtre Cuvilliés, celui attitré à la cour de Munich, Wolfgang eut une pensée pour celui qui y régnait lors de son passage à l'automne précédent.

On lui avait annoncé le décès de prince-électeur Maximilen III de Bavière, survenu quelques semaines seulement après son départ de Munich, alors que Mozart se trouvait encore à Mannheim. Bien qu'il en ait été profondément attristé, il n'en avait pas été surpris puisque le désormais prince-électeur Charles-Théodore lui avait mentionné la maladie dont il était atteint.

Sa pensée respectueuse envers Maximilien III oubliée, Wolfgang ébauchait à présent un sourire, ne pouvant retenir la joie qui débordait de son cœur à l'idée de revoir son aimée. Il n'en était pas moins inquiet et encore soucieux, ne comprenant toujours pas le silence de sa belle à propos de son départ de Mannheim, à qui il s'empresserait de demander des explications.

Un ami et musicien vu la veille dans une auberge lui avait appris qu'Aloysia avait été engagée pour l'opéra qu'on donnait au théâtre Cuvilliés. Heureux qu'elle ait réussi à se faire remarquer – il se plaisait à penser que ses leçons y avaient contribué –, il jubilait d'avance à l'idée de la surprise qu'il s'apprêtait, à son tour, à lui faire.

Toujours aussi fier, il avait revêtu son plus beau costume. Sur son gilet, une veste sans manches d'un vert menthe et décorée de motifs brodés de fils d'or et d'argent, il avait enfilé une courte redingote verte à la bordure de soie noire. Sa culotte de soie verte et ses souliers noirs à boucle complétaient sa mise. Bien sûr, il n'avait pas omis son tricorne noir par-dessus sa perruque blanche. S'il savait ne pas être d'une grande beauté, sa mise toujours impeccable, son sourire, son charme et ses yeux si bleus captaient l'attention de bien des femmes. Ce soir encore, c'était celle d'Aloysia qu'il désirait.

Mozart déambulait parmi la foule. Tous affluaient vers leur place, lui le premier. Il s'assit bientôt dans un siège qu'il avait choisi, loin de la scène et sur le côté, afin de ne pas se faire voir d'Aloysia. Il voulait lui faire la surprise en se rendant à sa loge après le spectacle. Le spectacle commença. Mozart n'avait d'yeux que pour elle, belle comme jamais, superbe dans sa prestation. Une fois la dernière note poussée et les performances chaudement applaudies par le public, Wolfgang quitta son siège. Il avait adoré l'opéra et le jeu de sa chanteuse préférée, mais il en apprécierait davantage encore la conclusion : enfin il pourrait l'avoir toute à lui. C'est le cœur empli de fierté et de bonheur que le musicien déambula vers l'arrière de la scène, un bouquet de fleurs à la main. Il lui tardait de connaître la réaction de surprise que sa visite provoquerait.

Une fois qu'il eut atteint les coulisses du théâtre, il remarqua un jeune garçon, perruqué et élégamment vêtu, qui se dirigeait vers lui. Après s'être annoncé à lui, Mozart patienta le temps qu'il avise la jeune chanteuse de sa présence. Imaginant une scène de retrouvailles à peu près semblable à celle qui s'était produite à Paris, le musicien peinait à retenir le rire de bonheur qui ne demandait qu'à se déployer hors de sa gorge.

Pourtant, il s'assombrit vite lorsqu'il vit le valet revenir à lui, avec au visage une mine sévère. Il le fut davantage encore à l'entendre.

– Désolé, monsieur Mozart, mademoiselle Aloysia refuse de vous recevoir.

• • •

C'est brisé et déprimé que Wolfgang Amadeus Mozart entra dans la ville de Salzbourg à la fin de janvier 1779, la veille de son anniversaire. Cette tournée, de laquelle il avait tant espéré, n'avait été en fin de compte qu'une source de malheurs et de désillusions.

À son départ de Munich, il avait écrit à son père afin de l'informer de la date approximative de son retour, sans omettre de lui mentionner ses états d'âme. Wolfgang ne pouvait entrer dans la maison de son père sans que ce dernier connaisse la raison de la tristesse qui altérait son visage presque continuellement.

Ne comprenant rien à la réponse du valet, ou plutôt s'obstinant à ne pas comprendre, il avait insisté auprès de celui-ci, mais le message ne pouvait être plus clair. Aloysia semblait vouloir rompre. La conclusion de leur relation s'avérait aussi douloureuse qu'inconcevable.

Mozart se tuait à essayer de comprendre les raisons de la jeune femme. Peut-être celle-ci avait-elle rencontré un autre homme, dont les occupations lui permettaient de rester auprès d'elle ? Était-ce les trop longues et pénibles absences ? Elle avait pourtant semblé éprouver pour lui un amour véritable. L'éloignement n'aurait pas dû avoir raison d'un si grand amour, à moins qu'un autre homme lui ait ravi le cœur… Cette incompréhension, autant que la rupture, l'emporta dans un chagrin et un découragement difficiles à surmonter.

Même si Leopold Mozart n'approuvait pas le rapprochement entre son fils et un membre de la famille Weber, il avait promis de soutenir Wolfgang dans cette nouvelle épreuve. Il avait également supplié, avec succès, le prince-archevêque Colloredo de le reprendre à son service. Mieux, il avait réussi à lui assurer du même coup de plus importantes responsabilités, des conditions plus favorables et des appointements bonifiés. Ce ne fut pas d'un grand enthousiasme que Mozart reprit sa place auprès de son ancien maître, cependant le jeune homme réalisait bien que très peu d'options s'offraient à lui.

Après quelques semaines d'une routine rassurante et quelque peu familière auprès de son père et de sa sœur et son mari, déjà repartis après être venus l'accueillir, le temps commença à faire son œuvre, le deuil se fit. Wolfgang vivait moins de périodes de chagrin intense. Toutefois, il ne parvenait pas à s'abandonner aux plaisirs de la vie. De plus, ses ambitions musicales piétinaient toujours, alors que les atteindre aurait pu lui faire oublier ses déboires amoureux, du moins en partie. Le voyage et les expériences qu'il avait vécues peu avant son absence de Salzbourg et au cours de celle-ci avaient freiné ses espoirs d'améliorer son sort de musicien et, surtout, anéanti sa foi dans le grand amour.

Outre sa fonction à la cathédrale, le jeune musicien s'occupait en donnant des leçons, en exécutant quelques concerts et en créant des pièces, ce qu'il préférait. Il ne se réserva que de rares soirées entre amis, fuyant celles lui offrant l'occasion de rencontrer de jeunes femmes. Souhaitant éviter de nouvelles souffrances, Wolfgang resta indifférent aux quelques rencontres féminines qu'il dut tout de même subir. Si cette indifférence lui était parfois lourde à porter, elle lui paraissait toutefois appropriée, car il avait renoncé dès sa sortie du théâtre de Munich à retomber en amour.

Au fil des mois, il essaya de reprendre confiance en lui. Dans un mélange d'amertume et de sérieux, il se dévoua à son travail, s'efforçant de l'accomplir avec le souci de la perfection qui l'avait toujours caractérisé. Et, bien que cela lui fût encore souvent difficile, il tâchait d'entretenir de bonnes relations avec son maître. Malgré ses efforts, sa vie à Salzbourg ne le satisfaisait pas vraiment.

À sa surprise, un jour d'automne 1780, une commande de Charles-Théodore lui parvint. Le successeur et cousin éloigné de Maximilien III, maintenant prince-électeur de Bavière, aussi grand amateur d'art, lui demanda de créer un opéra pour le Carnaval de la cour qui aurait lieu à Munich au début de l'année 1781. Comme promis, ce prince mélomane ne l'avait pas oublié. Charles-Théodore, grand admirateur de son talent, avait exaucé le souhait que lui avait adressé Mozart lors de sa visite, soit de composer pour lui. Flatté, Wolfgang se mit rapidement à l'œuvre.

Il adapta un opéra d'après un livret conçu par le père Giambattista Varesco, aumônier à la chapelle de la cour de Salzbourg, musicien et librettiste. Il intitula sa création *Idoménée, roi de Crête*. En janvier 1781, celle-ci fut présentée au théâtre Cuvilliés de Munich. Mozart lui-même, alors âgé de vingt-cinq ans, en fut nommé le directeur musical. Comme son contrat avec le prince-archevêque le stipulait, il put se rendre à Munich pour deux ou trois semaines afin d'honorer le mandat qu'on lui avait assigné.

La pièce, consistant en une intrigue amoureuse se déroulant sur l'île de Crête peu après la guerre de Troie, fut accueillie favorablement par tout Munich. Elle reçut d'excellentes critiques de la part des journalistes, tant pour ses décors et sa musique que pour le talent des chanteurs, dont le rôle principal fut confié par Mozart à Dorothea Wendling, cantatrice et épouse de son ami Johann Baptist, flûtiste à Mannheim.

Le musicien la dirigeant savamment, elle fut jouée pendant plusieurs jours consécutifs, ce qui était peu fréquent. La prestation de l'orchestre, judicieusement composé de flûtes, hautbois, clarinettes, cors, trompettes, timbales, clavecin, violons et violoncelles, fut qualifiée d'émouvante et d'exceptionnellement harmonieuse par les spectateurs. Satisfait du résultat, Wolfgang regagna un peu de confiance en lui. Le succès et les soirées mondaines organisées en son honneur, auxquelles il devait se présenter, lui redonnèrent espoir et le libérèrent progressivement de l'abattement dans lequel son dernier voyage l'avait plongé.

C'est ce qu'il se disait en souriant pendant qu'il déambulait, vêtu de son chic habit assorti à sa redingote grise, dans la salle de réception d'un noble de la ville. Cet aboutissement lui procurait un réel bonheur qui le soulageait d'un énorme poids sur ses épaules. Le musicien n'avait cependant que peu de temps pour ses réflexions, car des membres de plusieurs groupes attiraient son attention pour le congratuler et pour discuter.

Un homme arriva devant lui.

— Mes félicitations, Wolfgang.

— Christian! s'exclama l'interpellé, en avançant la main vers celle, tendue, de son ami. C'est un grand plaisir de vous voir à cette soirée.

— Je ne pouvais manquer cette occasion, bien sûr. J'ai vu la pièce hier soir. Elle est renversante, très réussie et les chanteurs la rendent magnifiquement. Et que dire de la merveilleuse composition de l'orchestre, dont vous assurez également la direction d'une main de maître ! Cher Mozart, l'immensité de votre talent me surprendra toujours !

— Je vous remercie. Mais je vous dois, à vous ainsi qu'aux instrumentistes de Mannheim, l'idée enrichissante d'ajouter des vents dans mon orchestre. Peu de créateurs y songent, et c'est pourtant un mélange de sons fabuleux. Pour être franc, je trouve très satisfaisant l'accueil que lui a réservé le public.

Leur plaisir à se revoir était toujours mutuel. Les deux amis poursuivirent joyeusement leur conversation en avançant lentement parmi les convives, une coupe d'un bon vin à la main. Comme la cour de Mannheim avait déménagé à Munich l'année précédente, Christian Cannabich avait décidé d'acquiescer à la demande que lui avait faite le prince-électeur Charles-Théodore de rester à son service. Ayant suivi le seigneur dans ses nouvelles fonctions, il habitait donc les environs depuis, se rappela Wolfgang qui en avait été avisé par Christian dans une lettre.

Au milieu d'une conversation intéressante, Wolfgang s'immobilisa. Au fond de la salle, une femme, en pleine conversation avec quelques musiciens, capta son attention. Jeune et très jolie, chevelure noire et yeux verts. Il aurait pu la décrire les yeux fermés, bien qu'il ne l'ait point vue depuis plus de trois ans, du moins c'est ce qu'il croyait.

Chapitre 9

Préférant éviter la femme, Wolfgang recula, entraînant son ami avec lui. Ce dernier réalisa par l'attitude de Wolfgang qu'il tentait de prévenir un incident indésirable. L'interrogeant du regard, il le suivit, tandis qu'il cherchait à se cacher derrière un petit groupe. Le créateur d'*Idoménée, roi de Crête* but une gorgée de vin pour se donner une contenance. Il n'eut cependant ni le temps ni l'occasion de satisfaire la curiosité de Christian, car Maria Amalia l'interpella :

— Bonsoir, Wolfgang.

Surpris, Mozart se dépêcha d'avaler sa gorgée afin de ne pas la recracher d'étonnement sur ceux qui l'entouraient à ce moment, ce qui eut pour effet de le faire tousser en une quinte irrépressible. Christian soutint son ami en commandant un autre verre à un serviteur non loin d'eux.

Pendant que Maria Amalia se confondait en excuses, que Cannabich s'égosillait pour obtenir à boire et que d'autres convives s'informaient avec compassion de son état, Wolfgang se remit rapidement de sa toux quinteuse. Il leva légèrement la main pour signifier à tous qu'il allait mieux et les remercia de leur sollicitude. N'eût été la rencontre qu'il avait souhaité éviter, il aurait ri de la cohue que l'incident avait provoquée.

— J'espère ne pas être la cause de votre toux subite, mais vous me voyez heureuse qu'elle soit enfin terminée. Vous me reconnaissez, j'imagine ? Il y a si longtemps que nous nous sommes vus ! Comment allez-vous ? Très bien, je suppose, vu le succès de votre opéra.

Cette petite peste avait le culot de le relancer, alors qu'elle s'était jouée de lui. De plus, elle agissait comme si ses actions viles et basses n'avaient pas causé leur séparation, et pire, comme s'il n'y avait jamais rien existé entre eux. Peut-être ne pouvait-elle s'imaginer, encore moins comprendre, l'immense peine qu'elle lui avait causée.

Wolfgang se racla la gorge. Devinant combien la situation était délicate, Christian s'excusa en prétextant devoir discuter avec quelqu'un d'autre. Wolfgang aurait préféré le retenir, toutefois il réalisait bien devoir affronter seul la situation.

— Je ne vous ai pas oubliée, Maria Amalia. Je me porte bien, en effet, et la réussite de la pièce me comble totalement, je vous remercie, répondit-il respectueusement en refrénant son envie de l'insulter.

Pendant qu'il interpellait un valet pour lui offrir à boire, le musicien se mit rapidement à réfléchir. Dans sa note d'adieu, il n'avait pas mentionné ce que l'aubergiste lui avait révélé. Il s'était plutôt contenté d'aviser Maria Amalia qu'il regrettait que leur relation n'ait été, en fin de compte, qu'une perte de temps pour l'un et l'autre.

Si la belle se souvenait du traitement hypocrite qu'elle lui avait fait subir, elle ignorait qu'il en avait été informé. Maria Amalia s'était sans doute interrogée sur la cause de la rupture, dont la décision ne revenait qu'à lui, à ses yeux. Elle n'avait ainsi aucune raison de se montrer coupable.

Wolfgang la regarda prendre une coupe sur le plateau qu'un serviteur venait de leur tendre. Elle leva ensuite sa coupe de vin en posant sur le musicien un regard dans lequel se mêlaient la confiance et l'assurance de celle qui ne se sent coupable de rien.

– À nos retrouvailles ! s'exclama-t-elle en affichant un sourire beaucoup trop enthousiaste selon Wolfgang.

Ce dernier hésitait entre la fuir, lui empoigner les bras avec force et la secouer ou l'embrasser à en perdre haleine. Il choisit pourtant d'agir en gentilhomme et de faire tinter faiblement son verre contre le sien sans rien ajouter. Il la laissait ainsi interpréter son geste de la manière dont elle le voudrait bien, sans lui-même se compromettre en manifestant une émotion qu'il ne ressentait pas.

Ni le lieu ni la situation n'étaient indiqués pour vider leur rancœur dans une conversation épineuse qui pourrait dégénérer. Au lieu de lui dire sa colère, il préférait la lui montrer plus tard, avec un comportement appuyé. Sans qu'il projette de le faire expressément, si l'occasion de lui manifester son mécontentement se présentait un de ces jours, alors ce serait tant pis pour elle…

• • •

Le lendemain matin, il marchait dans les rues de la ville en direction de la demeure de son ami Christian, s'efforçant de diminuer la tension et la colère qui l'habitaient encore. Le froid s'avérait particulièrement mordant en ce début de février et la buée sortait de sa bouche à chacune de ses respirations.

Wolfgang repensait à soirée de la veille. Il l'avait quittée tôt. Dernièrement, il était passé par une pleine gamme d'émotions douloureuses et la présence de Maria Amalia avait achevé de l'épuiser. Il avait profité d'une conversation inopinée entre la jeune femme et un autre invité pour quitter l'endroit. Il s'était excusé de son départ prématuré auprès de Christian en promettant de le revoir sous peu.

Il avait adoré diriger l'orchestre de son opéra et honorer les invitations aux soirées reçues par quelques nobles de la ville. Toutefois, se plier aux obligations que cela entraînait plusieurs soirs consécutifs et surtout devoir se mettre au lit à une heure tardive avaient contribué à sa fatigue. Animer une conversation en présence de Maria Amalia, une femme qu'au fond de lui il préférait éviter, avait été au-dessus de ses forces.

Au détour d'une ruelle, quelqu'un le héla. Il se retourna en direction de ce cri, même s'il eût préféré fuir. Il avait reconnu la voix à l'accent italien et savait qu'il n'échapperait pas facilement à l'entêtement de la jeune femme. Elle sortait d'une auberge dont l'auvent rouge clair au-dessus de l'entrée annonçait le nom et lui envoya la main.

Les mains dans ses poches, il la regardait venir vers lui. Encore une fois, un mélange de honte, de colère et de désir l'envahit. Son apparition à la soirée de la veille lui avait fait réaliser qu'il serait probablement condamné à ressentir ces mêmes émotions, qu'il la vît en personne ou songeât à elle, à moins de régler la situation dès maintenant.

Pendant qu'elle le rejoignait d'un pas accéléré, il se permit de satisfaire sa curiosité. Il lui accorderait le droit de s'expliquer, avide d'entendre les mensonges qu'elle lui servirait.

Un peu essoufflée, elle s'immobilisa devant lui. Après l'avoir salué, elle dit :

– Monsieur Cannabich m'a dit hier que vous aviez dû partir tôt. Il a aussi ajouté que tous ces événements, bien que très satisfaisants, vous ont épuisé et que vous avez besoin de toute l'énergie possible pour la dernière représentation prévue. Je le comprends bien, soyez-en assuré ! Cependant, comme nos dernières fréquentations se sont arrêtées subitement, je souhaitais profiter de l'occasion de vous revoir pour… enfin, j'aimerais…

La voyant hésiter, Wolfgang eût pu venir à son secours, comme il l'avait déjà fait. Elle l'avait toutefois si cruellement blessé qu'il ne pouvait s'empêcher de la laisser se dépêtrer elle-même de son malaise et de ses faussetés. Il ne pouvait cependant nier que dans cette vulnérabilité, il la trouvait atrocement attirante.

– Qu'aimeriez-vous ? lui demanda-t-il pourtant, après quelques secondes.

Puisque le silence de Maria persistait, il se permit cette seule intervention, non pas pour l'aider, mais pour qu'il puisse la voir s'enliser davantage. Elle redressa la tête, qu'elle avait penchée pendant une seconde. Ce fut bref mais suffisant pour constater qu'elle était inconfortable. Il n'était pas dans sa nature de se montrer malveillant, mais il en ressentit tout de même une étrange satisfaction.

– Depuis, mon cher Wolfgang, je n'ai cessé de songer à vous… Je m'apprêtais à vous en faire part hier, mais puisque vous êtes parti tôt…

– Je suis pressé, l'interrompit-il sèchement, détestant la manière dont elle s'adressait à lui.

Il ne chercha pas à connaître le sens réel de ce qu'elle venait d'avouer. Il lui fallait garder le contrôle. S'il lui permettait de belles paroles et la laissait continuer de lui montrer des yeux doux, il ne resterait pas longtemps maître de la situation. Il la sentit légèrement déstabilisée par son intervention inamicale, mais elle s'efforça de ne rien laisser paraître et reprit rapidement contenance.

– En fait, je souhaiterais revenir dans le passé. Je me questionne sur la raison de votre, euh, de cette soudaine rupture annoncée sur la note que vous m'avez laissée il y plus de trois ans. Tout allait bien pourtant ! Même avec du recul, je comprends mal votre comportement et je sens planer un malentendu que je voudrais faire disparaître. Vous m'êtes trop important pour que je le laisse persister.

– Je crois plutôt que vous en savez plus que moi sur ce qui a causé la fin de notre relation, mademoiselle ! Il ne tient qu'à vous de vous montrer honnête si vous désirez dissiper le prétendu malentendu. Pardonnez-moi, mais je dois y aller, acheva-t-il en s'apprêtant à la quitter, satisfait de sa réponse.

– Attendez !

Maria Amalia le retint en lui fermant une main gantée sur le bras. Wolfgang arrêta son mouvement et fixa la main sur sa manche de manteau. Comme il ne bougeait plus, elle la retira et se permit de s'expliquer d'une voix douce qu'il jugea empruntée :

– Wolfgang, j'ignore ce à quoi vous faites référence, ce qu'on a pu vous dire ou vous inciter à deviner, mais je n'ai jamais souhaité vous faire de mal ou mettre un terme à nos fréquentations. Je vous ai toujours tenu en haute estime et si je n'étais pas passionnément amoureuse de vous au départ, mes sentiments se sont vite développés.

– Parfait, vous vous êtes expliquée, vous vous sentez apaisée, je suis heureux pour vous. Puis-je partir maintenant ?

Il souhaitait se soulager au plus vite de cette discussion qui ne mènerait nulle part. Peu importe ce que Maria Amalia confesserait pour sa défense, il connaissait la réputation de l'aubergiste depuis trop longtemps pour douter de ses confidences. Plus vite il s'éloignerait de cette chipie, mieux il se porterait. Il exécuta quelques pas, mais elle accourut au-devant de lui.

— Je vois que je vous ai blessé à un point tel que vous ne faites rien pour me ménager. Je suis terriblement désolée que la situation en soit arrivée là. D'autant plus, et c'est ce que j'ai essayé de vous expliquer plus tôt, que vous revoir me fait réaliser combien vous m'êtes cher, combien je tiens à vous. Vous réveillez en moi des sentiments endormis depuis longtemps. J'aimerais que vous puissiez me pardonner, peu importe ce que vous avez en tête. J'aimerais que vous me laissiez une chance de me montrer digne de vous. Vous êtes...

Wolfgang essayait d'éviter de poser les yeux sur Maria Amalia, mais elle se tenait là, devant lui, à débiter ses explications, le regard suppliant. Il ne put éviter de détailler son visage, ne captant que quelques mots du discours de la jeune femme.

— ... musicien accompli... homme... grandes valeurs... attentionné...

Que de beauté devant lui ! Ses pommettes rosies par le froid, ses yeux d'un vert intense qui le plongeaient dans d'heureux souvenirs, la frange de cheveux noirs qui, tombant sur son front, dépassait du capuchon de laine vert...

— ... erreurs... jeune et immature... bonnes intentions... me montrer meilleure... votre bonheur...

... et ses lèvres invitantes qui bougeaient sans cesse pour tenter de se faire pardonner. Elles pouvaient former les mots qu'il voulait entendre, ils étaient hélas dépourvus de la sincérité qu'il recherchait. Oui, Maria Amalia pouvait encore mentir pour l'attirer entre ses griffes, sans qu'il s'explique les raisons qui la motivaient.

— ... vous le prouver... compris hier. Permettez-moi de vous aimer comme vous le méritez, comme une femme plus mûre doit le faire.

Il détourna son regard du joli minois, entendant du même coup la dernière phrase qu'elle prononçait. Peinant à la croire honnête, il posa ses mains sur les épaules de la jeune femme pour l'éloigner et ainsi se libérer un passage. Il ne voulait plus l'écouter.

Interprétant le geste comme une invitation, elle rapprocha son visage de celui du musicien. Le réflexe de ce dernier fut de reculer la tête. Il n'allait pas se laisser duper une seconde fois par cette demoiselle. Ne s'était-il pas promis de renoncer à l'attraction des femmes ? Il allait la repousser, lui ordonner de ne plus l'importuner et la fuir le plus loin possible.

• • •

Dans la diligence qui le menait à Vienne, Wolfgang se remit à contempler le paysage printanier. À ses côtés, son compagnon de voyage, son maître, le prince-archevêque Colloredo, qui n'avait cessé de parler et surtout de lui réitérer ses recommandations, venait enfin de se taire.

Le prélat avait été mandé auprès de l'archiduc d'Autriche, empereur du Saint-Empire de Bavière, Joseph II de Lorraine, afin de célébrer son accession officielle au trône. Aussitôt que Mozart fut revenu de Munich, monseigneur Colloredo lui avait appris la nouvelle et avait pressé son directeur musical personnel, en l'occurrence Wolfgang lui-même, de le suivre.

« Directeur musical personnel » était le nouveau titre que l'archevêque avait donné à son serviteur. Avec un tel titre, par lequel monseigneur Colloredo semblait s'approprier ses mérites et qu'il se plaisait à répéter depuis l'invitation de l'archiduc et empereur, le musicien devinait que le prince-archevêque se donnait de l'importance et espérait ainsi bien paraître.

Comme ils étaient partis à l'aube, l'épuisement eut tôt fait de gagner le vieil homme installé sur la banquette en face de lui, ce qui permit à Wolfgang de se remémorer ses plans. Il n'était pas dupe. Il savait trop bien qu'il deviendrait vite pour le prince-archevêque une marionnette, qu'il utiliserait à bon escient, néanmoins : Wolfgang désirait rencontrer l'empereur afin de discuter de ses propres habiletés et de ses ambitions. C'est pourquoi il avait accepté l'offre de Colloredo, avec les menus désagréments qu'elle comportait, et l'accompagnait à Vienne en cette fin de mars 1781.

Très peu de temps s'était écoulé depuis la présentation fructueuse de son opéra à Munich, mais Wolfgang avait bon espoir que l'archiduc Joseph II en ait entendu parler. Si les excellents commentaires s'étaient rendus jusqu'à ses oreilles, le prince se montrerait disposé à le rencontrer et le musicien pourrait lui exposer ses projets. S'il lui tardait d'obtenir un entretien avec le monarque, il redoutait toutefois de devoir en subir un avec une femme qu'il désirait éviter à tout prix.

Tâchant d'oublier cette perspective, il promena son regard à l'intérieur de la diligence. L'homme en face de lui bougea sur son siège, mais semblait dormir profondément. Wolfgang examina les recoins du véhicule, fouilla dans son sac de voyage à la recherche d'une possible distraction. Inconfortable, il tenta par tous les moyens de se changer les idées, mais rien n'y fit. Vaincu, il s'abandonna aux souvenirs, encore si clairs car très récents, de sa dernière journée à Munich, lesquels s'imposaient malgré lui.

• • •

Dans sa chambre d'hôtel, Wolfgang se préparait à quitter la ville qui lui avait fait connaître un immense succès, une célébrité certaine. C'est la nostalgie au cœur qu'il remplissait sa valise.

Il se morigénait, se raisonnait, mais le sentiment qu'aucun autre événement aussi extraordinaire ne pourrait se représenter revenait souvent le hanter depuis quelques jours, et plus fortement en ce matin de son départ. Fort probablement, les nombreux échecs subis par le passé contribuaient à cet état d'âme.

Il avait multiplié les occasions de saluer convenablement ses amis chers, de même que les nouvelles connaissances que son séjour à Munich lui avait permis de faire. Il en avait profité pour donner quelques leçons et coucher sur papier les créations que les lieux lui inspiraient.

Quitter, entre autres, les Cannabich et les Wendling et ne plus pouvoir profiter des bénéfices que lui avait offerts l'opéra *Idoménée* le remplissait de tristesse et d'amertume. Il devait cependant se montrer honnête avec lui-même. Ses succès musicaux pesaient peu en comparaison des douleurs que son cœur éprouvait. Comme il avait été affreusement blessé, rester dans la ville où se trouvait également sa chère Aloysia avait réveillé ses sentiments endormis. Il avait même espéré la revoir. En vain, car elle ne s'était jamais montrée, ni lors des spectacles, ni aux soirées données en son honneur. Pas plus qu'il ne l'avait croisée au hasard des rues de la ville.

Il s'était juré de ne plus aimer, de ne plus se laisser prendre au piège par une femme. Et il croyait toujours fermement à cette nécessité, davantage encore maintenant qu'il réalisait toujours souffrir de sa rupture avec Aloysia, mais il aurait aimé la voir à un de ses opéras. Seulement la voir pour s'informer de ce qu'il avait pu faire pour la blesser, la voir pour qu'elle le rassure sur ce qu'elle pensait de son succès, de ses talents et de ses compétences. Habitant Munich, elle aurait pu facilement s'y présenter. Mais elle n'était pas venue et il considérait ce comportement comme une seconde rupture, une deuxième peine d'amour.

En bouclant sa malle et en rassemblant ses instruments, il se persuada une fois de plus que les histoires sentimentales ne lui procuraient que du malheur et se promit encore plus fermement de ne plus s'abandonner à aimer une femme.

– Peu importe mes états d'âme ! De toute façon, je ne peux me permettre d'allonger mon séjour. Je dois respecter mes engagements envers mon père et mon maître, se convainquit-il à voix haute.

En effet, par une lettre, il avait annoncé son succès à son père et sa sœur et les avait prévenus de son prochain retour. Son père lui avait répondu en le félicitant chaleureusement, non sans lui rappeler ses devoirs auprès du prince-archevêque.

Il déposa ses malles par terre et s'apprêtait à enfiler son manteau lorsqu'on cogna à sa porte.

– Oui ?

– Votre cocher vous attendra devant la porte de l'hôtel, fit la voix du domestique de l'autre côté. Vous n'aurez qu'à me faire un signe.

– Je suis presque prêt. Vous pouvez l'aviser que je le rejoindrai bientôt. Merci.

— Vous servir est un plaisir, monsieur Mozart. Revenez autant que vous le voudrez !

— Vous êtes aimable. Je m'en souviendrai.

Mozart l'entendit s'éloigner. Il jeta un dernier regard à la chambre afin de s'assurer qu'il n'avait rien oublié, passa ses bras dans son chaud manteau, s'empara de ses bagages puis se dirigea vers la sortie. Un bruit de pas pressés s'approchant de sa chambre puis un cognement à la porte parvinrent à ses oreilles. Se disant que le domestique, ayant oublié de lui parler d'un certain sujet, revenait à sa chambre, Wolfgang invita le visiteur à entrer. À sa surprise, sur le seuil se tenait une jeune femme qu'il s'était juré ne plus revoir.

Maria Amalia lui dit :

— Je suis heureuse de ne pas vous avoir manqué. La dernière fois que nous nous sommes vus, vous avez été clair, mais je devais absolument vous voir avant votre départ. Je ne veux pas que persiste la rancune entre nous.

Wolfgang sourit sans joie au souvenir qu'évoquait sa surprenante visiteuse. Il se rappelait l'avoir détestée pour oser le surprendre ainsi. Il lui avait tenu tête la semaine auparavant et s'était pratiquement enfui avant qu'elle ne réagisse. Il avait éprouvé une certaine fierté d'avoir su résister à ses charmes. À présent, elle se risquait à le défier le matin de son départ. Elle méritait la fessée. C'était tout ce qu'il se répétait alors en fixant ses yeux verts.

— Je suis désolée. Je vois bien… je croyais que… que vous ne repartiriez qu'en après-midi. Je…

Encore cette hésitation, songea-t-il en laissant tomber ses paquets pour la faire taire d'un long baiser.

• • •

Il succomba encore au charme de la belle, à ses yeux magnifiques et à son adorable accent. Victime d'un puissant et soudain désir, Wolfgang renonça à résister en se promettant de succomber à ses charmes pour la dernière fois. Il n'était plus ce jeunot immature qu'elle avait pris dans ses filets ; ayant acquis de l'expérience, il saurait garder le contrôle et les yeux ouverts.

Il se déculpabilisait en se répétant que leurs chemins se sépareraient ensuite. Il l'embrassa avec une passion avide, tel un homme qui ne s'est pas nourri depuis des semaines et se précipite sur une pièce de bœuf. Il démontra une fougue loin de la tendresse qu'il avait manifestée envers Aloysia.

Maria Amalia fut probablement surprise, mais ne se sentit pas désarmée pour autant. Elle l'enlaça rapidement pour répondre aux élans du musicien avec une pareille ardeur.

La pensée que son cocher l'attendait lui traversa l'esprit et il repoussa la jeune femme, persuadé que c'était en fait la meilleure chose à faire. Il devait s'éloigner d'elle et respecter la promesse qu'il s'était faite dans le but de se protéger. L'intense regard vert qu'il rencontra fit disparaître ses résistances, sa résolution tomba, tout comme la redingote qu'il portait encore et la chemise sous-jacente. À l'instar de Wolfgang, la jeune femme retira son manteau, qu'elle avait déjà déboutonné, et ses bottillons.

Le jeune homme impatient l'aida bientôt à se dévêtir. Sa robe tout comme son corsage furent rapidement ouverts, révélant une voluptueuse poitrine. Pressés par un désir commun, ils s'embrassèrent et se caressèrent, emportés dans un tourbillon étourdissant. En chemin vers le lit, une chaise fut bousculée, une potiche décorative heurtée, leurs vêtements parsemés ici et là sur la moquette bleue. Sans prononcer un seul mot, ils ignorèrent le sort des objets heurtés, seulement préoccupés d'entremêler leur souffle.

Maria Amalia se montra une amante extraordinaire. Mais n'était-elle pas expérimentée dans les choses de l'amour ? En effet, Wolfgang rappela à son souvenir qu'elle s'était donnée à un autre homme pendant qu'elle le fréquentait. Mais ce corps aussi parfait, la peau des cuisses et des seins si douce, le parfum de savon à la lavande qu'elle dégageait et les plaintes langoureuses qu'elle poussait lui firent rapidement oublier ces réflexions.

Dans un silence mutuel, que ne brisaient que quelques gémissements étouffés, il glissa en elle. Dans son empressement à satisfaire son désir intense et subit, les mains sur la poitrine de son amante, il parvint à l'extase assez rapidement. Essoufflé, mais comblé, à la fois par l'assouvissement de son désir et par la satisfaction de maîtriser la situation, il n'avait pas tardé à sortir du lit en lui intimant de partir.

— Vous avez obtenu ce que vous êtes venue chercher. Je vous promets de ne pas vous traiter bêtement pour m'avoir blessé par le passé, si je venais à vous revoir. Vous pouvez donc poursuivre votre vie en paix. Bien que j'aie aussi profité de votre petite visite et que je l'aie appréciée, je préfère ne plus recroiser votre chemin. Je vous prie de vous rhabiller et de sortir rapidement. De ma chambre et de ma vie. Je dois quitter Munich. Ma voiture m'attend.

Assise dans le lit, sans chercher à cacher sa nudité, Maria Amalia protesta, trouvant insensé, mais plus encore frustrant d'en finir ainsi. Elle évoqua le plaisir qu'ils venaient de se donner, qu'ils pourraient repartager. Par différents arguments, elle essaya de gagner l'attention de Wolfgang mais celui-ci, en colère contre lui-même pour avoir succombé, contre elle pour l'avoir poursuivi jusque dans sa chambre de location, s'affairait de son côté sans la regarder.

Devant l'entêtement de Wolfgang, elle dut s'exécuter et sentit sa colère monter, oubliant rapidement sa repentance d'être la cause de ses souffrances. Elle descendit du lit, peinée qu'il ne lui accorde aucun regard après les doux moments qu'elle venait de lui faire vivre, qu'il ne lui démontre aucune envie de recommencer. Elle ramassa sa robe et la passa au-dessus de sa tête. Pendant que Mozart enfilait ses habits en vitesse en lui réitérant sèchement sa demande de partir, elle crut bon d'exprimer ses pensées, sans lui cacher sa colère.

— Je vois bien à votre comportement que vous me détestez et je ne comprends pas pourquoi. J'ai pensé que ce moment de rapprochement vous ferait changer d'avis à mon égard. Au contraire, vous me traitez durement et j'en suis énormément blessée.

— Blessée ? ne put-il s'empêcher de demander en se tournant enfin vers elle. Vous croyez sans doute que je ne l'ai pas été ?

Elle lui demanda des précisions, brusquement inquiète qu'il ait découvert sa liaison avec Antonio Santini. Toutefois, pour le bien de ce dernier et pour le bon fonctionnement de leur projet commun, elle s'efforça de demeurer le plus calme possible.

— Que voulez-vous dire ?

Wolfgang répondit en choisissant ses mots, se refusant à trahir l'aubergiste.

— On m'a dit que vous en aimiez un autre.

— Et vous avez cru ce racontar?

— On vous a vue à quelques reprises avec lui et je ne peux pardonner aux femmes infidèles, qui brisent le cœur de ceux qu'elles trompent. De toute façon, je veux me consacrer à ma musique et ne veux d'aucune femme dans ma vie.

— Et avec qui m'a-t-on vue? demanda-t-elle avec une insistance nouvelle.

— Je n'ai pu le savoir.

— Là, vous me décevez, mon cher. Voilà des allégations qui entachent ma réputation, mais dont vous n'avez pas jugé bon vérifier la véracité auprès de moi. Pourquoi ne l'avez-vous pas fait?

— Vous m'auriez sans doute menti.

Devant le silence qu'elle laissa planer, sans doute à la recherche d'une réplique appropriée, Wolfgang en profita pour enchaîner d'une voix plus douce :

— Je suis désolé si mon attitude vous a blessée. J'avoue que c'était plutôt brusque de ma part, cependant mon intention première n'était pas de vous faire souffrir, mais bien de vous faire comprendre de me laisser tranquille. Dépêchez-vous de vous vêtir. Je dois partir, mon cocher m'attend.

Maria Amalia comprit qu'il s'avérait inutile d'insister pour le moment. Maintenant qu'il remportait un certain succès, il serait plus facile de le retrouver. Elle trouverait bien d'autres occasions de le revoir et de le ramener à de meilleures dispositions envers elle.

— Je regrette que notre relation se termine ainsi après ce qui n'est possiblement qu'un horrible malentendu. Je respecte votre choix. Toutefois, à l'opposé de vous, moi, j'aimerais bien croiser votre route à nouveau et j'ose espérer qu'avec le temps, vous serez disposé à montrer une sincère bienveillance à mon égard. Cela dit, soyez assuré qu'il s'agit d'un souhait et non d'une menace. Vous m'êtes et me serez toujours précieux, Wolfgang.

La belle avait à nouveau prononcé le mot « malentendu ». Mozart en riait. Il ne souhaitait pas recevoir d'elle une explication spontanée concernant l'information transmise par l'aubergiste. Il doutait qu'elle lui dise la vérité s'il la confrontait vraiment. Qu'elle manifeste le désir de le revoir était déjà difficile à croire pour lui.

Il risqua un regard vers son amante après avoir ajusté sa perruque. Elle avait revêtu sa robe, mais sa poitrine, au galbe apparent, semblait l'inviter. Il se détourna rapidement pour chausser ses bottes et ainsi se protéger de la tentation, puis il lui dit d'un ton adouci et en l'aidant enfiler son manteau :

— Loin de moi l'idée que vous vouliez m'intimider, mademoiselle. Croyez-moi, si nous nous retrouvons un jour, je négligerai nos différends et saurai vous traiter convenablement. Ne m'en veuillez pas, mais pour des raisons évidentes, je préfère garder une distance entre nous.

— Je m'en souviendrai, mon chéri, mais vous ne pouvez m'empêcher de rêver, avait-elle conclu en lui lançant un baiser avant de sortir discrètement de la chambre.

• • •

Wolfgang revint à la réalité et au présent. En face de lui, l'archevêque marmonnait dans son sommeil et remuait sur son siège. Une autre pensée lui vint. Peu avant son départ pour Vienne, il avait reçu, à Salzbourg, une missive de la part de Maria Amalia. Elle y écrivait avoir appris, lors d'une conversation tenue entre musiciens dont elle ne mentionnait pas les noms, qu'il se rendait à Vienne.

Ce jour où il s'apprêtait à quitter Munich, ne lui avait-elle pas répondu qu'elle s'en souviendrait, donc qu'elle respecterait la volonté de Mozart de maintenir une distance entre eux ? Pourtant, elle semblait déjà revenir sur sa parole. Il en tenait pour preuve un fait qu'il avait lu dans cette même lettre qu'elle lui avait envoyée de Munich et qu'il avait reçue juste avant son départ de Salzbourg. Ce fait, à savoir qu'ils se retrouveraient bientôt tous deux dans la même ville, la demoiselle le qualifiait d'heureux hasard. Un hasard qu'elle semblait prête à provoquer, pressentait Mozart. Si Wolfgang ne pouvait infirmer que c'était là, en partie, un aléa de l'existence, il croyait fermement que celui-ci ne pouvait être heureux. Il lui infligeait, bien au contraire, une colère renouvelée.

Maria Amalia avait entendu parler du couronnement prochain du duc Joseph II de Lorraine et que le prince-archevêque Colloredo de Salzbourg y avait été invité avec son musicien personnel. Devinant qu'il pouvait s'agir de Wolfgang, elle lui avait écrit pour vérifier ses conjectures, ajoutant qu'un heureux hasard les ferait probablement se croiser puisqu'elle habitait à Vienne.

Ce que Wolfgang ignorait était qu'elle avait appris son déplacement prochain à Vienne par une missive, reçue à Munich, d'Antonio, qu'elle allait bientôt rejoindre. Comme son maître et amant travaillait pour le duc de Lorraine, il lui avait été aisé d'obtenir ce renseignement. Wolfgang ne pouvait deviner comment ces informations étaient venues à elle. Toutefois, une chose était sûre : sans l'avoir décidé, puisque le prince-archevêque avait exigé qu'il l'accompagne plus qu'il ne l'avait invité, Wolfgang se dirigeait maintenant tout droit vers elle.

Chapitre 10

Depuis leur arrivée à Vienne quelques semaines auparavant, Wolfgang avait facilement réussi à éviter de rencontrer Maria Amalia. Il ignorait où elle se trouvait exactement, mais même s'il avait souhaité la chercher, il n'aurait pu, car il était complètement débordé par les multiples tâches que lui imposait Colloredo et n'avait que de rares moments de liberté.

Il n'était plus maître de ses allées et venues ni de ses horaires, que le prince-archevêque orchestrait sans tolérer le moindre murmure. Bien que le talent de Wolfgang fût reconnu et que plusieurs manifestaient le désir de l'entendre jouer, le prélat lui interdisait la possibilité de se produire en concert, sauf lors d'occasions qui le servaient judicieusement. Il l'envoyait également manger en compagnie des valets et des cuisiniers, alors que lui, Colloredo, prenait ses repas dans les appartements des nobles qu'il côtoyait. Son maître, jaloux, profitait de son pouvoir pour limiter l'essor auquel le jeune musicien aspirait.

S'il se sentait soulagé d'échapper à Maria Amalia, perdre ainsi le contrôle de sa liberté d'agir l'horripilait. Ne pas pouvoir profiter des plaisirs qu'offrait Vienne, rater les occasions qui feraient progresser sa carrière à cause de Colloredo, dont une rencontre personnelle avec l'empereur Joseph II de Lorraine, le blessait et l'exaspérait.

Mozart informa son supérieur de son mécontentement à quelques reprises, mais ce dernier minimisa chaque fois ce que son musicien pouvait ressentir. Des discussions fortement animées en découlèrent, ce qui les laissait parfois sans se parler pendant des heures, bien qu'ils passassent la majeure partie de leurs journées ensemble.

Leur querelle atteignit son paroxysme un soir, au début du mois de mai, lorsque son maître lui refusa de donner un concert auquel l'empereur assisterait et qui se tenait chez la comtesse Wilhelmine von Thun, le privant d'un cachet égal à la moitié de ce qu'il gagnait en une année à Salzbourg. Insulté et frustré, le musicien adopta un langage et un comportement qui offensèrent grandement l'ecclésiastique qu'était monseigneur Colloredo.

Si au cours de leurs derniers affrontements, Wolfgang essuya des refus à ses demandes de démission, cette fois, le prince-archevêque le congédia lui-même. Se considérant ainsi comme libéré du joug de Colloredo et de l'autorité de son père, avec qui il se brouilla également car ce dernier prit le parti du prince-archevêque, Wolfgang, trop heureux de prendre ses propres décisions, commença par choisir de s'installer de façon permanente dans la capitale autrichienne.

Prié par Colloredo de quitter le bâtiment abritant l'ordre Teutonique, ordre militaire et hospitalier chrétien, que l'archevêque habitait en sa compagnie et avec son personnel depuis mars, Wolfgang n'eut d'autre choix que de chercher à se loger ailleurs pour commencer une nouvelle partie de sa vie. L'ecclésiastique consentit à lui donner quelques jours pour se trouver un endroit où habiter.

Sachant ce délai très court pour dénicher un logement décent, Wolfgang hâta ses recherches. Aussi, dès le lendemain matin, il se mit en quête d'un nouveau chez-soi, pestant contre le peu de temps dont il disposait pour satisfaire son ancien maître.

Vers la fin de l'avant-midi, après avoir visité deux appartements qui ne satisfaisaient pas ses besoins ou trop coûteux pour ses maigres moyens financiers, il songea, alors qu'il longeait une étroite ruelle, que le prince mitré se serait montré désagréable avec lui jusqu'à la toute fin de leur relation.

Perdu dans ses pensées, réfléchissant aux lieux à visiter que lui avait gentiment suggérés le maître de l'ordre Teutonique, il ne vit pas les deux femmes qui conversaient devant lui, à la sortie d'un immeuble. Lorsqu'il leva les yeux, il était trop tard et il ne put éviter une collision contre l'épaule de l'une d'elles.

— Veuillez me pardonner, commença-t-il. Je suis sincèrement désolé, j'espère que je ne vous ai pas…

Il cessa toutefois subitement ses excuses lorsque sa victime se retourna et qu'il la reconnut.

• • •

Debout devant un fauteuil de velours vert dans un salon qu'il ne connaissait pas, il prit la soucoupe soutenant une tasse de thé qu'elle lui tendait. Elle l'avait invité à converser devant cette boisson chaude. Il n'avait pas souhaité y venir. Il avait voulu refuser. Il lui aurait fallu s'excuser, la contourner et poursuivre sa route. Mais avant qu'il n'eût prononcé un mot, elle lui avait dit qu'elle n'accepterait aucune réponse négative de sa part.

Mal à l'aise, il avait laissé durer le silence, quoique ce faisant, il n'avait pas amélioré son sort. C'était bien malgré lui qu'il restait muet, car il se sentait impuissant et ignorait que dire de sensé outre le «comment allez-vous?» qu'il lui avait lancé dans la rue.

Quelques minutes plus tard, elle l'avait fait monter chez elle et il se tenait maintenant dans ce riche salon où il ne se trouvait pas à sa place. Son hôte, Aloysia Weber, était installée face à lui, de l'autre côté d'une table de marbre qui séparait les causeuses.

Wolfgang risqua un malhabile compliment en promenant ses yeux autour de lui.

– Votre décor est tout à la fois somptueux et chaleureux. J'aime beaucoup.

– C'est gentil, merci. Tout cela appartient à Joseph. Asseyez-vous, Wolfgang, l'invita-t-elle d'un large sourire.

Il exécuta un léger signe de tête en guise de révérence respectueuse, prit place, puis but lentement une gorgée de la boisson chaude, sans doute afin de se donner une contenance. Il essayait de chasser les souvenirs lui venant incessamment en tête, tous aussi beaux que douloureux les uns les autres : le regard amoureux de la jeune femme, ses lèvres invitantes, sa voix forte mais mélodieuse, sa poitrine qui ne battait jadis que pour lui. Tout cela appartenait à quelqu'un d'autre maintenant.

– Joseph, répéta-t-il, pratiquement inconscient de l'avoir dit à voix haute.

Ce *quelqu'un d'autre* ne lui était plus totalement inconnu, à présent qu'elle l'avait glissé dans la conversation. Et il se trouvait chez ce *quelqu'un* en question. Il lui semblait que le fait de connaître son prénom le troublait davantage. Il n'aurait pas dû venir. Il s'était montré faible et s'en voulait.

– En effet, Joseph est mon ép…

Wolfgang déposa sa tasse sur la table devant lui. Se sentant dans un état second, il dut faire un effort pour réussir à se lever. Le malaise avait assez duré. Nul besoin de se voir confirmer ce qu'il savait déjà. Il lui fallait quitter cette femme, cette tentation, cet endroit, et achever sa quête d'un logis.

Surprise, elle cessa de parler et reposa la tasse qu'elle tenait entre ses mains. Elle se leva également, en posant une main sur son cœur, et lui lança un regard interrogateur.

— Mon cher, que se passe-t-il ?

L'intervention de la jeune femme lui fit retrouver aussitôt ses esprits.

— J'abuse de votre temps et par le fait même, je perds le mien. J'ai un logis à trouver. Je suis désolé, Aloysia, mais je ne peux me permettre de rester.

• • •

Antonio Santini se leva de son bureau et marcha de long en large dans la pièce où il écrivait ses partitions et s'occupait à l'organisation des concerts demandés par l'empereur. Il venait de demander des nouvelles de la venue de Mozart à Vienne à Maria Amalia, se tenant debout de l'autre côté de son plan de travail.

Elle savait qu'il appréhendait sa réponse, mais Maria ne put que lui dire la vérité. Ayant été prévenu du séjour de Wolfgang dans sa ville, Antonio était impatient d'en apprendre sur lui afin de mieux l'empêcher d'obtenir des contrats payants. Maria Amalia lui confirma qu'il avait déjà participé à quelques concerts privés et de bonnes critiques avaient été émises à son endroit et avaient confirmé ses grandes capacités.

Revenue à Vienne depuis deux ou trois semaines, elle ne connaissait pas l'horaire de Mozart et ne pouvait renseigner Antonio que sur ce qu'elle avait entendu ou sur les quelques détails qu'elle avait pu obtenir. Auprès de ceux susceptibles de lui répondre adéquatement, elle s'enquérait des événements à venir concernant le musicien, mais ne parvenait qu'à apprendre des faits passés. La jeune femme n'arrivait pas à recevoir l'information nécessaire pour entrer en contact avec le rival de Santini. Si elle ne parvenait pas à satisfaire davantage la curiosité d'Antonio, ce qu'elle lui avait déjà révélé suffisait à le bouleverser.

Le talent déjà établi, le succès obtenu et la célébrité grandissante de Wolfgang Amadeus Mozart accroissaient sa nervosité. Et encore plus maintenant que le jeune musicien se trouvait à Vienne et dans la mire de son propre maître. Ce qu'il avait tant redouté était sur le point d'arriver.

— Je vous avais bien dit, commença-t-il, qu'il pourrait un jour prendre injustement la place d'un grand musicien comme moi. Maintenant, l'empereur, celui-là même pour qui je travaille, m'a questionné hier à son sujet. Il ne reste au souverain qu'un pas à franchir pour me chasser et recourir à ses services en remplacement des miens. Vos tentatives de le freiner, d'abord en le séduisant à Salzbourg et à Munich, puis par vos démarches auprès des nobles pendant sa tournée, nous mènent loin des conclusions souhaitées.

Il jeta un regard noir à sa servante. Elle lui était utile sur plusieurs plans, du point de vue personnel comme pour affaires. Il devait l'avouer, elle le surprenait à bien des égards. Toutefois, on ne pouvait pas dire qu'elle s'acquittait avec succès de sa plus importante mission, celle dont il l'avait chargée quelques années plus tôt. Comme elle lui fournissait parfois des indices très utiles sur son rival, il ne perdait pas espoir qu'elle puisse réussir à le satisfaire pleinement un jour.

— Mon tendre Antonio, ne vous inquiétez pas pour votre poste. L'empereur vous fait encore pleinement confiance. Il n'a quand même pas annoncé qu'il souhaitait se débarrasser de vos serv…

— Cessez de jouer à l'autruche, la coupa-t-il avec colère. J'ai entendu l'empereur vanter les mérites de Mozart et émettre la possibilité de lui attribuer un poste. Qu'en sera-t-il s'il s'émerveille de lui comme les critiques lorsqu'il l'entendra ? Il n'est pas normal que j'en arrive à me questionner sur la possibilité de perdre mon emploi au profit d'un plus jeune que moi. Il ne devrait pas exposer ses talents à Vienne et ainsi me concurrencer. Votre échec — plutôt vos échecs sont lamentables et je ne vois pas encore quelle solution adopter pour freiner le succès de ce Mozart. Mais je trouverai et s'il le faut, ce sera sans vous !

La jeune femme sursauta légèrement devant cette attitude impatiente et l'éventualité qu'il se débarrasse d'elle. Toutefois, elle ne le lui reprocha pas. Il avait raison. Fidèle à ses habitudes, par amour pour lui, elle taisait la peine que ce comportement lui infligeait. Comme chaque fois qu'il agissait ainsi, elle ne pouvait que tenter de comprendre son inquiétude. Antonio s'était plutôt montré patient envers elle, ces dernières années. Il avait toléré qu'elle peine à accomplir sa mission.

Il était assurément entré dans une immense colère lorsque Maria Amalia lui avait avoué s'être fait rejeter par Wolfgang Mozart, la traitant de tous les sobriquets embarrassants possibles. Il avait vite repris le contrôle de ses émotions lorsqu'elle avait ajouté avoir trouvé le moyen de freiner l'ambition de son rival.

Il lui avait donc laissé les mois, transformés en années, dont sa maîtresse avait besoin pour réaliser son plan. Comme Mozart connaissait peu de succès retentissants, il pouvait encore se permettre une certaine patience, ce qui permettrait à Maria Amalia d'agir afin de lui prouver qu'il devait la garder à son service.

Tandis qu'il entretenait pareilles pensées, Maria réfléchissait aux manières de dissiper les inquiétudes d'Antonio. Il lui était urgent de le faire, car elle savait trop que son maître la tiendrait pour responsable s'il venait à perdre son poste à la cour impériale. Si cela s'avérait, il la chasserait sans ménagement. Elle commença donc par tenter de le rassurer d'une voix douce :

— Vous êtes irremplaçable. Il ne pourra apporter un tel changement. Je vous assure qu'il se rendra vite compte que c'est une erreur de même y songer. Il connaît votre immense talent et je ferai en sorte qu'il s'en souvienne, ne vous inquiétez pas.

— *Ne vous inquiétez pas !* se moqua Santini, en essayant d'imiter sa voix. Qu'allez-vous faire de plus que ce que vous avez déjà tenté ? Vos manigances n'ont pas fonctionné. D'abord, il y a trois ans, à Salzbourg, j'ignore comment il en est venu à douter de la sincérité de vos sentiments envers lui, pourtant, celui que vous disiez très amoureux de vous a mis un terme à vos fréquentations. Vos requêtes idiotes auprès de certains contacts pendant sa tournée l'ayant mené jusqu'à Paris nous ont à peine servis, puisqu'il ne s'est pas découragé de créer et de se produire. Et plus récemment à Munich, je comptais sur vous pour renouer avec lui, le séduire et l'amener à écouter vos conseils jusqu'à ce que nous trouvions une meilleure solution. Pourtant, selon votre témoignage, il s'est montré intraitable à votre égard. L'approcher vous deviendra de plus en plus ardu. Sous votre influence, j'avais espéré qu'il finisse par mettre un point final à ses ambitions. Il n'en a été apparemment pas le cas. À présent, nous sommes à deux doigts d'anéantir mes espoirs.

– Je sais à quel point cette rupture vous a déconcerté. Nous en avons abondamment parlé alors et bien que nous ayons émis quelques hypothèses, je ne crois pas que nous connaîtrons la véritable cause d'une séparation aussi brusque. Il semble se douter que je voyais quelqu'un d'autre, mais rien n'est sûr. De plus, il se base sur des commérages, que je peux aisément réfuter. Il m'aimait vraiment, j'en suis persuadée. Nous étions très près de réussir. Pour un motif que je ne peux encore m'expliquer, il s'est senti lésé et a préféré terminer notre relation. Je dis lésé, parce que la méfiance l'habite encore, ça se voit. Je suppose que c'est pourquoi il reste sur ses gardes et qu'il hésite encore à s'abandonner à moi et me repousse.

– Hésite *encore*, vous dites ? Comme s'il allait cesser d'hésiter ! Vous pensez vraiment qu'il vous reviendra ?

– J'y crois fermement. Comme nous habitons la même ville, il est aisé d'entendre parler de lui et des exploits qu'il pourrait accomplir. S'il demeure ici encore un bon moment, je trouverai bien quelqu'un pour m'informer de sa situation, de ses projets, et je réussirai bien à le charmer de nouveau, à vaincre ses résistances et ses rancœurs. Quelque part au fond de lui, il éprouve toujours de tendres sentiments envers moi, je le sens ; et mieux, je dirais que je l'attire énormément. En ce qui concerne mes «requêtes idiotes», comme vous dites, auprès de certaines personnes influentes, elles l'ont empêché de trouver le travail qu'il cherchait lors de sa tournée, et probablement à cause d'elles, il a été sous-payé en plusieurs occasions. N'est-il pas revenu bredouille à Salzbourg ? Il n'a accédé à aucun poste qui aurait pu lui permettre de s'élever au-dessus de vous. Et j'ai entendu dire qu'il était arrivé chez lui très démoralisé. C'est un bon début, je pense.

– La paye alléchante que vous avez offerte à certains a assurément contribué à le ralentir et à le décourager momentanément. Pourtant il n'a pas complètement abandonné. Voyez où nous en sommes aujourd'hui ! Le succès de sa dernière création a certainement contribué à rehausser sa confiance.

– J'ai un autre plan en tête, très cher. Il est d'un tout autre ordre et cette fois, il fonctionnera. Montrez-vous patient, car je dois mériter sa confiance et pour parvenir à ce qu'il me l'accorde à nouveau, je dois y mettre le temps qu'il faut. Ne vous ai-je pas révélé qu'il s'était abandonné à moi ? Son cœur suivra bientôt son désir physique, il m'obéira et je pourrai agir ensuite, je vous le promets. Dès que j'aurai découvert où il se cache, je pourrai mettre mon plan à exécution. Antonio, très cher, ne pouvons-nous pas oublier cet homme et les soucis qu'il provoque pour un moment ?

En parlant, elle avait marché lentement derrière lui, une main se promenant d'une épaule à l'autre en une caresse prometteuse. Sa dernière phrase s'était échappée de sa bouche avec langueur et supplication. Elle le contournait maintenant et s'immobilisa devant lui. Elle le fixa d'un regard pénétrant, visant à le rendre fou de désir, et par le fait même, plus joyeux. Déjà l'humeur d'Antonio changeait. Elle remarqua que se dessinait sur les lèvres l'ébauche brève d'un sourire.

Elle posa ses mains délicates sur le torse de l'homme et approcha son visage du sien. Elle sut qu'elle avait réussi à le calmer, car il ne la repoussa pas. Si elle réussissait à faire naître chez son amant un désir égal au sien, elle pourrait affirmer qu'elle avait gagné, du moins la première partie.

Elle avait envie de cet homme. Pas seulement pour se déclarer victorieuse : elle le désirait et voulait se blottir entre ses bras pratiquement tous les jours depuis maintenant plus de trois ans, et particulièrement lorsqu'il affichait cet air contrarié. La jeune femme savait qu'il ne lui destinait pas le même amour qu'elle ressentait pour lui. Santini aimait son épouse, mais celle-ci étant souvent malade, il venait chercher l'affection dont il avait besoin entre les bras de Maria. Il la traitait si bien dans ces moments qu'elle s'en contentait, en songeant déjà à leur prochaine survenue.

— Vous savez que j'ai raison. Allez, faites-moi confiance et donnez-moi une autre chance de vous aider, susurra-t-elle en lui déboutonnant la chemise et en grimaçant de remords pour le faire succomber.

• • •

Elle avança vers lui en l'implorant de ne pas partir immédiatement. Il entendait le bruit de ses jupons sous sa robe tandis qu'elle marchait. Ce son affriolant et sa mise, dont le décolleté laissait entrevoir le haut de ses seins, le déconcentraient. Il y avait enfoui son visage avec délice à quelques reprises et il s'imaginait le faire encore.

Son esprit embrumé lui jouait assurément de vilains tours. Mozart ne voulait pas y croire. Pourtant, c'était bien la réalité. Tous ses sens le lui criaient. Il avait ouvert les yeux sur une surface couleur de pêche. Son nez en humait le parfum de vanille, tandis que ses lèvres frôlaient la naissance du gonflement que formait la poitrine. L'espace d'un instant, qu'il avait perdu à se rappeler de doux souvenirs avec sa chère Aloysia, elle fut sur lui et l'avait réellement plaqué contre elle. Aloysia avait posé la main sur sa nuque, que tantôt elle caressait, tantôt elle pressait davantage contre elle. Il sentit les lèvres de la jeune femme bouger sur son oreille.

— Wolfgang, prends-moi, je t'en prie !

Il releva la tête, le regard troublé. Il n'en croyait pas ses oreilles. Cette femme, qu'il avait tant aimée, lui offrait de partager sa couche de nouveau. Pourtant, elle s'était unie à un autre homme. Il croyait en la fidélité, au respect et à l'amour dans le mariage. Elle ne pouvait se douter, ou préférait l'ignorer, à quel point cette demande le bouleversait.

— Aloysia, ce n'était pas une bonne idée de vous suivre jusqu'à votre maison. Vous m'avez avoué être mariée. De plus, je dois trouver… tenta-t-il encore en choisissant, au contraire de la jeune femme, d'utiliser le vouvoiement afin de conserver une certaine distance entre eux.

Celle-ci, faisant fi de son état marital, l'empêcha de poursuivre et continua de le tutoyer avec un calme déconcertant :

— Tu dois trouver ton logis, oui. Je connais l'endroit idéal, qui te conviendrait parfaitement. Nous pourrons en discuter sur l'oreiller. Quant à Joseph, il est parti pour le reste de la journée. En semaine, il ne rentre que tard en soirée et je peux être totalement tienne.

— Aloysia, je dois vous quitter. Il n'est pas raisonnable de rester.

— Je pense constamment à toi et à la peine que j'ai dû t'infliger, insista-t-elle pourtant. Les longues absences m'étaient insupportables à l'époque. J'étais jeune, immature et avide de commencer une vie à deux. J'ai changé depuis. J'apprends à me satisfaire d'autres choses, cependant, à présent que tu es revenu dans ma vie, je veux que tu y restes. Tu dois comprendre le bonheur que j'ai éprouvé en te voyant ce matin, que je veux revivre quotidiennement. Tu me manques, Wolfgang. Reste encore avec moi ! J'ai besoin de ta sollicitude, de tes bras réconfortants. J'ai tant envie de tes caresses !

Sa meilleure option restait de s'enfuir. La méfiance à l'égard de toute belle parole se manifestait en lui instinctivement. Les doux aveux, l'énumération de ses qualités, les belles intentions, il n'y croyait plus. Il doutait qu'il soit question d'amour. Elle n'espérait que ses caresses. S'il obéissait à Aloysia, il ressortirait de cet appartement encore plus malheureux.

Dans un ultime essai d'attiser le désir chez lui, Aloysia prit une main de l'homme pour la déposer sur son sein. S'emparant ensuite de l'autre, elle la guida sur l'aiguille qui retenait son chignon. D'un mouvement sec, elle l'aida à la retirer. Sa coiffure se défit, révélant sa longue chevelure châtaine. Il closit ses yeux un instant. Les boucles tombant en cascade le ramenèrent loin en arrière. Il les rouvrit.

À la fois déconcerté et soudainement paralysé, Wolfgang se révéla incapable de bouger. Il ne put davantage éviter ce regard implorant qui se planta dans le sien. Il avait vécu tant de peines et de contrariétés dernièrement que, le désir l'embrasant, il fut incapable de se montrer raisonnable.

• • •

Ses hanches dansaient, stimulées par les caresses que lui prodiguait son amant. Ses gémissements se mêlèrent aux siens puis son corps se cambra, à l'unisson de celui de l'homme au-dessus d'elle. Il lui avait fait l'amour de façon plus sèche, plus impatiente que les fois précédentes, néanmoins, elle n'avait pas été privée de cette passion qui les dévorait chaque fois.

La jeune femme avait apprécié cette nouveauté. Elle lui aurait bien demandé qu'il recommence, mais elle savait qu'il ne comblerait pas son désir. D'ailleurs, pressé de partir, il quittait déjà le lit afin d'aller se rhabiller. Elle se retourna sur le côté et, une main appuyée contre sa tempe, le regarda s'affairer en admirant chacun de ses mouvements.

– Vous avez particulièrement su assouvir mes envies aujourd'hui. Votre colère nous a bien servis, je trouve!

Elle aurait aimé qu'il renchérisse, qu'il approuve avec enthousiasme ses propos. Elle aurait voulu qu'il avoue le plaisir que ce moment lui avait aussi procuré. Pourtant, ce fut sans surprise qu'elle l'entendit murmurer un son plutôt qu'une parole :

– Hum! fit-il d'un ton distrait pendant qu'il enfilait son pantalon moulant.

Son affection envers elle se manifestait lorsqu'ils faisaient l'amour, mais jamais en d'autres occasions. Elle aurait pu en souffrir. Quelques amies, ignorant sa liaison avec Antonio Santini, lui suggéraient de se trouver un homme à épouser. Mais voilà, Maria Amalia ne tenait pas à enfanter et ne voulait pas de mari, à moins que ce ne fût lui. Les moments de bonheur qu'il lui octroyait suffisaient pour l'instant à la satisfaire.

Maria Amalia avait longuement réfléchi, surtout durant les dernières semaines. Le seul homme qui l'attirait vraiment, qu'elle voulait, était marié à une autre. Néanmoins, pour satisfaire la volonté d'Antonio, elle accepterait volontiers quelques moments d'extase dans les bras de Mozart. Elle devait s'avouer qu'elle s'y plaisait, mais cela ne l'empêchait pas de tenter de ruiner la carrière d'Amadeus pour la satisfaction de celui qu'elle aimait.

• • •

Mozart était étendu contre Aloysia. Sa joue droite appuyée contre elle, contre son sein gauche, ses doigts effectuèrent quelques rotations autour de l'aréole droite puis poursuivirent leur promenade dans un délicat va-et-vient incessant sous le nombril. En silence, il la regarda s'arquer, avide d'un plaisir plus intense. Il peinait à croire qu'il se trouvait là, à lui donner ce plaisir, dans ce grand lit inconnu, à l'imposante tête richement décorée de bois d'ébène et de dorures. Il s'en était même culpabilisé, mais le désir avait emporté chacune des hésitations qui l'avaient tourmenté.

S'étant rapidement départi de sa chemise, il l'avait rejointe dans le lit vers lequel elle l'avait attiré, pressé d'ouvrir sa robe et de redécouvrir ce corps qu'il n'avait pas touché depuis si longtemps. Il avait oublié leur rupture, la manière dont elle l'avait traité et la douleur qu'elle lui avait causée en l'abandonnant. Il ne restait que cette poitrine, qu'il avait habilement libérée pour l'offrir à sa vue. Il n'existait que cette femme, sublime en tout point, qui s'offrait à lui ouvertement.

De ses doigts, il frôla à plusieurs reprises la naissance de la zone érogène du bas-ventre puis vit les jambes de la jeune femme se tendre. Une main se plaqua entre les omoplates de Wolfgang pour ensuite descendre jusqu'au bas du dos et agripper fortement le haut de la culotte, qu'il portait toujours.

— Mon chéri, je t'en prie, ne me fais plus attendre !

Il fixa les yeux sur elle. Lentement, ses lèvres formèrent un sourire, mais il ne bougea pas davantage pour autant.

— Tu es si belle !

— Et toi, tu es ingrat !

Le sourire de l'homme disparut, non pas qu'il se sentît insulté, mais plutôt compatissant envers elle. Elle le voulait tellement. Sa main cessa ses mouvements pour se poster sous un des seins d'Aloysia. Il le porta à sa bouche et en embrassa avec gourmandise la pointe. Avec satisfaction, il constata que son souffle et ses caresses excitaient de plus en plus la belle.

Il lui posa ensuite les lèvres sur la bouche, dans le cou, sur les épaules, tout en lui effleurant de la main l'intérieur de la cuisse, ce qui lui fit murmurer le prénom de Mozart dans un gémissement. Elle lui caressa le dos et s'empara du pantalon de son amant, tâchant de le lui retirer.

Considérant qu'il avait assez attendu, il l'aida à le dénuder et retira sa culotte. S'arrêtant un instant, il resta au-dessus d'elle et pencha seulement son visage pour donner de doux baisers sur cette poitrine qui s'avançait vers lui. Elle en profita pour empoigner sans gêne son membre gonflé, ce qui le fit sursauter, pour le guider en elle.

— Wolfgang, tu sais si bien m'enflammer mais là, je n'en peux plus.

— Je ne désirais qu'exploiter ton plaisir, dit-il, à présent avide de satisfaire le sien.

— Je sais. Je sais, l'assura-t-elle d'un ton pourtant empreint de tristesse.

Puis elle l'enlaça fortement, restant ainsi pendant toute la durée de leurs ébats, comme si elle craignait que ce ne fût la dernière fois, comme si elle souhaitait qu'il ne partît plus jamais.

Du moins, c'est ce qu'elle désirait lui transmettre comme message. Mais il la quitterait pour ne plus revenir, songea-t-il en roulant à côté d'elle après avoir atteint le point culminant de son plaisir. Il avait cédé une dernière fois à la belle châtaine. Maintenant, il savait que c'était terminé avec Aloysia Weber, peu importe ce qu'elle ressentait véritablement. Il garderait son cœur fermé à toute autre notion que le plaisir et à toutes celles susceptibles de le faire souffrir.

• • •

Une maigre femme au visage anguleux, dont les cheveux poivre et sel étaient retenus en un chignon serré, ouvrit à Wolfgang. À part quelques rides de plus, elle n'avait pas vraiment changé, remarqua le musicien en se rappelant leurs présentations officielles, à l'époque où il projetait d'en épouser la fille.

— Bonjour, madame Weber, la salua-t-il avant de lui baiser la main.

Surprise, elle obéit aux convenances, mais retira rapidement la main tendue. Visiblement réticente, elle le laissa tout de même entrer.

— Monsieur Mozart ? Que me vaut votre visite ?

— Je me cherche un lieu où rester. J'ai su que vous cherchiez des pensionnaires.

— En effet. Il me reste une chambre, mais cette dernière est petite. Il n'y aura certainement pas de place pour tous vos instruments. Et je ne nourris pas mes pensionnaires, lui expliqua-t-elle un peu sèchement.

Elle se montrait tout aussi froide envers Wolfgang que la première fois qu'ils s'étaient rencontrés et évoquait de factices raisons, il le voyait bien, pour le dissuader de rester. Toutefois, il n'en avait cure. Aloysia étant issue d'une famille de chanteurs et de musiciens, il savait que plusieurs instruments trônaient déjà dans la maison.

— Je trouverai très certainement un instrument à emprunter. Pour le reste, ça me va. Quand puis-je m'installer ?

Madame Weber ne trouvant rien à redire, ainsi conclurent-ils leur entente. Mozart viendrait s'installer chez elle. Wolfgang avait bien décelé l'hésitation de madame Weber. Elle ne semblait pas vouloir lui louer la chambre restante. Si son propre père était entré en colère à l'annonce de sa volonté de se marier avec Aloysia, la mère Weber n'en avait pas paru pas plus heureuse. La mésentente qui régnait entre les deux familles, dont Wolfgang n'avait jamais véritablement compris les origines, semblait se poursuivre alors qu'il demandait une place à Cécilia Weber.

Aloysia avait informé Mozart que sa mère louait des chambres pour améliorer sa situation financière depuis que son époux était décédé. Bien que son gendre, Joseph Lange, l'aidât à cet égard, la mère d'Aloysia éprouvait quelques difficultés à boucler ses fins de mois. Wolfgang soupçonnait Aloysia de vouloir profiter du fait qu'il s'installe provisoirement chez Cécilia pour tenter de le revoir. À court d'idées quant à l'endroit où se loger, Mozart avait dû mettre de côté ses craintes et avait accepté de se rendre chez les Weber en se promettant d'éviter la jeune femme. Ainsi Mozart s'était-il trouvé un nouveau logis, heureux de bénéficier enfin d'une certaine autonomie.

• • •

Comme il se montrait occupé par sa musique et désintéressé d'Aloysia, Cécilia Weber devint moins méfiante envers Wolfgang au fil des jours et lui permit un après-midi de jouer sur son piano. Puisqu'il se dévoilait excellent musicien, elle l'incita même à l'utiliser autant qu'il le souhaiterait, lui donnant à certaines occasions des commentaires constructifs ou chantant avec lui.

Profitant de ces encourageantes permissions, Wolfgang passait la majeure partie de son temps à parfaire sa musique, ne sortant que peu de fois au cours des deux semaines suivant son entrée dans la pension des Weber.

Cette période lui permit de regagner une certaine sérénité, une confiance plus grande qui se manifesta dans sa créativité. S'estimant à présent musicien indépendant après avoir rompu avec l'archevêque, il composa librement et assidûment. Ses créations nombreuses et variées lui permirent de se produire fréquemment et il fut rapidement considéré comme le meilleur claveciniste de Vienne.

Cette renommée lui profita agréablement. Il fut abondamment sollicité pour enseigner et donner des concerts chez des nobles de la ville ou chez des membres de la monarchie, notamment chez la comtesse Thun, qui lui fut d'un grand soutien. Il s'était rendu chez elle à deux reprises alors qu'il agissait encore à titre de musicien personnel du prince-archevêque et leur complicité fut immédiate et réciproque.

Comme il était à présent musicien autonome, Wilhelmine von Thun se permit de l'inviter à son gré à se produire dans le salon de musique de son château. À la demande de la comtesse, un décorateur l'avait spécialement aménagé et pourvu des meilleurs instruments afin de faciliter la tâche des quelques musiciens qui avaient l'honneur de s'y produire.

Wolfgang s'estimait chanceux de pouvoir profiter de l'occasion qu'elle lui offrait. Qui plus est, il éprouvait à son égard une amitié sincère. Il admirait cette femme de bonnes valeurs qui le prenait sous son aile. Ils tâchèrent de se rencontrer régulièrement et allèrent même manger dans des cafés en quelques occasions.

S'il n'avait pas vraiment eu besoin des commentaires élogieux de la comtesse pour se forger une excellente réputation à Vienne, les bons mots qu'elle répandait à son sujet et les chances qu'elle lui offrait l'aidaient à la conserver et à effectuer les rencontres nécessaires pour la développer davantage.

En outre, lors d'une de leurs sorties, Wolfgang lui avoua rechercher des possibilités autres qu'enseigner et offrir des concerts chez des gens riches pour sa profession. Sans hésitation, elle lui cita le nom d'une personne importante à rencontrer :

— Vous devez vous entretenir avec le célèbre librettiste Johann Gottlieb Stephanie. C'est le directeur du National Singspiel de Vienne. Vous savez, cette association du drame musical. Peut-être avez-vous déjà entendu son nom ?

Assis face à elle, à une table d'un prestigieux café, Wolfgang reposa sa tasse, dans laquelle il venait de prendre une gorgée d'un thé au citron. Intéressé, il écouta les judicieux conseils et les explications de sa très chère amie. Effectivement, le nom de Gottlieb Stephanie ne lui était pas inconnu et, sans chercher à la provoquer, il avait vaguement espéré une possible audience. À présent, le fait que Wilhelmine le lui suggère le confortait dans son désir de le rencontrer.

– Le National Singspiel, répéta-t-elle. Quelle belle et noble institution! L'archiduc Joseph II a songé à ce projet et l'a commandité dans le but que soient exécutées des œuvres en allemand. À ce jour, les opéras italiens prévalent dans les théâtres autrichiens, comme partout ailleurs, et il lui tarde d'assister à un opéra allemand. Librettiste talentueux et fort influent, monsieur Stephanie a vite adhéré à l'idée de l'empereur. Il s'avérera sans aucun doute d'une aide précieuse pour promouvoir votre carrière.

– Fort bien, je suivrai votre conseil. Comme vous l'avez deviné, j'ai bien sûr entendu parler de lui, mais l'importance que vous lui accordez ne m'était pas apparue si grande avant aujourd'hui. Vous m'avez assez aisément convaincu de me rendre chez lui. D'ailleurs, je lui présenterai une œuvre que j'avais commencée avant le projet d'*Idoménée* et que j'aime particulièrement, *Zaide*.

– Je ne doute pas un instant que vous et votre immense talent le fascinerez. Et bientôt, vous pourrez aussi vous vanter d'avoir joué devant l'empereur et même de l'avoir subjugué!

– Je bois à vous, à votre aimable personne, aux résultats que votre précieux concours apportera à ma carrière ainsi qu'à notre amitié, qui m'est si chère! lança Wolfgang en faisant tinter légèrement sa tasse contre celle de Wilhelmine.

La comtesse eut le même mouvement que son ami et lui sourit de ce sourire franc et particulier qu'elle offrait lorsqu'elle était satisfaite d'aider ses proches, et se permit ensuite de prendre à son tour une gorgée de sa boisson chaude.

• • •

Quelques jours plus tard, Wolfgang obtint un rendez-vous avec le librettiste. Par un chaud après-midi du début de juillet, il se rendit au bureau de l'homme de lettres, comme convenu. Il apprécia l'homme qui l'accueillit dès les premières minutes. Johann Gottlieb se montra aimable et ouvert aux projets du musicien. Après qu'il eut pris connaissance du travail de Wolfgang, monsieur Stephanie se montra très impressionné et ne tarit pas d'éloges sur les talents de Wolfgang Amadeus.

Ensemble, ils lurent la pièce relatant les efforts de Zaide, promise à un Sultan, pour sauver celui qu'elle aime, Gomatz, des griffes de pirates esclavagistes. L'histoire s'arrêtait après que Alazim, un ami du couple, eut tenté vainement de convaincre le Sultan de rendre sa liberté à Gomatz et que le souverain eut plutôt choisi de condamner le couple à mort.

À la suite de cette lecture, ils discutèrent longuement d'une autre fin à l'histoire, autant que de leurs carrières respectives et des possibilités que leur association pourrait provoquer. Si Gottlieb confirma le talent de Wolfgang et ne s'opposa pas à travailler avec lui un jour, aucune promesse ne fut encore faite. À la fin de leur entretien, Wolfgang fut néanmoins assez satisfait pour quitter le bureau de monsieur Stephanie avec le sourire aux lèvres, fébrile à l'idée de coopérer avec cet homme.

Dès lors, il s'enferma dans sa chambre de la pension Weber, n'en sortant que par nécessité, pour y passer pratiquement des jours entiers à créer des œuvres susceptibles d'influencer à nouveau le librettiste et l'inciter à lui composer les paroles d'un futur opéra. Non seulement Mozart pressentait qu'il aimerait travailler avec lui, mais surtout leur union s'avérerait incontournable pour attirer l'attention de l'empereur sur lui.

Cecilia Weber constata que cette période de création l'empêchait de manger convenablement. Un soir particulier de juillet, lequel complétait une série de plusieurs jours sans sortir, elle le prit en pitié. Elle savait qu'il ne s'était nourri que de pain, d'eau et de trois pommes, dont elle avait remarqué les cœurs dans une corbeille lors d'un bref balayage de la pièce. Madame Weber fit donc envoyer un plateau contenant une soupe de légumes, du fromage, du pain et deux grappes de raisins à sa chambre.

Allant de sa table de travail, où il écrivait ses partitions, au petit clavecin, loué pour l'occasion et qu'on avait réussi à installer dans sa chambre pour qu'il s'exerce, il composait avec assiduité et sérieux. Depuis sa rencontre avec Gottlieb, il vaquait à ses créations, et plusieurs de ses compositions le satisfaisaient parfaitement. Celle sur laquelle il travaillait actuellement lui causait cependant quelque difficulté. Assis à sa table de travail, insatisfait, il biffait une portée entière sur sa feuille de notes lorsqu'on cogna à sa porte.

– Oui ?

— Il se fait tard, monsieur Mozart, et vous n'avez presque rien avalé depuis le matin. Je vous apporte un repas.

— Bien, entrez et déposez le tout sur mon lit. Je mangerai dans quelques minutes, répondit-il en se grattant la tête sans avoir levé les yeux de sa feuille de notes.

Une toute jeune femme entra et obéit à sa demande. Pendant qu'elle s'exécutait, il remarqua du coin de l'œil qu'elle semblait à peine arrivée aux portes de l'âge adulte. Intrigué, il se permit un examen un peu plus approfondi. Elle était dotée d'une épaisse chevelure noire nouée derrière la tête. De sa coiffure défaite, sans doute par les mouvements incessants qu'exigeait son travail, quelques mèches bouclées tombaient sur ses frêles épaules. Sur sa robe grise au tissu élimé, elle portait un tablier rayé. Lorsqu'elle eut déposé le plateau, il vit, sous un front luisant de sueur, de grands yeux foncés lui lancer un regard doux.

Il la voyait pour la première fois, mais il devait s'avouer qu'il se terrait fréquemment dans sa chambre ou sortait des jours entiers pour le travail et quelques divertissements. Ainsi occupé, il n'utilisait que très peu les rares services que la pension Weber offrait. Il était donc peu enclin à rencontrer les membres du personnel, si peu nombreux fussent-ils, que Cécilia avait engagé.

En effet, la logeuse lavait ses draps et les remettait fort adéquatement sur son lit pendant ses absences et il laissait son paiement dans une enveloppe sur le coin de sa table chaque vendredi matin. Comme Cécilia ne cuisinait pas pour ses pensionnaires, il prenait ses repas dans un café ou une auberge ou s'achetait des aliments froids, qu'il mangeait seul dans sa chambre. Wolfgang profitait également assez souvent de la chance qu'un ami ou une connaissance l'invite à sa table.

Les mains jointes, l'assistante de sa logeuse le sortit de sa rêverie et demanda si elle pouvait lui être utile en d'autres aspects. Sur sa réponse négative, elle retourna à la porte à reculons en s'excusant de le contrarier pendant qu'il avait besoin de concentration.

Aux yeux de Wolfgang, la manière dont elle fléchissait légèrement le corps indiquait tout le malaise qu'elle ressentait à le déranger. Cette attitude intéressa le musicien sur deux points. D'abord, il fut touché qu'elle se culpabilise ainsi. Deuxièmement, pourquoi se montrait-elle sensible à son besoin de concentration alors qu'aucun être avant elle, hormis ses parents, n'y était attardé sérieusement ? Il ne pouvait laisser sortir cette jeune personne sans la rassurer ni la remercier de sa bienveillance envers autrui.

– Un instant, je vous prie !

La jeune fille s'immobilisa mais garda la tête légèrement penchée.

– Vous ne me dérangez pas, je vous assure. Je ne m'en suis pas rendu compte, mais j'ai effectivement une grande faim. Je dois des remerciements à madame Weber pour avoir pensé à moi et à vous pour m'avoir apporté ce plateau, avec au surplus de si bienveillantes intentions.

– C'est tout naturel ! Vous me voyez heureuse de vous contenter, dit-elle en relevant la tête cette fois.

Wolfgang nota que les longs cils de ses beaux yeux noisette battaient timidement à répétition. Bien qu'épuisée par son travail, sans doute très physique, l'inconnue au plateau lui parut vraiment jolie. Il lui adressa un sourire auquel elle répondit franchement.

S'il s'était promis de ne plus aimer, il ne s'interdisait pas les plaisirs de la chair et son corps le lui rappela promptement. Toutefois, le moment n'était pas approprié et il tenta de chasser ces pensées par des considérations platoniques. Parler de finances s'avérerait certainement le meilleur moyen.

– Je verserai le montant de ce repas avec celui de la chambre dans la prochaine enveloppe. Vous n'aurez qu'à m'en faire savoir le prix.

– Je ferai le message, monsieur Mozart

– Excellent !

Elle allait repartir lorsqu'une curiosité spontanée et irréfléchie lui vint. Il la héla pour l'arrêter dans son élan. La main sur la poignée de la porte, elle se retourna vers lui. Il fut à nouveau frappé par la candeur et la jeunesse que cette fille dégageait. Il se prit à se demander quel âge elle pouvait bien avoir. Tâchant d'oublier l'effet soudain que cette jeune femme lui faisait, il se concentra sur ce qui l'avait incité à la retenir.

– Puisque vous travaillez ici, peut-être nous reverrons-nous de temps à autre. Alors aussi bien vous présenter. Vous connaissez mon nom, j'aimerais bien apprendre le vôtre.

– Fort bien, fit-elle en exécutant une petite révérence, le sourire revenant sur ses lèvres. Je m'appelle Constance. Je suis la troisième fille de Cécilia.

Chapitre 11

Wolfgang avait décidé de se tenir loin des femmes et des possibilités de tomber amoureux. Que Constance fût la sœur d'Aloysia le mettait davantage sur ses gardes. Sa beauté et sa gentillesse pourraient éventuellement le séduire. S'il s'entichait de la jeune Constance, leur histoire risquait fort de se savoir rapidement, car Aloysia devait certainement venir prendre des nouvelles de sa famille de temps à autre. Pire, il serait alors confronté à une double tentation.

Depuis qu'il avait loué une chambre chez les Weber, sa situation devenait compromettante. Les avantages de cette pension lui étaient si profitables qu'il en avait oublié la possibilité qu'Aloysia le recontacte plus facilement, et il n'avait pas davantage réfléchi à l'éventualité qu'elle ait une jeune sœur aussi attirante. Il savait qu'Aloysia avait trois sœurs, mais leur histoire ayant été brève et non officialisée, la possibilité de les rencontrer n'était jamais survenue. Il lui faudrait user de vigilance pour ne pas s'abandonner aux charmes des sœurs et ainsi s'arracher à sa résolution de ne plus succomber à la tentation.

Au cours des semaines qui suivirent, il s'appliqua donc à éviter Constance en demeurant dans sa chambrette la majorité du temps. Cependant, elle semblait décidée à accaparer son attention. Elle venait souvent frapper à sa porte afin de s'assurer qu'il ne manquait de rien, l'obliger à quelque discussion ou le féliciter pour les compositions qu'elle entendait de la cuisine. Tout en s'efforçant de rester poli, il l'éconduisait rapidement chaque fois. Il savait bien que cette relation plutôt froide ne le mettait pas entièrement à l'abri des tentations, mais il espérait qu'en établissant une distance entre eux, il finirait peut-être par décourager la jeune Constance.

Comprenant que le musicien désirait rester seul, Constance ne tarda pas à raréfier ses visites. Si Wolfgang en fut soulagé, la solitude qu'il s'était imposée, et ce dans cette chambre à l'espace restreint, commença à lui peser. Il fut donc heureux à l'idée de s'absenter bientôt de la pension, lorsqu'au début du mois de juillet, il reçut un message de la comtesse Thun. Dans celui-ci, elle réitéra son invitation à jouer chez elle en présence d'un invité spécial et de quelques autres convives, en précisant une date dans le mois courant.

C'est avec une saine nervosité et une grande fébrilité qu'il se présenta chez elle le jour dit, paré de ses plus beaux habits. Sachant l'empereur toujours en voyage chez sa sœur, il s'interrogeait sur l'identité, le titre et le pouvoir de celui dont la comtesse voulait encore taire le nom. Se doutant que ce dernier pouvait soit lui apprendre une heureuse nouvelle, soit lui apporter une aide considérable pour l'essor de sa carrière, le jeune musicien tenait à l'impressionner.

À son entrée dans la grande salle de musique, plusieurs invités élégamment vêtus s'y trouvaient déjà, une coupe de vin à la main. Quelques-uns le saluèrent respectueusement lorsque, suivant la comtesse, il passa près d'eux. Heureux qu'on lui accorde cette attention, il répondit chaque fois en les gratifiant d'un sourire sincère. Fidèle à son habitude, il usa de bonnes manières et de révérences envers ses hôtes et les nobles invités qu'ils lui présentèrent. Toutefois, il comptait davantage sur sa musique pour les charmer.

Devant les immenses tentures beiges, le pianoforte le plus perfectionné de sa génération semblait attendre que Mozart s'y installe. Cependant, il suivit son amie en passant sur le luxueux plancher de bois d'aubépine et d'ébène vernis. Cette fois, elle le mena vers le fond de la pièce.

Elle s'immobilisa enfin. Elle prit une pose plus solennelle devant un grand homme au nez effilé et à l'air sévère qui discutait, lui sembla-t-il, avec un violoniste. Wolfgang, devinant qu'il était celui dont la comtesse lui avait tant parlé, fut pendant quelques secondes intimidé par la prestance et la sévérité qu'il dégageait. Alors que Wilhelmine commençait les présentations, Wolfgang s'efforça de chasser l'inquiétude qu'il lui serait difficile d'impressionner un tel individu.

— Wolfgang, voici le comte Franz Orsini-Rosenberg. Il est diplomate, mais aussi musicien et dirige le théâtre impérial de Vienne.

— Monsieur Mozart, vous rencontrer enfin m'est un réel plaisir, fit l'homme à la mise impeccable dans une gracieuse révérence.

Le sourire qu'il lui destina ensuite acheva de faire tomber les craintes de Wolfgang et celui-ci imita le comte avant de lui serrer amicalement la main. Ils discutèrent ensuite des dons de Mozart, dont la réputation de virtuose était venue jusqu'aux oreilles du comte et directeur de théâtre. Quelques convives à proximité d'eux, approuvant ce qu'ils disaient à propos du talent de Mozart, s'insérèrent poliment dans la discussion des deux hommes, lesquels acceptèrent de les y intégrer gracieusement. Ainsi tenue en groupe, la discussion varia agréablement dans ses formes tout au cours de la soirée.

Lorsque plus tard, certains lui demandèrent de s'installer au piano, Wolfgang ne se fit pas prier. Confiant, il joua ses récentes créations et effectua même quelques demandes spéciales des invités, y compris celles du comte Orsini-Rosenberg. Certain que ce dernier souhaitait tester son talent, vanté par la comtesse, et vérifier la rumeur qui circulait à propos de la mémoire phénoménale dont il disposait, Wolfgang Amadeus Mozart exécuta les nombreuses demandes avec le sourire.

Le directeur du théâtre impérial le pria de lui jouer certains passages de son opéra à succès, *Idoménée, roi de Crête,* dont plusieurs dans la salle avaient entendu parler. Tous le félicitèrent chaleureusement après sa prestation. Tous, sauf le comte, lequel, s'il l'applaudit brièvement, resta plutôt songeur et le regard absent pendant un moment. La nervosité s'empara soudainement de Wolfgang et il se persuada que ce comte et directeur, réputé pour être un amant de musique insatiable, appréciait moins la sienne.

• • •

Maria Amalia referma la porte de l'échoppe de laquelle elle sortait, pour se retrouver sur un trottoir bondé de passants qui allaient et venaient autour d'elle. Ayant choisi cette heure si occupée de la journée en espérant se fondre dans la foule, elle ne put que sourire. Non seulement l'herboriste-apothicaire gardait ce qu'elle était venue acheter dans sa réserve, mais en plus son plan se déroulait comme elle l'avait prévu.

Satisfaite, elle vérifia instinctivement que les cordons de sa bourse noire étaient suffisamment serrés, comme si elle craignait que son contenu en tombe. Elle savait bien que cela n'arriverait pas, mais c'était plus fort qu'elle. Comme ce genre d'assaisonnement était coûteux et que c'était la première fois qu'elle s'en procurait, elle s'affolait en songeant au moindre souci qui pourrait survenir.

Elle enlaça les cordons autour de son poignet puis s'élança parmi la foule. Elle emboîta le pas à un homme dont la tête surmontée d'un chapeau haut de forme noir la cachait suffisamment, ignorant que de la fenêtre du second étage d'un immeuble situé de l'autre côté de la rue l'observait un homme duquel elle aurait dû se méfier.

En s'informant l'année précédente auprès de Leopold Mozart des projets et de l'itinéraire de sa prétendue idole, Maria Amalia avait voulu utiliser cette information pour précéder Wolfgang dans son itinéraire et le priver de certains contrats auprès des gens riches nommés par son père. Elle avait ainsi supposé qu'elle découragerait Wolfgang Amadeus de poursuivre sa quête d'une plus grande célébrité, ou du moins qu'elle la ralentirait pour longtemps. À présent, les récents succès du virtuose lui prouvaient qu'elle s'était trompée. Et son maître lui en voulait de ne pas avoir réussi à lui nuire davantage. Depuis leur dernière dispute, qui s'était fort heureusement terminée de façon agréable, Santini le lui reprochait régulièrement.

Antonio avait raison de se sentir menacé. Wolfgang Mozart était doté d'un réel talent et d'une confiance en lui indéfectible. Cependant, Antonio Santini, comme d'autres dans la même situation que lui, se plaisait-elle à lui souligner, possédait également beaucoup de talent musical et il avait durement travaillé pour obtenir le poste qu'il occupait à ce jour.

Si une quelconque culpabilité étreignait Maria à l'idée de blesser un être humain comme elle s'apprêtait à le faire, il s'avérait hors de question de laisser l'homme qu'elle aimait se morfondre sur sa situation, en souffrir et se sentir menacé de perdre son poste au profit d'un musicien moins expérimenté. Si elle pouvait le soulager, le rendre heureux dans son travail, leur relation ne pourrait que s'améliorer. Et si par son entremise elle aidait en plus la cause d'autres musiciens mieux établis, ayant travaillé longuement pour se hisser dans une bonne position, elle se montrerait doublement satisfaite d'y avoir participé. Elle agissait ainsi pour une noble cause, se rassurait-elle.

Elle avait agi avec douceur par le passé. À présent, comme tous ses plans n'avaient pas fonctionné, la jeune femme n'avait plus le choix d'utiliser des procédés plus brutaux, d'où sa visite chez l'apothicaire. Si hier encore Maria Amalia avait des hésitations concernant ce qu'elle s'apprêtait à accomplir, elle n'en avait plus désormais. Elle était allée très loin et ne pouvait plus reculer. Tout cela, elle l'accomplissait par amour pour l'homme de sa vie, en souhaitant qu'il le remarque un jour.

L'homme au chapeau noir avait tourné le coin d'une ruelle. Elle suivait maintenant un couple, qu'elle avait repéré parce que l'homme et la femme étaient plus grands qu'elle. Elle était constamment entourée de passants qui venaient dans sa direction ou par d'autres qui la dépassaient. L'œil aux aguets, elle surveillait chacun d'eux, épiait leurs traits physiques, leur habillement et leur démarche, à la recherche de Wolfgang Amadeus Mozart.

Bien avant ce jour, elle avait appris que Wolfgang logeait au siège de l'ordre Teutonique en compagnie de son maître. La demoiselle s'y était rendue, afin de demander à voir le musicien. À sa grande surprise, on lui avait répondu qu'il n'y habitait déjà plus.

Elle s'était préparé un petit discours pour l'inciter à accepter de la rencontrer, et ne s'était certes pas attendue à cette réplique de la part du portier de l'Ordre. Elle désespérait de devoir encore attendre avant de retrouver la trace de Wolfgang, perdu quelque part à Vienne. Faisant fi de sa déception, elle avait questionné davantage le portier, lequel l'avait informée du congédiement de monsieur Mozart par le prince-archevêque, ajoutant qu'il avait décidé de rester dans la ville à titre de musicien indépendant.

Maria Amalia l'avait remercié, en repartant avec quelques-unes des adresses de logements suggérées au jeune Mozart. Elle les avait toutes visitées, sans succès. Si elle se réjouissait secrètement du congédiement de Wolfgang, trouver où il logeait la décourageait quelque peu. Elle ignorait toujours où il demeurait exactement, mais c'était assurément à Vienne, car elle avait entendu quelques élogieux commentaires ici et là le concernant. C'est pourquoi elle pouvait se permettre de mettre son plan en œuvre en acquérant l'article qu'elle se promettait d'utiliser bientôt.

Il s'était écoulé une longue période depuis qu'elle avait écrit à Wolfgang pour lui signifier qu'elle connaissait sa venue à Vienne et pour lui proposer un rendez-vous. Juillet était avancé et il n'avait pas daigné lui répondre. Elle s'en désolait, car une réponse lui aurait fait connaître l'adresse de l'expéditeur. Il semblait être en pause ces temps-ci, car personne ne pouvait informer Maria Amalia que des concerts, privés ou publics, avaient été prévus et cela lui compliquait la tâche. Toutefois, elle ne baissait pas les bras et continuait de chercher.

Elle le savait toujours dans la ville, aussi s'y promenait-elle fréquemment, espérant l'apercevoir au détour d'une ruelle. Comme elle le faisait actuellement en suivant le couple, elle examinait chaque homme qui lui ressemblait, écoutait les commentaires et les conversations impliquant les concerts ou les musiciens des environs. Elle espérait chaque fois, mais en vain, que Mozart serait au cœur de ces entretiens entendus sur le vif.

— … il est d'une patience avec les enfants ! Et il sait surtout trouver ce qui ne va pas et que faire pour l'améliorer, dit une femme mince et blonde à une autre, brune et plus ronde.

Sur un coin de rue, Maria Amalia s'immobilisa, le temps de laisser passer un véhicule et ses chevaux, avant de traverser la grande place. Le couple devant elle l'avait délaissée, mais elle avait marché suffisamment loin de la boutique de l'apothicaire pour ne plus s'en inquiéter. La voiture semblait avancer au ralenti. Elle n'avait qu'une hâte : que cette dernière lui libère enfin le passage. Entendre les commères autour d'elle parler d'enfants et de maîtres d'école la rebutait.

— Quelle patience en effet ! J'ai pu le constater aussi, répondit la brune. Ma fille adore voir courir les doigts de son maître sur le clavecin et dit qu'elle souhaite jouer aussi bien que lui lorsqu'elle sera grande.

La voiture était maintenant loin. Pourtant, Maria Amalia, brusquement intéressée par leur discussion, s'attarda sur le mince trottoir en feignant de chercher quelque chose dans son sac. Les femmes, dans la trentaine, au lieu de s'avancer après le passage du véhicule comme l'avait cru Maria Amalia, semblaient décidées à poursuivre leur conversation là où elles se trouvaient. Et la curiosité de Maria Amalia avait été piquée.

— Mon mari m'a affirmé qu'il doit jouer devant l'empereur à son retour de voyage. Imaginez, pouvoir profiter d'un professeur de musique aussi célèbre pour mes garçons m'est encore difficile à croire !

– Il ne va pas que jouer devant l'empereur ; il a offert plusieurs concerts chez certains nobles au cours des dernières semaines et beaucoup le consacrent meilleur musicien de la ville de Vienne.

– C'est ce que je disais, ma chère ! Il est très célèbre. Quel plaisir de pouvoir profiter d'un tel musicien qui, qui plus est, habite à deux pas de chez nous.

Maria Amalia, stupéfaite de ce dernier aveu, ne tint plus en place. Elle intervint aussitôt :

– Pardonnez mon intrusion dans votre conversation, mesdames ! Mais parlez-vous de Wolfgang Amadeus Mozart ?

• • •

Wolfgang se tenait devant l'imposante construction en demi-cercle du théâtre de la cour impériale, aussi appelé théâtre impérial, ou encore le Burgtheater. Sa façade, constituée d'énormes blocs en béton gris et de nombreuses colonnes décoratives, donnait sur la grande place dallée de Saint-Michel. Plusieurs spectacles grandioses, présentés par d'excellents musiciens et chanteurs, avaient eu lieu dans ce prestigieux bâtiment. Pour chasser sa nervosité, il inspira, bomba le torse et se dirigea, d'une démarche droite et sûre, vers l'une des trois lourdes portes en bois.

Après sa récente prestation chez la comtesse Thun, il n'avait pu reparler au comte Orsini-Rosenberg du reste de la soirée. Des spectateurs l'avaient accaparé à la suite de sa prestation et le comte, qui ne souhaitait s'interposer dans leur conversation, avait quitté la demeure des Thun sans qu'il s'en aperçoive. Le jeune musicien aurait pourtant désiré recueillir ses impressions, vérifier si l'expression sur le visage du directeur transmettait vraiment ce qu'il pensait de la performance.

Il avait glissé un mot de ses préoccupations à son amie avant son propre départ, ce même soir. Selon ce que le comte Orsini lui avait confié, avait-elle répondu, il avait apprécié le spectacle que Wolfgang avait donné. Puisque son ami ne se montra que peu rassuré, elle lui avait promis, comme à son habitude, de l'aider à provoquer une deuxième rencontre avec le comte et directeur du théâtre impérial.

Ce jour-là, alors qu'il bénéficiait du secours de la comtesse pour cette seconde rencontre dans le bureau du directeur, Wolfgang retint un soupir de soulagement. Assis dans une chaise rembourrée terminée par un haut dossier ovale et orné de dorures, Wolfgang l'écoutait parler, n'osant y croire. Sans le vouloir, le comte apaisa ses craintes dès que les salutations d'usage furent faites.

Non seulement, avoua ce dernier, avait-il apprécié la prestation, mais il avait été sidéré de constater qu'un seul homme pouvait démontrer autant de talent inné. Il avait adoré les extraits de l'opéra *Idoménée, roi de Crête* et, même après la dernière note, son être vibrait encore de l'émouvant trouble que la musique avait semé en lui. Il avait alors compris qu'une carrière fort prometteuse était à la portée de Mozart et se souvint avoir réfléchi à un moyen de l'aider autre que se produire dans sa salle de spectacle.

Le comte Orsini-Rosenberg se dit également heureux et satisfait de leur entretien, que la comtesse lui avait réclamé dès le lendemain du concert, car il ne voulait pas se priver des services d'un tel virtuose. Lui-même s'était promis de contacter Mozart.

Peu habitué à tant de compliments, Wolfgang Amadeus resta incapable d'exprimer intelligemment sa gratitude, se contentant de le remercier abondamment.

– Alors, c'est vrai ? Vous me permettriez de diriger un orchestre dans votre salle un de ces jours ?

– Je vous confirme que ma salle vous sera réservée pour un opéra lorsque vous aurez mis un point final aux préparatifs nécessaires. Et effectivement, il va de soi que vous en dirigerez l'orchestre.

– Une idée d'opéra germe dans ma tête et je pense avoir trouvé celui qui pourrait m'aider à la mettre en forme, en mots et en chants. Gottlieb Stephanie, vous connaissez ?

– Non seulement je sais qui il est, mais je m'allierai à vous pour le convaincre de travailler sur votre pièce. Faites-moi un signe lorsqu'il s'avérera nécessaire de lui parler.

– Vous m'êtes d'un grand soutien et je vous en remercie énormément.

Leur entretien touchait maintenant à sa fin. Orsini-Rosenberg lui tendit la main en guise de salutation. Puis il lui dit :

– Faites de ce futur opéra un succès et tous ceux impliqués vous en sauront gré. Moi le premier.

• • •

En entrant à la pension Weber, Wolfgang se dit qu'il ne pourrait jamais bénéficier d'une chance plus grande que celle reliée aux événements de la journée. L'heureux dénouement de son entretien avec le directeur du théâtre de la cour impériale aurait suffi en lui-même à le faire rêvasser de bonheur pendant des heures. Mais le destin avait tenu à en rajouter. À peine était-il sorti de l'immeuble où il avait rencontré Orsini-Rosenberg et marchait-il dehors sur le trottoir que la comtesse était venue vers lui.

Si Mozart fut évidemment surpris, la comtesse ne l'était pas. Elle s'était préparée à cette rencontre. Sachant que son ami assistait à une entrevue avec le directeur à cette heure précise, elle avait attendu qu'il sorte du bâtiment, près d'une des statues qui bordaient la rue débouchant sur le théâtre.

– Chère amie, c'est un réel plaisir que de vous voir ici ! Cependant, je présume que votre venue n'a rien d'une coïncidence, jugea-t-il en rejoignant la comtesse.

– Vous avez raison, lui avait-elle confirmé en riant. Venez, il est l'heure de déjeuner. Je vous invite à manger et je vous raconterai en quoi notre rencontre ne découle pas du hasard. Et vous verrez, elle vous deviendra des plus agréables.

– Vous savez bien qu'une grande joie m'envahit chaque fois que je vous retrouve, mais vous m'intriguez. Soit, allons-y, avait-il accepté en lui tendant son bras. Allons goûter.

Ils s'étaient installés dans un coin reculé d'un café, à leur table habituelle, mais la comtesse ne voulut pas parler avant d'être servie. Wolfgang patienta, trop heureux de lui exposer les résultats de sa discussion avec le directeur Orsini-Rosenberg. Après quelques exclamations de contentement et des vœux de félicitations de la part de la comtesse, le serveur apporta enfin, dans un service de porcelaine blanche, une soupe de tomates et du pain.

Wolfgang prit quelques cuillerées, puis n'y tenant plus, incita la comtesse Wilhelmine à lui annoncer la bonne nouvelle. Celle-ci, ne se faisant pas prier davantage, avala une bouchée de pain, épongea sa bouche à l'aide de sa serviette et se lança :

— En vacances chez sa sœur aux Pays-Bas, l'archiduc Joseph II de Lorraine m'a fait parvenir un message afin, entre autres, que je lui rappelle certains détails lorsque viendra pour lui le temps d'importantes décisions politiques. En apparence, rien de tout cela ne vous concerne. Pourtant, un petit mot vous était destiné dans sa lettre.

— Pour quel motif m'adresse-t-il ce mot? questionna Wolfgang, étonné que l'empereur du Saint-Empire s'intéresse à lui alors qu'il se trouvait en voyage, très loin de Vienne. Je ne crois pas être d'une si grande importance pour que le souverain ne puisse attendre son retour pour me faire parvenir un message.

— Ah, mais vous l'êtes à mes yeux et apparemment à ceux de l'archiduc, mon cher ami!

— Cessez vos intrigues, je vous prie, et dites-moi de quoi il retourne.

S'il n'avait pas été assis, il aurait probablement perdu connaissance. Wolfgang le réalisa lorsque plus tard, il longeait en souriant le corridor le menant vers sa chambrette de la pension Weber. C'était beaucoup d'émotions pour lui. Mieux encore, la nouvelle arrivait exactement alors que les étapes utiles à une brillante carrière s'enchaînaient les unes après les autres comme par magie.

Épuisé par tant d'émotions, il lui tardait d'entrer dans son petit univers et de se mettre à son aise. À quelques pas de sa chambre, il enlevait déjà sa perruque, quand il sursauta, surpris par une petite voix.

— Qu'est-ce qui vous fait tant sourire, monsieur Mozart?

Il s'immobilisa dès qu'elle l'interpella. Plongé dans le souvenir des merveilleux événements de la journée, Wolfgang ne s'était pas rendu compte à quel point sa belle humeur se voyait, pas plus qu'il n'avait aperçu Constance Weber déboucher du corridor menant aux chambres. Occupé à l'éviter, il ne l'avait croisée qu'en de rares occasions dernièrement et ne l'avait que brièvement saluée. Cette fois, il ne pouvait se soustraire à sa vue, aussi en profita-t-il pour la contempler.

En remplacement de la robe grise passablement usée, la jouvencelle portait une jolie robe verte à plis, ceinturée d'un ruban noir. Le corsage ivoire pressait suffisamment sa poitrine pour en épouser la forme, ce qu'il ne manqua pas de remarquer. Il remarqua chaque détail de cette fine silhouette, car le long et ample tablier rayé qui l'enveloppait grossièrement avait disparu. Ses longs cheveux bouclés, noirs, libérés de leurs attaches quotidiennes, dansaient dans son dos au moindre mouvement. Si elle paraissait très jeune et sans véritables formes féminines dans son ample habit de servante, cette mise lui attribuait de gracieuses courbes qui la faisaient paraître plus âgée, nota-t-il.

Wolfgang mit un moment à réagir, à la fois surpris de la trouver là et subjugué par sa beauté, bien différente de celle de sa sœur Aloysia mais tout aussi éclatante.

— J'ignorais que vos cheveux étaient blonds, avoua-t-elle comme si elle tentait de meubler le silence que Wolfgang laissait planer. La perruque vous va bien, mais je trouve vos vrais cheveux magnifiques.

— Merci, c'est gentil, dit-il enfin après avoir inconsciemment jeté un œil sur sa perruque que tenait sa main gauche. Bonne fin de journée, mademoiselle Weber !

Ce commentaire n'était pas sans lui rappeler celui que sa sœur Aloysia lui avait fait à Paris. Cependant, il se garda de lui en faire la remarque et ainsi d'allonger la conversation. Alors qu'il s'apprêtait à repartir, Constance s'approcha de lui.

– Vous ne m'avez toujours pas révélé ce qui vous mettait de si bonne humeur. Est-ce indiscret de vous le redemander ?

Il aurait préféré éviter la demoiselle, comme il se l'était promis plusieurs semaines auparavant. Allonger la discussion, comme elle semblait le désirer, l'empêcherait assurément de s'en tenir au respect de sa promesse de ne plus succomber au charme féminin. La voir ainsi vêtue, ainsi coiffée, si belle, si attirante lui rendait la tâche difficile ! Il se permettrait bien un de ces jours de succomber au seul plaisir qu'une femme pourrait lui apporter, mais pas maintenant. Il se savait encore trop fragile. De plus, elle l'avait complimenté et semblait vouloir s'attarder. Peut-être lui plaisait-il… Cette seule possibilité fit croître un malaise en lui et il chercha vite un moyen de la quitter sans se montrer impoli.

La belle – Wolfgang ne pouvait s'empêcher de la trouver d'une grande beauté – semblait déterminée à poursuivre leur entretien, car elle se rapprocha de lui.

– Non, non, bien sûr, vous ne me paraissez pas indiscrète ! Je pensais seulement que cela ne vous intéresserait pas réellement… enfin… J'ai reçu une fort bonne nouvelle aujourd'hui.

– J'en suis heureuse pour vous. Et quelle est-elle ?

La voyant faire un pas de plus dans sa direction, il se dépêcha d'apprendre cette grande nouvelle à la jeune Constance afin qu'il puisse enfin se libérer d'elle.

— Bien qu'il soit toujours à l'étranger, j'ai reçu aujourd'hui une requête de la part de l'empereur du Saint-Empire. Il souhaite que je crée un opéra en allemand pour la venue prochaine du duc Pavel Petrovitch de Russie. Cela ne me laisse que quelques mois, mais cette perspective me rend tellement heureux que je trouverai là la motivation de parvenir rapidement à mes fins.

Joignant son rire à l'enthousiasme du musicien, Constance franchit la courte distance qui la séparait encore de Wolfgang. Ce dernier eut le réflexe de reculer, mais le mur derrière lui l'en empêcha. Il la jugea vraiment trop près de lui. Elle était à peine plus petite que lui, mais il put sentir le souffle qu'elle exhalait sur sa joue lorsqu'elle le félicita, tout comme il renifla la subtile odeur de vanille que dégageaient le cou et la poitrine de la jeune femme. *Décidément, ce parfum semble familial,* se dit-il, sentant l'étourdissement le gagner.

— Je vous dois mes sincères félicitations, s'écria-t-elle. Je constate à quel point cette annonce vous comble et je ne peux que m'en réjouir pour vous. Je comprends tout ce que cette journée a pu susciter en émotions ; néanmoins, vous ne pouvez vous retirer seul dans votre chambre. Avec une nouvelle semblable, vous vous devez de célébrer.

Wolfgang sentit la tentation monter en lui. Le désirait-elle ou son imagination s'emballait-elle ? Il savait, tout comme elle assurément, qu'un des deux autres chambreurs était parti pour un séjour familial à Munich et que le deuxième avait abandonné la pension pour habiter à l'étranger. La logeuse, en l'occurrence sa mère, était allée passer le reste de la journée chez Aloysia. Ils se trouvaient donc seuls dans tout l'appartement.

Alors qu'elle fermait ses mains sur la sienne et jetait son regard dans le sien, insistant pour qu'il accepte de célébrer avec elle la joyeuse nouvelle, il repensa à ses promesses. S'il tenait à se garder loin des femmes, spécialement des beautés Weber, ce n'était pas tant à cause de leurs actions et de leurs réactions possibles, mais bien des siennes, dont il s'inquiétait. Et la suite lui prouva qu'il avait raison de craindre sa faiblesse…

Chapitre 12

Maria Amalia sortit en courant de la pièce où travaillait Antonio Santini, son maître et amant. En y entrant, un peu plus tôt, elle avait espéré terminer leur entretien dans le petit lit d'appoint dont disposait Antonio, comme il leur arrivait fréquemment de le faire. Cette fois, il n'en fut rien. Il l'avait même chassée de son local sans pitié.

Elle n'avait pas souhaité en arriver là. Avec douceur et patience, elle lui avait répété son plan, l'avait imploré d'avoir plus d'indulgence à son endroit. La jeune femme lui promettait qu'aussitôt qu'elle aurait découvert où Mozart se terrait, elle l'éliminerait du chemin de son bien-aimé. Si par le passé les explications finissaient par le calmer, cette fois, rien ne le convainquit.

— Vos promesses ne tiennent qu'à un fil! lui avait-il crié, hors de lui. Vous promettez sans cesse la même chose et absolument rien ne se produit.

— Je sais que cela peut vraiment marcher cette fois, avait-elle risqué encore d'une petite voix. Pour cela, il me faut le rencontrer. La ville de Vienne est immense et…

— Il est musicien, l'avait-il interrompu pour l'inciter à réfléchir. Ce n'est pas difficile de déduire l'endroit où il se trouve!

— J'ai essayé, monsieur Santini, n'en doutez point.

— Et les deux commères dont vous m'avez parlé ? Elles ne vous ont pas conduites à sa résidence ? s'informa-t-il, toujours fâché mais un peu radouci.

— Comme je vous l'ai mentionné, enchaîna-t-elle patiemment, elles discutaient effectivement de Mozart. Ma curiosité s'est amplifiée lorsque l'une d'elles a évoqué qu'il demeurait près de chez elle. Cette dernière, ai-je songé, me conduirait aisément jusqu'à lui.

— Et il s'est avéré, s'était-il souvenu, que la bonne femme ne connaissait pas l'adresse de Mozart. Elle avait simplement déduit qu'il restait près de chez elle, parce que selon elle, il venait chaque fois à pied chez elle.

— Exactement, avait approuvé Maria Amalia, voyant la tempête s'apaiser.

Toutefois, elle s'était trompée. Il lui en avait voulu d'avoir suivi une mauvaise piste. Du moins, une piste ne précisant rien d'autre. Mais ce qui l'irritait plus encore était qu'elle ne semblait plus chercher de nouvelles solutions après son erreur.

— Ce n'est pas parce qu'une idée n'est plus bonne qu'il faut tout abandonner ! Pourtant, c'est ce que vous faites, avait-il affirmé en haussant à nouveau le ton et en levant la main pour l'empêcher de s'expliquer. Nous n'avons plus de temps à perdre, car si nous ne progressons aucunement, lui étend grandement sa renommée. L'empereur, mon maître pour je ne sais combien de temps encore, lui a commandé un opéra. De plus, Mozart le composera avec l'aide d'un excellent librettiste du nom de Gottlieb Stephanie. Peut-être devriez-vous effectuer vos recherches auprès de celui-ci avant que ce jeune salaud ne me vole la vedette ! Pourquoi ne pas y avoir pensé par vous-même ? Je commence à douter de vos compétences !

À cette information, elle avait sursauté, à la fois surprise par cette commande d'un opéra et par le nom du librettiste qui lui était associé. Le commentaire que Santini lui avait ensuite servi l'avait blessée. Toutefois, cet indice important lui redonna espoir de retrouver Wolfgang. Si elle réussissait, Santini n'aurait que de bons mots pour elle.

— Vous en êtes sûr ?

— Évidemment ! Vous croyez que je vous mentirais ?

— Bien sûr que non.

— J'aurais préféré que ce fût le cas. Que l'empereur lui demandera-t-il ensuite ? Que lui offrira-t-il ? Il est maintenant clair que je me trouve à deux doigts de me faire montrer la porte. Grâce à qui, selon vous ? Que dois-je faire à présent ? Puis-je toujours me fier à l'incapable qui me sert de servante ?

Maria Amalia avait été terriblement heurtée par le ton aigre et l'accusation d'Antonio, toutefois, elle n'en avait rien laissé paraître. Désespérément amoureuse, elle avait plutôt tenté de le convaincre de la laisser explorer cette piste afin d'expérimenter sur Mozart l'ultime expédient qu'elle avait imaginé. Une fois qu'elle aurait accompli sa mission, son amant se montrerait fier d'elle et n'aurait plus d'occasion de la malmener.

— Cette fois, j'y parviendrai, avait plaidé Maria Amalia, en tentant de le charmer d'un sourire et d'un battement de cils. Dès que je l'aurai trouvé, il ne pourra terminer cet opéra, je vous le promets.

— Soit ! avait-il fait après un bref silence de réflexion, d'un ton plus calme. Le trouver ne devrait pas être si difficile. Je suis parfaitement conscient que Vienne est grande et qu'il peut paraître ardu de le croiser. Cependant, s'il vous est difficile de contacter, comme je vous l'ai déjà suggéré, le librettiste en question, fort demandé, rappelez-vous que Wolfgang Mozart est musicien. Allez et retournez aux endroits où des gens tels que lui vont. Et ce à plusieurs reprises s'il le faut. Ce n'est pas parce qu'ils n'y sont pas en début de journée qu'ils en seront toujours absents plus tard. De grâce, trouvez-le !

Comme elle acquiesçait sans bouger, car elle demeurait pétrifiée malgré elle, il lui avait montré la porte du doigt avec une colère renouvelée.

— Allez, courez-y ! Et ne revenez me voir que pour m'annoncer la nouvelle que j'attends.

À présent hors de l'établissement où se trouvait Antonio, elle s'assit sur la bordure du trottoir à l'abri des regards et se mit à pleurer, épuisée par les événements qui l'avaient conduite à ce triste sort. Maria Amalia en avait assez qu'Antonio la semonce et la traite méchamment. L'unique moyen de changer la piètre opinion qu'il avait maintenant d'elle restait de réussir ce qu'il la priait d'accomplir. Pour ce faire, il ne lui restait que son ultime et funeste stratagème, qu'elle répugnait encore à employer. Elle aurait préféré une solution différente, mais elle n'arrivait plus à en imaginer d'autres.

Elle se raisonna bientôt et sécha ses pleurs. Maria Amalia trouverait peut-être plus tard, mais pour le moment elle était à court d'idées et il lui fallait agir. D'abord, elle devait trouver où se cachait l'homme au cœur de leurs disputes. Peut-être que d'ici là, une meilleure idée aurait jailli dans sa tête. Lorsqu'elle poserait enfin les yeux sur Wolfgang Amadeus Mozart, car elle ne doutait pas que cela se produirait, elle contenterait son maître et un début d'harmonie, au moins, se réinstallerait entre eux.

– Cette fois, je tiens une piste. Je dois trouver Gottlieb Stephanie. Le librettiste travaille en ce moment avec notre homme. Avec son aide, je pourrai remonter jusqu'à lui, se dit-elle à voix haute en se rappelant subitement les paroles d'Antonio. Mais lui aussi, il faut le chercher.

Trop bouleversée, elle avait momentanément oublié cette précieuse information. À demi rassurée, Maria Amalia se leva en se demandant par où commencer. Elle erra certainement plus d'une heure dans les rues et ruelles du quartier du théâtre, s'informant auprès des passants s'ils savaient où allait ou habitait l'un ou l'autre homme au cœur de ses réflexions.

Elle n'obtint aucune réponse satisfaisante. Certains n'avaient jamais entendu ces noms, d'autres ne les connaissaient que de réputation, et si quelques personnes avouèrent connaître un peu l'un ou l'autre, aucun ne pouvait lui fournir suffisamment d'indices pour la mener jusqu'à eux. Comme la journée s'achevait, elle atteignit le théâtre. Aucun concert n'y étant présenté ce soir-là, les musiciens s'y faisaient rares. Comble de la malchance, très peu de gens capables de l'aider circulaient dans les environs. La mine déconfite, la jeune femme comprit qu'elle devrait rentrer bredouille.

Maria Amalia désespérait de découvrir enfin un indice susceptible de la mener vers Wolfgang. Au détour d'une ruelle, la jeune femme atteignit un parc de verdure. Épuisée, les pieds endoloris d'avoir tant marché, elle eut l'envie de s'asseoir dans l'herbe. Elle s'installa, étalant sa robe autour de ses jambes en se demandant comment tant de gens à Vienne pouvaient se montrer si ignorants à propos d'un musicien dont la renommée grandissait. Peut-être certains les connaissaient-ils, mais cherchaient à en protéger la vie privée ?

Elle soupira en passant une main sur son front, réfléchissant, en vain. Lui faudrait-il aller plus loin ? Il devait exister un moyen autre que de chercher à travers la ville en espérant tomber face à face avec Mozart ou Stephanie. Comme la faim et la soif la tenaillaient, elle décida de se rendre à sa chambrette, qu'elle louait non loin du lieu de travail de Santini. Elle croyait qu'une fois sustentée, ses idées s'éclairciraient probablement. En chassant d'une main les brins d'herbe accrochés à sa robe, elle poussa un nouveau soupir, espérant que le lendemain lui serait plus chanceux.

Alors que sortant du parc, elle empruntait le trottoir, elle vit passer un homme de l'autre côté de la rue. Cet homme grand et mince, au pas nerveux, elle le connaissait pour l'avoir rencontré à quelques reprises, et il serait la clé à son problème. Un immense sourire éclaira son visage. Elle leva la main en même temps qu'elle le héla pour attirer son attention.

– Monsieur Stephanie !

• • •

Wolfgang n'eut nul besoin des bons mots du comte Orsini-Rosenberg pour amener Johann Gottlieb Stephanie à s'associer à lui pour l'écriture du livret de son opéra. Au contraire, ce dernier se montra tellement enthousiaste à l'idée qu'il entreprit rapidement la composition de l'opéra que Wolfgang Amadeus avait en tête. À la toute fin du mois de juillet, Stephanie remit son livret terminé au musicien.

Après l'avoir parcouru, Wolfgang Mozart fut satisfait, à quelques exceptions près qu'il retravailla avec l'auteur ; il s'enferma ensuite à nouveau dans son antre pour composer

ce qu'il souhaitait voir devenir l'opéra de sa vie. Il y mettait tous les efforts pour qu'on le dise meilleur qu'*Idoménée, roi de Crête*, pourtant reconnu de tous comme un immense succès.

Il travaillait durement afin que chacun des personnages ait droit à une musique qui lui soit parfaitement destinée dans chaque passage de l'histoire que Gottlieb avait imaginée. Il voulait que chaque spectateur qui verrait et entendrait l'opéra ressente les émotions qu'il espérait transmettre à travers sa musique. Il désirait faire de *L'enlèvement au sérail* l'opéra auquel tous voudraient assister à plus d'une reprise.

Puisqu'il ne disposait que d'à peine deux mois pour le préparer, il ne pouvait se permettre de perdre un seul instant. C'est pourquoi, depuis le jour où Constance s'était invitée à célébrer avec lui, il n'avait eu que peu d'occasions de rentrer en contact avec elle.

En fait, Wolfgang ne lui avait parlé que deux ou trois fois, au cours desquelles il avait écourté leur conversation ou lui avait même parlé sèchement afin de la décourager de son assiduité. Il doutait de s'être montré suffisamment clair sur ses propres motivations et sur ce qu'il attendait d'elle. Il savait trop bien qu'il s'était montré ambivalent lorsque, à court d'arguments, il n'avait pu l'éconduire ce fameux jour où il avait reçu de merveilleuses nouvelles. Cette soirée délicieuse passée ensemble avait dû nourrir bien des espoirs chez la jeune dame. Depuis, il l'avait sentie déçue, cependant il désirait s'en tenir à sa décision et espérait que la demoiselle comprendrait un jour prochain.

Au moins, il s'était senti fier de ne pas avoir totalement succombé à la beauté qu'elle avait pris soin de souligner en revêtant une somptueuse robe verte. Le spectacle qu'elle lui avait offert avait attisé son désir. La seule vue de Constance à cet instant ainsi que le baiser qu'elle lui avait pratiquement arraché auraient pu les mener sur un terrain qu'il souhaitait absolument éviter.

S'il n'avait pu lui résister complètement et qu'était arrivé ce baiser quelque peu inopportun, ils avaient évité la catastrophe, se rappela-t-il. Cette femme si timide devenait dans l'amour aussi hardie que l'avait été sa sœur Aloysia. Et Wolfgang, aimant que ses compagnes se montrent aussi entreprenantes et enflammées que lui, avait oublié pendant un moment ses résolutions.

Dans sa chambre, où ils s'étaient isolés, elle s'était pressée contre lui, sa bouche toujours unie à la sienne. Adossé au mur, sentant ses seins sous le corsage, il n'avait pu empêcher sa main d'en frôler un au passage, alors qu'elle remontait vers l'épaule de la jeune femme, arrachant à celle-ci une plainte étouffée. Lorsque, après avoir libéré sa blouse du pantalon moulant, elle lui avait mis la main sur le ventre et l'avait promenée à la recherche de la boucle retenant la culotte, il avait brusquement retrouvé ses esprits.

La sensation qu'il avait ressentie alors que la délicate main effleurait une zone sensible sous son ombilic, tout près de son anatomie masculine, l'avait rappelé à l'ordre avant qu'il ne soit trop tard. Il l'avait repoussée en lançant un « non ! » désespéré. Non seulement il allait faillir à sa promesse, s'était-il sermonné, mais il allait satisfaire son désir avec une trop jeune femme, et surtout avec la sœur de son ancienne flamme. Tout cela devenait indécent.

— Je ne veux pas vous déshonorer, avait-il simplement expliqué, alors qu'elle l'interrogeait du regard.

— Je…

– Vous devriez partir. Vous êtes la fille de ma propriétaire et beaucoup trop jeune, avait-il insisté en se reculottant avant qu'un geste lascif ne fasse fondre ses résistances. Il vaudra mieux ne plus tenter de rapprochement.

– J'ai dix-neuf ans, s'était-elle défendue en le regardant s'éloigner d'elle. À vous voir vous rhabiller, je constate votre résolution à tout cesser et ne souhaite pas me disputer avec vous. L'ambiance dans laquelle nos baisers ont commencé n'existe plus, alors j'imagine qu'il ne servirait à rien d'insister.

– Vous avez raison. Il vaut mieux me laisser. Bonsoir, mademoiselle Weber !

Wolfgang avait compris combien elle était déçue alors qu'elle se dirigeait vers la porte, les épaules soudainement plus basses. Elle espérait sans doute qu'il la retînt, avait-il analysé, mais bien qu'il détestât la voir ainsi, il s'était gardé de lui donner de faux espoirs.

Juste avant de sortir de la chambre, Constance s'était retournée.

– Vous êtes un homme bien, monsieur Wolfgang. Vous avez bien agi. Toutefois je ne regrette pas de vous avoir embrassé.

Il devenait incontestable qu'il lui plaisait. Bien qu'il l'eût repoussée, plutôt que de se décourager et de se détacher de lui, Constance avait apprécié le respect qu'il lui avait démontré ce soir-là et espérait un changement de sentiment, d'opinion envers elle. Dans les jours qui suivirent, elle le traita toujours avec amabilité et s'enticha visiblement de lui.

Mozart ne pouvait nier qu'elle l'attirait également. En dépit de son jeune âge, Constance était un peu plus vieille qu'il ne l'avait cru. Cependant, leur relation s'arrêterait là. Il avait suffisamment souffert, les remords qu'il éprouvait à l'idée d'entretenir une relation intime, voire indécente, avec la sœur de son ancienne flamme étaient trop grands, et elle devrait donc se satisfaire du peu qu'il pouvait lui offrir, c'est-à-dire d'un sourire ou d'amicales salutations.

Bien qu'il songeât fréquemment à cette soirée aux passions avortées ou aux éventualités amoureuses qu'il pourrait lui-même provoquer, il chassait vite pareilles pensées, se concentrant plutôt sur sa besogne. Comme ses obligations l'incitaient à demeurer enfermé dans sa chambre pratiquement des jours entiers, les occasions qu'il se retrouve face à elle se raréfiaient et cela le satisfaisait amplement.

Il lui était toutefois arrivé, alors qu'il était plongé dans le silence et absorbé par ses réflexions, d'entendre un bruit de pas de l'autre côté de la porte. Parfois, ces pas semblaient même s'arrêter sur le seuil. Il devinait que c'était Constance, mais jamais il n'eut l'intention de l'appeler ou de lui ouvrir. Jusqu'à ce soir-là.

Une pluie fine avait arrosé ce jour de mi-août. La fenêtre ouverte laissait entrer une brise rafraîchissante dans sa chambre, soulevant par moment le rideau blanc. C'était la première soirée fraîche depuis des semaines, ce qui lui permit une meilleure concentration. Sa plume entre les doigts, il entendit, entre deux légères rafales, une voix féminine dire son nom. Devant le mutisme de Mozart, la voix répéta, un peu plus fort.

Craignant que Constance n'attire l'attention des autres logeurs et de sa mère, il n'avait d'autre choix que d'aller lui ouvrir. Pourtant, il hésita encore, l'image de la jeune femme et de sa poitrine débordant de sa somptueuse robe verte apparaissant derrière ses yeux fermés. Il devait s'avouer qu'il la désirait autant qu'il aurait voulu la gronder pour ses tentatives de le faire changer d'avis. Contrarié, il regarda la porte fermée, songeant que peu importe la décision qu'il prendrait, il allait probablement le regretter.

• • •

Il choisit de se montrer honnête avec elle et de lui avouer clairement son engagement envers lui-même à ne plus fréquenter de femme. Surtout, il fallait lui confier son malaise à l'idée de nouer une relation avec elle, la sœur d'Aloysia. De plus, il avait tant de travail et le jour de l'échéance était si proche qu'il ne pouvait se permettre aucune distraction.

Intelligente et compréhensive, elle lui concéderait que la situation ne s'avérait pas idéale pour l'instant. Cela lui ferait mal, mais elle s'adapterait et finirait par l'oublier. Il le fallait bien, se dit Mozart, car il ne reviendrait pas sur sa décision.

Mais toutes ses pensées ne lui servirent à rien. Sa surprise fut totale, dès qu'il ouvrit la porte.

— VOUS ? souffla-t-il.

Décidément, cette sangsue semblait vouloir faire de ses visites une habitude. Deux autres scènes passées, mais semblables, lui revinrent à la mémoire. La première avait eu lieu il y avait de cela plus de quatre années. Avec surprise, il avait ouvert la porte sur une magnifique jeune femme, habillée d'une ravissante robe violette. Son visage parfait, ses yeux éclatants, ce qu'elle dégageait l'avaient captivé à l'époque. Tout comme la seconde fois qu'il l'avait retrouvée, avec encore plus d'étonnement, de l'autre côté de la porte de sa chambre d'hôtel à Munich et n'avait pas su lui résister. Si l'ultimatum qu'il lui avait lancé à l'époque n'avait pas été bien compris, il le serait cette fois, se promit-il en fixant Maria Amalia.

Le jeune homme qu'il était lors de leur première rencontre n'aurait pu deviner que cette incontrôlable attraction lui ferait vivre de multiples émotions, aussi douces que destructrices, et qu'il irait jusqu'à abhorrer de lui avoir ouvert la porte en ce jour de printemps 1777. Elle lui inspirait un sentiment d'amour-haine. S'il devait effectivement se détourner de certaines femmes, elle était celle qu'il devait le plus fuir.

Pourtant, elle se trouvait sur son seuil à nouveau. Plus belle que jamais. Follement attirante. En vieillissant, sa beauté se purifiait, se bonifiait. Son corps le reconnaissait, et il maudit cette réaction spontanée et instinctive qui le clouait une fois de plus sur place.

Ce jour-là, elle avait revêtu une robe couleur pêche au tissu léger et laissé tomber sur ses épaules ses longs cheveux noirs, dont une infime partie était retenue par une pince derrière sa tête. Ses lèvres roses, entrouvertes, semblaient l'inviter à y apposer les siennes, mais il baissa vite la tête pour fuir toute tentation. Plus bas, ses mains, croisées devant elle, tenaient une bourse de coton noir, dont les cordons pendaient. Il crut les voir brièvement se crisper sur le tissu alors qu'il y posait les yeux. Ce sac lui fut vaguement familier, mais il l'oublia vite car elle l'interpella :

— Bonsoir, Wolfgang ! susurra-t-elle en clignant ses yeux verts, certainement consciente du bref examen que faisait Mozart sur sa personne. Vous omettez vos bonnes manières.

— Co… comment avez-vous…

— Pu entrer dans le bâtiment ? acheva-t-elle. J'ai mentionné à la dame qui m'a répondu que je devais vous apporter un document de la part de monsieur Stephanie. Charmante, cette dame. L'air vieillot et un peu fatigué, mais tout à fait charmante.

– Madame Weber ? À ses heures, peut-être. Cependant vous n'êtes certainement pas là pour parler de ma logeuse, et j'imagine que vous mentez ! Vous ne possédez aucun papier remis par Gottlieb Stephanie qui me serait destiné, pas vrai ?

– C'est là un petit mensonge, en effet. De quelle manière aurais-je pu me rendre jusqu'à vous, sinon ? Votre logeuse ne m'aurait probablement pas fait entrer, ni ne m'aurait indiqué votre chambre. J'avoue qu'elle était au début très réticente, mais comme je l'ai souligné, cette dame est fort charmante !

Wolfgang se demanda quel moyen vicieux la belle avait utilisé pour convaincre la froide et suspicieuse Cécilia Weber de la guider jusqu'à lui. Il se retint toutefois de la questionner, certain de ne pas recevoir une réponse honnête, et se concentra sur les paroles que Maria Amalia prononçait.

– Il m'a été si ardu de vous retrouver ! À présent que je connais votre adresse, il me fallait absolument vous voir. C'était inévitable ! Je vous avais donné rendez-vous dans ma lettre, mon chéri !

– Et moi, je vous avais priée de garder vos distances lorsque nous nous sommes vus à Munich en mars dernier, il me semble.

– Je m'en souviens bien. Mais je me souviens également vous avoir répondu que j'essaierais, dit-elle d'un air innocent en penchant la tête de côté pour faire danser ses longues mèches noires. Il m'est difficile de vous obéir, sachant que vous habitez si près de moi, très cher ! Vous saviez si bien m'écouter, si bien m'aimer à Salzbourg ! Nous y avons été heureux. Vous me manquez, Wolfgang.

Il la fixait sévèrement. La traiter de menteuse et d'hypocrite le démangeait, mais il l'avait suffisamment maltraitée lors de son passage à Munich et bien qu'il n'eût pas cette femme en haute estime, il regrettait une pareille cruauté. L'injurier pourrait dégénérer et il ne le souhaitait pas. Il croyait en la sincérité de l'aubergiste venu le voir, pas en celle de Maria Amalia, et surtout pas à la possibilité qu'il lui manque. Ne trouvant rien de gentil ou de sensé à lui dire, il s'abstint de répliquer.

— Vous ne m'invitez pas à entrer ? demanda-t-elle, profitant du mutisme du musicien.

— Je ne crois pas avoir vraiment envie de terminer la soirée en votre compagnie et il me reste encore beaucoup à faire avant de mettre un point final à mon œuvre, dont l'échéance me semble trop proche. J'ignore comment vous vous y êtes prise pour trouver où je loge. Je soupçonne que votre démarche vous a révélé les raisons et la teneur de mon association avec monsieur Stephanie, puisque vous avez utilisé son nom lors de votre échange avec madame Weber pour parvenir à moi. J'oserais même croire que ce monsieur est votre source et que c'est lui qui vous a permis de remonter jusqu'à moi et de cogner à ma porte en ce moment.

— Que puis-je vous dire ? Une femme amoureuse s'efforce de trouver les moyens appropriés pour retrouver celui qu'elle aime, très cher Wolfgang ! N'en veuillez pas à ce cher monsieur Stephanie. Je l'ai rencontré près de chez moi alors qu'il revenait du Burgtheater et il m'a fourni votre adresse bien involontairement.

Plutôt sceptique, il fronça les sourcils. Peu sûr qu'elle disait la vérité, il ne trouvait pas nécessaire d'essayer de le lui prouver. Johann Gottlieb ne connaissait probablement pas l'étrange lien qui l'unissait à Maria Amalia et n'avait certes pas d'ennuyeuses intentions. Appuyé contre le cadre de la porte, il croisa les bras.

– Pardonnez-moi mais je dois vaquer à mes occupations, mademoiselle, dit-il enfin pour lui signifier que l'entretien se terminait là-dessus.

– Malgré mon immense bonheur de vous revoir, je ne doute pas que vous ayez beaucoup de travail, et je vais aimablement vous libérer. Toutefois, il faudra me promettre un prochain rendez-vous. Comme, fort heureusement, j'ai appris où vous logiez, je viendrai à vos nouvelles. De plus, ce fait me facilitera la bienheureuse tâche de vous contacter, s'il vous prenait l'idée de me laisser languir.

Wolfgang devinait que Maria Amalia n'abandonnerait pas facilement, peu importe le but de sa visite. Qu'elle l'aimât réellement ou non ne le ferait pas changer d'avis : elle ne le lâcherait pas d'une semelle. Il n'aurait donc pas d'autre option que celle de lui accorder quelques minutes, voire une heure afin qu'elle explique pourquoi elle tenait tant à améliorer leur relation. Outre une toute relative ouverture à l'égard des arguments qu'elle pourrait présenter, la curiosité d'entendre les éventuelles inventions de l'intrigante Maria Amalia l'animait.

Étant donné tout le travail qu'il devait abattre, il préférait remettre à plus tard cette rencontre. Demander que s'écoule une certaine période avant leur prochain rendez-vous lui permettrait de bénéficier de suffisamment de temps pour réfléchir à la bonne attitude à adopter. Il parviendrait peut-être même à trouver des arguments justes lui permettant d'éviter de revoir cette femme dont il avait du mal à juger les intentions.

Si la beauté de Maria Amalia ne le laissait pas indifférent, elle ne lui paraissait plus suffisante pour lui faire oublier les mauvais côtés qu'il voyait en elle à présent, encore moins pour l'attirer entre ses bras. C'est pourquoi il ne succomba pas aux yeux doux qu'elle lui faisait depuis le début de l'entretien et qu'il l'éconduisit poliment, mais froidement.

— Je dois remettre ma composition dans un peu plus d'un mois et c'est à peine si je prends le temps de m'alimenter. Donnez-moi quelques semaines afin d'achever mes compositions et je serai mieux disposé à discuter. Je pourrais vous accorder une heure dès que mon opéra aura été approuvé. C'est là ma seule proposition, à vous de la prendre. À moins que vous ne vous contentiez des quelques minutes que vous venez de me voler ?

— Vous êtes implacable avec moi, Wolfgang !

— Il fut un temps, mademoiselle, où j'ai préféré vous savoir hors de ma vie ! répliqua le musicien.

Comprenant l'allusion à la chance qu'il lui offrait, Maria Amalia tiqua. Pourtant elle reconnaissait qu'il avait raison. Elle réfléchit rapidement. La jeune femme avait conscience que le temps pressait pour Antonio. Il serait heureux d'apprendre qu'elle avait enfin réussi à découvrir où Mozart demeurait et qu'elle avait pris contact avec ce dernier.

Sachant que l'opéra demandé par l'empereur pouvait procurer à son rival la renommée qu'il souhaitait et ainsi le privilégier à son propre détriment, Antonio ne tolérerait pas d'attendre que Mozart ait conclu sa création pour que Maria Amalia agisse. De ce fait, elle restait convaincue.

Pour atteindre son but, la jeune femme désirait amener progressivement Wolfgang à lui faire confiance. Et il ne souhaitait visiblement pas la lui accorder en ce moment. Si elle le brusquait et amorçait son plan trop tôt, comme elle avait été à deux doigts de le faire en emportant son sac avec elle, rien de ce qu'elle avait projeté ne surviendrait. Antonio resterait bon deuxième aux yeux de l'empereur Joseph II, son maître, et la colère qu'il dirigerait vers elle ne s'apaiserait jamais, pour son grand malheur. Seul Wolfgang Amadeus Mozart sortirait vainqueur de cette situation.

La logique se présentait d'elle-même et elle donna sa réponse à Wolfgang. Elle saurait faire entendre raison à Antonio. Mieux valait perdre une bataille, mais gagner la guerre.

• • •

Quelques jours après la visite de Maria Amalia, Wolfgang répétait les premières pièces créées pour son opéra sur le petit clavecin installé dans un coin de sa chambre. Sa fenêtre et sa porte, restées ouvertes, lui procuraient un petit courant d'air apprécié en cette fin d'après-midi encore chaude et humide du mois d'août.

– La musique est magnifique. Votre opéra remportera un immense succès, fit une voix douce derrière lui.

Ses mains s'immobilisèrent sur le clavier et il se retourna.

Dans une chaste mais séduisante robe blanche qui descendait droitement jusqu'à ses chevilles, Constance, les mains liées devant elle, restait devant l'entrée, à quelques pas de lui. Malgré la simplicité de sa mise, le jeune homme la trouva d'une beauté radieuse, presque angélique. Il lui fut reconnaissant de la distance qu'elle conservait entre eux. Elle éloignait de lui des tentations trop fortes.

– Merci, c'est gentil, mais l'effet s'améliorera grandement avec les instruments à vent, à cordes et les percussions qui s'intégreront aux moments opportuns.

– C'est déjà si beau que je ne doute pas un seul instant que les autres instruments apporteront l'effet grandiose que vous recherchez.

Elle fit un pas dans la pièce et s'empara d'une feuille laissée sur la table de travail. Elle en lit les notes rapidement. Également chanteuse, comme ses trois sœurs, Constance connaissait la musique et savait bien la lire.

– Je peux essayer ?

– Bien sûr, fit Wolfgang en se levant pour lui laisser son tabouret, attentif à celle qui lui était apparue tel un ange.

Le feuillet placé devant elle, la jeune femme se mit à jouer et une musique à la fois mélodieuse et remplie d'émotion coula de ses mains habiles. Wolfgang en fut ému. D'abord parce qu'elle se débrouillait merveilleusement bien, et ensuite parce qu'elle jouait sa musique à lui. Lorsqu'elle s'arrêta, Wolfgang la complimenta sincèrement.

– À mon tour de vous remercier, mais je vous rappelle qu'il s'agit de votre propre composition, le défendit-elle en quittant le tabouret.

– Peu importe ! Je pense que c'est celui qui la joue qui reçoit la tâche de bien la rendre. Et vous le faites merveilleusement.

Elle le remercia à nouveau en penchant la tête, rouge de plaisir.

– Je ne vais pas vous déranger plus longuement et vous laisse poursuivre votre travail, annonça-t-elle en lui montrant le siège. Je n'ai seulement pas pu m'empêcher de venir écouter de plus près votre petit concert et de vous confier mes impressions.

— C'est aimable à vous de me donner de votre temps. Eh bien, bonsoir, Constance ! la salua Wolfgang après une brève hésitation, puisqu'elle ne faisait pas mine de partir.

Ce dernier prit tout de même place sur son banc. Le jeune musicien devait s'avouer qu'il soupçonnait un tout autre motif, plus amoureux que musical, pour expliquer la venue dans sa chambre de la demoiselle Weber, mais il gardait bon espoir qu'elle ait enfin compris ses volontés. Il voulait bien croire que leur entretien se terminait chastement, mais il ne se calmerait que lorsqu'elle aurait quitté la pièce.

Une fois qu'il fut installé de nouveau à son banc, elle alla se placer derrière lui. Wolfgang sentit une tension l'envahir, mais n'osa la repousser, lui accordant plutôt le bénéfice du doute.

Lentement, elle lui entoura le cou de ses bras et demeura ainsi pendant quelques secondes, comme si elle voulait profiter d'un moment jugé trop rare. Bien sûr, ils étaient peu fréquents et Wolfgang, de peur qu'elle conclût faussement qu'il désirait l'étreindre, n'osa bouger. Il sentit toute la douceur dont elle imprégnait ce simple geste.

— Bonsoir, Wolfgang, lui murmura-t-elle enfin dans le cou avant de lui baiser la nuque délicatement.

Elle dénoua ses bras et le quitta ensuite sans rien ajouter ni se retourner. Ce qui ne manqua pas de laisser Wolfgang à la fois perplexe et soulagé.

• • •

Quelques jours plus tard, alors qu'août tirait à sa fin, le jeune Mozart décida de sortir se promener en fin d'après-midi. Sa journée s'était avérée difficile et infructueuse. Il ne parvenait pas à trouver une meilleure mélodie à une musique, en remplacement d'une autre qui ne le satisfaisait pas. Ces pannes de création survenaient rarement, toutefois, Wolfgang devait les affronter de temps à autre.

Peut-être que le souvenir de l'intrigante visite de Constance, qu'il avait vite comparée à un ange, l'empêchait de rester concentré et de réfléchir efficacement. Celle-ci se faisait discrète depuis et bien qu'il en fût soulagé, il ne pouvait s'empêcher de se questionner sur la raison de son absence, espérant même secrètement l'apercevoir en quelques occasions. Il se traita rapidement d'imbécile. N'était-ce pas ce qu'il avait souhaité, qu'elle se lasse de ses refus et ne vienne plus l'importuner ?

Il avait emprunté la direction contraire à celle menant au théâtre impérial, afin d'éviter une fortuite rencontre avec Maria Amalia. Comme elle lui avait raconté avoir croisé Gottlieb près de chez elle alors qu'il revenait de ce théâtre, Wolfgang en avait déduit qu'elle habitait dans ses environs. Ainsi, il évitait une discussion avec elle, dont la perspective ne l'enchantait point, surtout pas après la difficile journée qu'il venait de traverser.

Il marchait dans la ville, parmi d'autres passants, en direction de la majestueuse cathédrale Saint-Étienne dans le but d'aller s'y recueillir. Absorbé par ses pensées, il s'aperçut bientôt, après avoir traversé un parc public, que le hasard l'avait mené près du quartier où résidait Aloysia, la sœur de Constance.

La perspective de la croiser ne lui souriant guère plus, il rebroussa aussitôt son chemin. Il comptait ainsi éviter une possible rencontre, au cours de laquelle leurs échanges n'apporteraient aucune satisfaction Hélas, il redoutait aussi de

devoir la repousser plus fermement encore que la dernièr fois, car elle ne manquerait pas de l'inviter sous ses draps.

Vu la manière dont s'était déroulée leur dernière rer contre, Wolfgang ne se croyait pas tout à fait guéri d'Aloysi Elle lui avait fait comprendre qu'elle l'aimait toujours. S'il e doutait un peu, il ne pouvait rejeter totalement cette possib lité. Il avait préféré taire ses propres envies et à la fin de leur ébats, il s'était promis de la chasser de son cœur et de so esprit pour que ses plaies cicatrisent mieux. Se rappelar ses échecs à l'égard de sa résolution de rompre avec elle Wolfgang préférait éviter la tentation. Modifiant son itiné raire, il décida donc de se rendre à la plus sobre, mais no moins noble, église Saint-Pierre.

Bien qu'Aloysia fût la fille de sa logeuse et qu'il lui eût ét facile de la revoir, il n'avait pas cherché à le faire et supposai qu'elle se languissait peut-être de lui. Il redoutait qu'elle lu tienne rigueur de la distance qu'il mettait entre eux. Quell malchance que les deux femmes qu'il désirait à présent fui plus que tout fussent non seulement sœurs, mais qu'elle demeurent aussi dans la ville qu'il avait décidé d'adopter, e pire, qu'il loge lui-même sous le toit de leur mère !

Il tourna dans la ruelle en fer à cheval au fond de laquelle se trouvait l'église Saint-Pierre. En cette heure tardive de l'après-midi, aucune messe n'y serait célébrée et il pourrait se recueillir tranquillement. Les prières qu'il allait offrir à Dieu l'aideraient incontestablement, espérait-il, à y voir plus clair dans ses histoires de femmes, mais surtout, elles lui videraient l'esprit et l'aideraient ainsi à mieux composer.

Poursuivant sa route vers l'église, de laquelle il n'était plus séparé que par quelques mètres, il croisa nombre de passants et une voiture. Le bruit de pas des chevaux trottant

devant une calèche était parvenu à ses oreilles tant de fois depuis qu'il déambulait dans la ville qu'il n'y prêta pas attention, quand il l'entendit de nouveau. Lorsque le véhicule s'immobilisa à sa hauteur, il ne s'en soucia pas davantage, et avant de poursuivre son chemin, il jeta instinctivement un coup d'œil à sa droite. Il vit le cocher aider une femme ronde élégamment vêtue à descendre.

– Wolfgang, attends-moi ! l'implora une voix féminine qu'il crut reconnaître avec une pointe de consternation.

Chapitre 13

Au premier coup d'œil, la femme à la silhouette élargie ne lui rappelait personne de sa connaissance. Aussi l'avait-il rapidement ignorée. Mais cette voix familière l'interpellant par son prénom lui indiquait clairement quel lien les unissait. Par respect, mais contre son gré, il cessa de marcher.

– Wolfgang, je t'en prie ! l'implora-t-elle au même moment.

Il se retourna pour la regarder franchir d'un pas rapide la distance qui les séparait. Parée d'une ample robe violette et d'un chapeau assorti, orné d'une bordure de tissu noir, elle s'arrêta près de lui, légèrement essoufflée. Quelques mèches ressortaient de son chignon trop serré et ses minces lèvres s'étiraient en un faible sourire.

Aloysia avait grossi depuis la dernière fois qu'il l'avait vue. Ses joues étaient plus rebondies et son ventre, plus épais. Était-ce la tristesse ou la solitude qui l'avait incitée à se nourrir plus qu'il n'en fallait ? Wolfgang se garda de lui en faire la demande ou la remarque. À moins qu'elle fût enceinte… L'idée lui effleura évidemment l'esprit, mais Mozart choisit d'ignorer cette possibilité, trop douloureuse pour son cœur encore épris.

— Je t'ai reconnu bien avant de parvenir à ta hauteur et il fallait que je te rejoigne. Je me devais de profiter de cette coïncidence pour t'apprendre des faits qu'il m'est impératif de te révéler. Il s'est écoulé plusieurs semaines depuis notre dernière rencontre. J'ai essayé alors de te voir pour t'en parler, mais malencontreusement, et pour un motif inconnu, j'en ai été incapable.

— Dois-je craindre tes paroles ?

— Je me sens misérable, mais je ne crois pas que toi, tu doives t'inquiéter.

Constatant la gravité de la situation, il chercha du regard un endroit où s'asseoir.

— Viens, dit-il en lui prenant le bras après avoir repéré un banc de bois à côté de l'église. Allons nous asseoir là. Nous y serons tranquilles.

— Comme tu as sans doute remarqué, je suis enceinte, Wolfgang, annonça-t-elle sans préambule comme ils venaient de prendre place.

— C'est impossible ! lâcha-t-il.

La douleur le maintenait dans le déni.

— Cet enfant n'est pas le tien, rassure-toi. Il était déjà en moi lorsque tu es venu chez moi, l'informa Aloysia, constatant, à voir ses yeux s'agrandir, qu'il s'interrogeait.

— Mais pourquoi me l'annoncer aujourd'hui seulement ? questionna Wolfgang.

— Parce que cet enfant me rappelle douloureusement celui que j'ai perdu et dont tu aurais pu devenir le père.

Wolfgang s'avança sur le bout du banc et fronça les sourcils, toujours dans l'incompréhension.

— Que veux-tu dire ? demanda-t-il, refusant de voir la vérité, pourtant évidente.

— J'ai été grosse de toi, Wolfgang.

• • •

Après les pleurs d'Aloysia, qu'il tenta de rassurer du mieux qu'il put, et une fois sa propre période de négation passée, il n'eut d'autre choix que d'accepter de l'écouter. Souhaitant garder une certaine distance, il lui tint la main pendant qu'elle s'expliquait et se retint de tout commentaire indélicat.

— Lorsque j'ai appris qu'une vie se développait en moi, j'ai d'abord paniqué. Dois-je te rappeler que nous n'étions pas mariés ? Ni nos carrières, ni les déplacements qu'elles entraînaient, ni notre entourage ne nous le permettaient. Pardonne-moi de n'avoir donc pas su me réjouir de cette vie en moi, et aussi de ne pas t'en avoir parlé.

Wolfgang, encore abasourdi par cette nouvelle, comprit que l'allusion à l'entourage visait surtout son propre père, Leopold, lequel s'était opposé à leur mariage en lui ordonnant de prioriser l'essor de sa carrière. Il fut reconnaissant de la délicatesse dont elle fit preuve en ne le mentionnant pas explicitement. Toute son attention s'attachait toutefois à un autre objet. L'enfant dont elle parlait n'existait plus et il lui tardait d'apprendre comment elle avait traversé une telle épreuve.

Persuadé de bientôt obtenir sa réponse, il la laissa poursuivre entre deux sanglots.

— Je ne voulais pas t'imposer un mariage qui semblait difficile à concrétiser, puis un enfant, alors que tu t'appliquais à faire progresser ta carrière. La seule pensée de nuire à ta réputation m'était accablante.

Pendant qu'il écoutait les aveux d'Aloysia, qu'il observait, plusieurs questions se bousculaient dans sa tête et il se surprit même à douter de ce récit. Soit elle disait vrai et cette histoire l'ébranlait fortement, soit elle l'inventait pour le lier de nouveau à elle. Les souffrances endurées lors de ses ruptures avaient rendu Wolfgang très méfiant et il se demandait s'il allait parvenir à faire confiance de nouveau aux femmes.

Elle avait exprimé le désir de le revoir, certes. Mais avait-elle demandé des nouvelles de Mozart à sa mère ? Avait-elle tenté de nouveaux rapprochements ? Avait-elle réellement perdu l'enfant ? Dans le cas contraire, qu'avait-elle fait de ce petit être ?

— Je ne sais quoi te dire, Aloysia ! Pour quelle raison me relater cela alors que c'est du passé, qu'une autre vie grandit en toi ? Et d'ailleurs, où est celui dont je serais le père ?

— Je te le raconte parce que j'estime que tu es en droit de le savoir, et je n'accepterais pas que tu l'apprennes de quelqu'un d'autre.

— Ah ! Parce que plusieurs personnes ont été mises dans le secret ?

— Pas plusieurs, mais comme mon état commençait à se voir, j'ai dû l'annoncer à quelques personnes proches, dont ma sœur Josepha.

— Tu as donc décidé de poursuivre ta grossesse ? Et c'est cela, tu es venue m'apprendre que l'enfant existe quelque part ? Tu veux de l'argent de ma part, sans doute ? questionna Wolfgang, à la fois triste et irrité.

— Wolfgang, non, tu n'y es pas, s'offusqua-t-elle alors qu'il s'était levé et marchait devant le banc de bois. Reviens, ajouta-t-elle plus doucement en tapotant la place à côté d'elle. Je vais t'expliquer.

— En perdant cette partie de toi, j'ai réalisé à quel point je tenais à toi, malgré les difficultés qu'entraînaient tes démarches pour parvenir à une brillante carrière. Je pressentais toutefois qu'il était trop tard parce que je t'avais énormément blessé. C'est alors qu'on m'a fait rencontrer Joseph Lange, un homme aimable, respectable et qui me respectait également. Je l'ai épousé et j'ai essayé d'être heureuse. Je pensais même avoir réussi, jusqu'à ce que je te revoie sur le trottoir et, surtout, que je te fasse monter chez moi. Ce jour-là, je n'ai pas eu la force de tout t'avouer. Mais depuis, je veux te revoir, t'expliquer ce qui s'est réellement passé et te dire à quel point j'en suis désolée. Je n'ai jamais cessé de t'aimer, Wolfie ! En sachant que tu habites la même ville que moi, à la pension de ma mère de surcroît, il m'est très ardu de me retenir chaque jour de courir jusqu'à toi.

Les blessures provoquées par sa rupture avec elle étaient encore vives et c'est pourquoi il lui était si difficile de voir qu'en dépit de leurs sentiments, tout était fini et le resterait : elle était mariée. C'était sans retour possible. S'il ne pouvait renoncer complètement aux femmes, il s'efforçait de ne pas tomber amoureux, y compris d'elle. Il le lui expliqua dans des mots plus acceptables.

— Pour moi, le mariage et l'amour vont de pair. Les unions arrangées, auxquelles trop de nobles et de souverains se livrent, sont la plupart du temps source d'infidélité, car ceux qui en sont les victimes sont pressés de retrouver un cœur aimant. Moi, j'aurais souhaité marier une femme que j'aime et ainsi lui rester fidèle. Tu es mariée avec un autre homme, Aloysia. Je ne vais pas entretenir une relation adultère.

Elle se leva à son tour et le fixa dans les yeux d'un regard implorant.

Jugeant préférable d'entendre la conclusion de avant de s'emporter davantage, il s'inclina et obéit.

— Mes parents ont, hélas, bien fini par l'appren sont mis alors dans une colère noire, m'ont interdit c à nouveau et se sont immédiatement mis en quête futur époux. Je n'ai jamais voulu t'impliquer dans toire afin de garder ta réputation intacte, prétex j'avais été forcée par un inconnu. Ils ne m'ont proba pas crue, mais n'ont pas insisté.

— Je dois te remercier de cette sollicitude. Pauvi cela a dû être atroce! Je suis désolé que tu aies tout cela, seule, compatit Wolfgang.

— C'était la seule solution à mes yeux. Aussi, pou elle, si les possibilités de chanter sont meilleures à l c'est surtout pour éviter le scandale que nous avon nagé et que je n'ai pas pu t'en avertir. Lorsque tu es v féliciter après la représentation à Munich, j'appréhenc tu me voies dans cet état, qui commençait à se vo camouflais tant bien que mal avec des robes ample éviter de me couvrir de honte. Je craignais de craque tout t'avouer, d'où mon refus de te recevoir. C'était n nière prestation avant que je doive tout abandonner, le de mener ma grossesse à terme. Après t'avoir écond pleuré tout le reste de la soirée et beaucoup au cours de suivants, pendant lesquels je ne me nourrissais que trè Après quelques jours de ce régime, j'ai perdu le bébé. J' si ce comportement est la cause exacte de ma perte, n me suis sentie évidemment bien coupable.

Wolfgang hésitait toujours à la croire. Il s'interdit moins d'intervenir une nouvelle fois.

— Alors, c'est sans appel ? Tu me demandes de t'oublier ?

Il ne lui répondit pas, mais fit un léger signe de la tête. L'imitant, il se leva et l'étreignit ensuite longuement. Puis il s'éloigna d'elle, prêt à se diriger vers l'église.

— Wolfgang ?

— Oui ?

Il se retourna vers elle. Elle se tenait à deux pas de lui, les épaules basses, les bras ballants, la mine visiblement déconfite par ce départ soudain et silencieux. Il se fit violence pour ne pas la rejoindre, l'étreindre à nouveau et la rassurer. Il valait mieux que s'installe une plus grande distance entre eux. C'est pourquoi il se fit plus clair :

— Je te souhaite d'être heureuse avec ton époux et ton enfant, Aloysia, et tu y parviendras, car oui, c'est effectivement ce que je te demande.

• • •

Ce même soir, dans ses draps, Wolfgang songea avec tristesse aux aveux que lui avait faits Aloysia. Bien qu'elle lui eût mentionné être devenue enceinte de lui, les tendres sentiments qu'elle ressentait toujours pour Wolfgang lui avaient importé davantage. Il maudit le destin d'avoir raté une vie amoureuse avec elle qui, au bout du compte, aurait pu se réaliser. S'il croyait en la sincérité d'Aloysia, comme il le lui avait dit, une relation entre eux restait impossible : elle était mariée.

Chaque fois que le souvenir de la cruelle souffrance infligée par les deux femmes qu'il avait profondément aimées s'immisçait en lui, il se confortait dans sa décision de ne plus aimer. Pire, il s'était persuadé de ne pas mériter d'être chéri de cette façon au point de croire qu'il était responsable de fins aussi tragiques.

Si cette fois, les propos de la jeune femme s'avéraient sincères, il en voulait à Aloysia de ne pas s'être montrée plus patiente, et au destin de s'être mis en travers de leur chemin. En se retournant encore et encore faute de trouver le sommeil, il tira deux hypothèses de cet entretien : soit l'amour s'était encore joué de lui, soit Aloysia lui mentait, car il lui était difficile de songer qu'elle pût vraiment l'aimer. Il se dit cela en poussant un long soupir dans lequel se mêlaient une tristesse et une désolation profondes. Et tirer un trait sur sa vie amoureuse lui semblait vraiment la meilleure solution.

Il s'efforça bientôt de penser à autre chose afin de s'endormir le plus vite possible pour être bien reposé le lendemain et mieux créer. Il se retourna à nouveau et tapa dans son oreiller pour le replacer, à la recherche d'une position confortable.

C'est alors que, provenant de l'autre côté de la porte, lui parvinrent des cris et des bribes de mots dont il ne comprit pas vraiment le sens. Il ramena une partie de son oreiller sur sa tête. Cette dispute entre Cécilia et Constance, car il s'agissait bien de leurs voix, ne le regardait pas et il souhaitait s'endormir au plus vite.

Au petit matin, alors qu'il se levait à peine, le poing de madame Weber vint frapper lourdement à sa porte. Intrigué, il lui dit de patienter quelques minutes, après quoi il irait la retrouver à la cuisine. Là, elle l'attendait, debout derrière une chaise, les mains appuyées sur le dossier.

Il lui demanda s'il ne devait pas s'asseoir, mais le front plissé et les lèvres pincées, elle secoua énergiquement la tête. Inquiet, Wolfgang l'invita à s'expliquer.

– J'ai beaucoup de respect pour votre talent, monsieur Mozart, mais je vous prie de quitter ma maison, lui annonça-t-elle sans détour, en se contenant visiblement difficilement.

– Quitter votre maison ? répéta Wolfgang, incertain d'avoir bien entendu.

– Vous m'avez bien comprise !

– Mais je vous paye le montant exigé chaque semaine, madame Weber. Je me tiens tranquille et respecte les règles. Je ne comprends pas.

– Vous tournez autour de ma fille et c'est suffisant pour me donner le droit de vous mettre à la porte.

– Je n'espère rien de Constance, se défendit le jeune homme. C'est plutôt elle qui se montre entreprenante.

Il se questionna sur la manière dont elle l'avait su. Il ne pouvait croire que Constance fût allée se vanter à sa mère de l'avoir embrassé.

– C'est du pareil au même. Je vous laisse la semaine, soit jusqu'au 5 septembre pour vous trouver un nouveau logis, conclut-elle sèchement en se retournant déjà et en faisant mine de le quitter.

– Pourquoi ne pourrais-je lui faire la cour ? Après tout, nous sommes tous les deux libres, s'informa-t-il derrière son dos.

Il se doutait bien que la mère ne pouvait approuver l'union d'une de ses filles avec l'homme ayant mis l'autre enceinte hors mariage, car Cécilia n'avait pas dû croire les dires d'Aloysia et le tenait sûrement toujours pour le père. Mais il ne pouvait la questionner frontalement à ce sujet sans froisser les convenances. Il s'était donc contenté d'une question détournée. Il ne connaissait pas encore la réponse qu'elle allait lui fournir, cependant, il devina qu'elle était la raison de la dispute entre les deux femmes la veille.

Elle se retourna et le regarda droit dans les yeux.

– Ma fille mérite mieux que de fréquenter un Mozart.

• • •

Les mots de Cécilia restaient ancrés en lui, telle une épée plongée dans son cœur, bien qu'il s'efforçât de s'en défaire et de les oublier. Mais comment y réussir ? Il se rappelait les mots qu'avait utilisés son père pour qualifier la famille Weber. Ainsi, il existait une réelle mésentente entre les deux familles.

Si son père avait évoqué plusieurs raisons pour le dissuader de s'unir à Aloysia, il en avait été de même pour la mère de la jeune femme, comprit-il. Leur relation était d'emblée vouée à l'échec.

Il songeait à ceci en se rendant à son nouvel appartement, au retour de la messe à laquelle il venait d'assister à la cathédrale. En chemin vers son nouveau chez-soi, il se rappela à quel point il avait été chanceux. Lors d'un déjeuner avec la comtesse Wilhelmine, celle-ci avait décelé les préoccupations malheureuses dans les yeux bleus de son ami ; elle avait insisté pour en connaître davantage. Il lui avait alors confié devoir se chercher un endroit où habiter.

Elle ne fut pas longue, malgré les protestations de Wolfgang, à lui dénicher le logement idéal pour lui. La veille de la date butoir lancée par Cécilia Weber, il emménageait dans son logis, situé au deuxième étage d'un coquet immeuble et sis à quelques minutes de marche de la place Freyung, place du marché et lieu d'animation par excellence de la ville.

Wolfgang lui en fut énormément reconnaissant, car il adorait l'emplacement de son appartement.

Le logis s'avérait même suffisamment grand pour qu'il y installe son clavecin dans une pièce voisine de celle où il dormait. Depuis qu'il y résidait, il y avait de cela presque une semaine, il n'avait pratiquement pas touché à son instrument de musique. Les derniers événements, passablement bouleversants, l'avaient tenu loin de la création. En ce dimanche, il se promettait de s'y remettre, car le temps pressait de plus en plus.

En empruntant l'escalier intérieur donnant accès à son appartement, il trouva Constance, assise sur la dernière marche, devant sa porte d'entrée. Il soupira, ayant cru en avoir fini avec elle et avec tout ce qui lui rappelait les Weber. Lorsqu'elle le vit grimper le dernier palier de l'escalier, la jeune femme se leva pour l'accueillir avec un regard implorant.

Wolfgang l'examina pendant un instant. Elle était habillée d'une robe bleue dont le corsage, d'un bleu plus pâle, était paré de dentelle. Ses cheveux étaient tirés vers l'arrière. Il ne put s'empêcher de remarquer encore une fois à quel point elle était belle. Il savait qu'il devait la chasser, mais se retint pourtant de le faire et lui demanda plutôt, en usant de toute sa patience, le motif de cette visite.

— Loin de moi l'idée de vous déranger, dit-elle, mais il me fallait vous voir. Les circonstances entourant votre départ de la pension me pèsent et…

— Ne vous en faites pas, l'interrompit-il en souhaitant qu'elle puisse repartir rapidement. Je ne vous en veux pas. Au contraire, cet appartement m'est plus pratique.

— Je suis heureuse que votre nouvel habitat vous satisfasse. Je m'en voulais que par ma faute, vous vous retrouviez à la rue.

— Comme vous le voyez, ce n'est pas le cas ! Si vous n'y voyez pas d'inconvénient, je dois me remettre au travail, annonça-t-il un peu sèchement en la contournant afin qu'elle comprenne que l'entretien était terminé.

Elle s'effaça pour le laisser passer, mais ne descendit pas l'escalier pour autant. Alors qu'après avoir déverrouillé sa porte, il s'apprêtait à entrer, il se retourna vers elle pour lui suggérer de partir à nouveau, mais soudain la curiosité le rongea. Déjà souriante, la jeune femme étira davantage ses lèvres, ce qui illumina son visage. Il s'efforça de faire abstraction de cette image angélique, tandis qu'il la questionnait, intrigué par les paroles de la demoiselle :

— Constance, pourquoi dites-vous que c'est votre faute si j'ai été chassé de chez vous ?

— Parce que j'ai dit à ma mère ce que je ressentais pour vous. Mes sentiments sont forts, je vous assure !

— Mademoiselle Weber, vous ne pouvez le penser sérieusement ? Je ne me montre pas toujours aimable avec vous, je vous évite... Trouvez-vous quelqu'un de bien à aimer !

— Vous êtes ce quelqu'un de bien. Laissez-moi l'occasion de vous montrer que j'ai raison. Vous agissez ainsi seulement parce vous avez énormément souffert et, j'en suis sûre, à cause de ma sœur. Mais n'oubliez pas qu'elle est prise et que toute cette histoire est bel et bien finie.

— Votre mère vous gronderait forcément si elle apprenait que vous êtes venue jusqu'à moi.

— Ce n'est pas Cécilia qui décidera qui je peux fréquenter et ce n'est pas d'elle que j'attends le genre d'affection qu'un homme peut me donner.

Ce disant, elle défit ses cheveux en fixant, d'un air entendu, un Wolfgang exaspéré.

• • •

Wolfgang rejoua le premier acte au complet. Enfin satisfait, il mit ses partitions de côté. Il pouvait désormais se concentrer sur le deuxième acte. Il lui restait à peine quatre semaines avant l'échéance et encore deux actes à composer. Il doutait de pouvoir y arriver, toutefois, il n'abandonnerait pas maintenant. L'enjeu lui paraissait beaucoup trop important.

Il fit tout de même une pause pour se préparer une tasse de thé. Alors que l'eau chauffait sur le poêle, on cogna à sa porte. Il hésita à répondre, s'imaginant qu'il pouvait s'agir de Constance. Cette petite femme savait s'y prendre avec lui et il devenait de plus en plus difficile de lui résister.

Quelques secondes lui suffirent pour revivre leur dernière rencontre. Elle avait remarqué la surprise de Mozart et sûrement décelé le désir qui montait en lui alors qu'elle défaisait sa coiffure. Elle avait profité de ce moment de faiblesse pour lui poser les deux mains sur le torse et le pousser gentiment à l'intérieur. Une fois la porte refermée, elle avait avancé ses lèvres vers les siennes. Pris au dépourvu, il avait hésité entre accepter ou refuser ses avances, si bien qu'elle avait pu faire à sa volonté pendant quelques secondes.

Puis, déterminé à ne pas la laisser le tenter, il avait détourné le visage pour ensuite lui prendre les bras et l'éloigner de lui.

– Constance, vous aviez sans doute tout prévu, cependant vous ne pouvez pas arriver chez moi et obtenir mes faveurs comme bon vous semble !

— Il ne m'en coûte rien d'essayer. Et je sais que vous avez besoin de compagnie, avait-elle répondu impudiquement en lui caressant une joue, ce qu'il ne tarda pas à lui reprocher.

— Votre sollicitude me touche, lui avait-il dit avec un sourire complice. Cependant, mon travail m'occupe grandement.

— Vous pourriez assurément prendre une pause !

Il avait fixé ses yeux noirs, tout en caressant une mèche de ses longs cheveux. Sa résolution de ne plus aimer lui revenait constamment en tête. Pourtant, il était à ce moment plus que jamais difficile de la tenir. Il eût été si bon de s'abandonner à ce merveilleux sentiment avec Constance, si attentionnée, si douce !

— Vous êtes insupportable, avait-il dit avec le sourire avant de lui embrasser tendrement les lèvres.

Constance avait répondu au baiser, mais dès qu'elle y eut mis plus d'ardeur, Wolfgang, espérant l'avoir contentée, s'était écarté d'elle. Il avait pris un ton bourru afin de lui démontrer le sérieux de sa demande.

— Vous devez vraiment partir, Constance. J'ai énormément de travail.

— D'accord, avait-elle fini par accepter. À condition que vous me fassiez entendre un extrait de votre opéra.

— Un seul, avait consenti Wolfgang en se mettant aussitôt au clavecin.

Il avait joué un court extrait, et elle avait respecté l'entente, dans l'espoir bien évident que leur relation ne s'arrêterait pas là. Toutefois Wolfgang s'était juré de la maintenir à distance. À la manière dont il l'avait renvoyée, elle avait sûrement deviné qu'aucun tendre sentiment envers elle ne l'habitait. C'est à tout le moins ce qu'elle devait en conclure pour ne plus revenir. À l'avenir, si elle s'obstinait à ne pas comprendre, il s'assurerait de mettre un point final à cette histoire.

Cette femme, qui ne le jugeait pas, qui ne le condamnait jamais malgré son comportement méprisant à son égard, qui encourageait chacune de ses réussites, était une bonne personne. Elle l'aimait peut-être, mais était encore très jeune et méritait de trouver l'amour sincère d'un homme meilleur que lui. Pas seulement de se faire caresser par un homme qui ne recherchait que son propre plaisir. Il s'attristait du sort de Constance et c'est lui, cette fois, qui se culpabilisait envers elle. Il décida que pour son bien-être à elle, parce qu'elle méritait mieux, Constance ne remettrait plus les pieds dans la même pièce que lui.

Le bruit à la porte se renouvela et le rappela à l'ordre. Revenant à la réalité, il déposa la tasse qu'il venait de remplir d'eau et alla ouvrir.

Un courrier lui remit une missive officielle en provenance de l'archiduché.

À mi-chemin entre l'inquiétude et l'étonnement, Wolfgang s'empressa d'ouvrir le pli et de lire le message. Celui-ci stipulait que l'échéance qu'il devait respecter était remise à l'été suivant car l'archiduc, lui-même musicien à ses heures, la trouvait, après réflexion, trop courte pour finaliser un opéra de qualité. Aussi, le prince avait décidé que celui de Christophe Willibald Gluck, achevé depuis un bon moment, serait présenté au duc de Russie en remplacement du sien.

Mozart connaissait ce dernier de réputation. Plusieurs autres musiciens talentueux vivaient à Vienne. Il y avait, entre autres, Antonio Santini, le maître de concert de l'empereur, lequel poste Mozart aurait apprécié, mais qu'il ne pouvait obtenir, car il était ainsi déjà occupé. Toutefois, Wolfgang connaissait la faiblesse de Santini dans la composition d'opéras dramatiques et il fut heureux que Gluck, beaucoup plus âgé et expérimenté, le remplace.

Les derniers événements l'ayant largement bouleversé, il ne put que se sentir soulagé. Débarrassé d'un énorme poids, il retourna à son piano, persuadé qu'il saurait trouver l'inspiration et la concentration nécessaires à l'opéra qui consacrerait l'envol de la carrière de Wolfgang Amadeus Mozart. Bien sûr, son travail progressa efficacement, toutefois il avait oublié un petit détail.

• • •

Vers la fin du mois d'octobre, en fin d'avant-midi, un deuxième courrier frappa à sa porte afin de lui transmettre le message qu'une personne importante le réclamait dans une heure au café habituel. Wolfgang songea aussitôt à la comtesse. S'il trouva étrange cette nouvelle façon d'être invité, il ne pouvait se permettre d'ignorer le pli qu'il venait de recevoir. Aussi se prépara-t-il pour rejoindre la mystérieuse personne, qu'il supposait être son amie, la comtesse Wilhelmine.

À l'heure prévue, il fut surpris de voir Maria se lever lorsqu'il entra dans le commerce. Bien qu'elle le hélât et que sa robe violette attira son regard, il préféra l'ignorer. Comme il n'apercevait la comtesse nulle part dans le grand salon, il comprit bientôt que c'était bel et bien Maria Amalia qui l'avait fait mander.

En le voyant venir vers elle, la jeune femme se rassit dans un bruit de larges jupons, saisissant d'une main dans un même temps, pour la cacher dans les plis de sa robe, la petite bourse noire qui trônait sur la table. Il reconnut l'objet, qu'il eut le temps d'apercevoir pour la troisième fois, malgré la rapidité de son geste, mais tourna davantage son attention vers sa propriétaire.

– Surpris de me voir, mon cher Wolfgang ? Pourtant nous avions rendez-vous bien avant aujourd'hui !

– Apparemment, fit-il imperturbable, réalisant qu'il lui avait promis un entretien lorsqu'elle s'était présentée à la pension Weber quelques semaines auparavant.

Il retira son couvre-chef puis se fit violence pour la saluer convenablement d'un baisemain. Depuis la dernière fois qu'ils s'étaient vus, sa personnalité ne lui inspirait que dégoût, bien qu'il la trouvât encore excessivement belle. Il se dirigea vers la chaise placée derrière le couvert dressé pour lui, qu'elle lui indiqua d'un geste de la main. Il hésita à s'y asseoir, se demandant si cette robe violette qu'il reconnaissait trop bien, celle qui avait sans doute contribué à le faire succomber à ses charmes une première fois, était destinée à l'amadouer et le reconquérir.

– Je suis désolée de vous avoir contraint ainsi à cet entretien, mais je doute que vous fussiez venu si vous aviez su de qui il s'agissait. J'ai raison ?

– Probablement.

– Allez, très cher, souriez ! Vous m'aviez promis ces quelques heures. Nous n'allons pas les passer en votre si mauvaise humeur ! Et ne me servez pas l'excuse que le travail vous attend, j'ai appris que votre échéance avait été reportée. Vous appréciez le café ?

Il hocha la tête en guise de réponse, se questionnant sur la provenance de cette juste information, avant de soulever les pans de sa redingote et de prendre place, pendant que la demoiselle faisait un signe en direction du serveur. Boire un liquide fumant, que le serveur vint peu après placer devant lui, en sa compagnie ne l'enchantait guère. Il se souvint clairement de lui avoir proposé une rencontre dont il avait fixé la date environ six semaines plus tard. Or, il s'en était écoulé plus de dix depuis sa brève visite. Maria Amalia avait raison de s'impatienter. Même si l'idée de passer du temps avec elle lui répugnait, il devait respecter son engagement.

Elle avait mentionné pouvoir le retrouver à l'adresse de la pension si jamais il lui faisait faux bond. Depuis son déménagement, Maria avait sans doute eu du fil à retordre pour le retrouver et il ne lui avait été d'aucune aide à cet égard. Mais comment aurait-il pu le faire puisqu'il ne savait pas où la joindre ?

Il l'avait bien reconnue marchant sur la rue, sa bourse noire à son bras, des semaines auparavant, alors qu'il regardait par la fenêtre du haut du deuxième étage d'un immeuble où il donnait une leçon de piano. Il se souvenait même qu'elle suivait de près un homme chapeauté et s'était vaguement demandé s'ils étaient ensemble.

Ce jour-là, il s'était bien gardé de crier son nom par la fenêtre entrouverte. Il ne l'avait pas plus suivie du regard pour vérifier si elle entrerait bientôt dans un endroit qui aurait pu être son logis. Il aurait peut-être dû faire l'un ou l'autre, mais il avait songé au message qu'il avait reçu d'elle avant son arrivée à Vienne et espérait encore éviter le rendez-vous demandé dans ledit message. Apparemment, il ne pouvait lui échapper indéfiniment. Elle saurait toujours le retrouver.

Il devinait, sous son air joyeux, la colère qui devait l'animer et que lui infligeait certainement tout le trouble qu'elle avait dû se donner pour le retrouver. Cependant, il ne s'en laisserait pas imposer. Après tout, la rusée Maria Amalia avait réussi à découvrir où il se cachait à deux reprises. Il songea également qu'ayant obtenu une partie de ce qu'elle souhaitait, voyant ses efforts récompensés, elle serait sage, elle ne lui déverserait pas tout son courroux. Pourquoi ne démontrerait-il pas également une bonne dose de sagesse ? Il remarqua enfin qu'elle devait tenir, de la main posée sur ses cuisses, son petit sac qui commençait à l'intriguer de plus en plus. Que pouvait-il contenir de si précieux pour qu'elle s'accroche à lui et le tienne si près de son giron ?

Elle but alors une gorgée de son café avec l'autre main, tout en l'incitant à l'imiter.

— Vous aurez besoin d'un peu d'énergie pour m'expliquer la raison de ce retard.

Il décela à la fin de la phrase une menace à peine voilée, dont le ton le laissa deviner qu'elle lui en voulait. Il accepta de s'expliquer en détail, après avoir trempé ses lèvres dans le café, qu'il jugea trop chaud et un peu amer.

Wolfgang ouvrit la bouche pour justifier ses retards lorsqu'une voix forte se fit entendre derrière lui pour appeler le serveur. Il se retourna et vit un grand homme à la moustache noire et coiffé d'une perruque grise s'installer à une table. Il le reconnut pour l'avoir rencontré lors de sa tournée familiale alors qu'il était enfant. Il l'avait aussi vu brièvement alors qu'ils assistaient tous deux à des concerts donnés par d'autres musiciens talentueux. Cet homme, dont il se souvint soudain du nom, s'appelait Antonio Santini et avait assisté à la représentation d'un de ses tout premiers opéras. Wolfgang connaissait la grande réputation dont il jouissait et il fut pris du désir d'aller lui parler, de lui demander s'il se souvenait de lui.

Leurs regards se rencontrèrent au même moment.

— Je parie que vous êtes monsieur Wolfgang Mozart ? le prit de vitesse le nouveau venu.

Wolfgang s'excusa auprès de la jeune femme et se leva.

— Effectivement ! Vous vous souvenez de moi, monsieur Santini ? questionna Mozart, ravi, en s'avançant vers l'homme pour lui serrer la main.

Ce dernier prit la main tendue avec bonne humeur.

— Bien sûr ! Comment aurais-je pu oublier le prodige que vous étiez alors ? Et de ce que j'ai entendu, votre talent ne vous a pas quitté. Votre pièce *Idoménée, roi de Crête* a connu un immense succès à Munich !

— En effet, je vous remercie, fit Wolfgang légèrement mal à l'aise de se faire complimenter par un homme aussi illustre. Vous êtes vous-même un grand musicien et je suis persuadé que j'aurais beaucoup à apprendre de vous.

— Quelle agréable louange pour commencer une conversation avec vous ! Joignez-vous à moi, je vous prie.

— J'en serais fort heureux, monsieur Santini, mais c'est que j'étais déjà en compagnie d'une dame, s'opposa Mozart en montrant Maria Amalia derrière lui.

Celle-ci, debout près de sa chaise, soulevait ses jupes pour se rasseoir. Wolfgang s'interrogea un instant sur la raison qui semblait avoir incité Maria Amalia à se lever et peut-être même à se déplacer, mais la voix d'Antonio Santini lui fit oublier cette banale observation.

— C'est dommage pour nous ! Cependant il est vrai qu'on ne doit jamais négliger une si agréable compagnie. Je demeure à Vienne. Peut-être disposerons-nous d'une autre occasion pour discuter de musique ?

— J'y compte bien, fit Mozart en lui tendant à nouveau la main.

Il rejoignit Maria Amalia, bien qu'il eût préféré demeurer avec le musicien. Pendant ce temps, Santini prenait place à sa table et passait sa commande au serveur qui venait d'arriver.

— Vous connaissiez ce monsieur ? demanda hypocritement Maria Amalia, après que Wolfgang se fut excusé encore une fois, puis installé sur son siège.

— Il s'agit d'Antonio Santini. C'est un fort gentilhomme et un grand musicien. Il a composé plusieurs morceaux de musique qui ont reçu un excellent accueil auprès du public et de la critique. Toutefois, je crois que les opéras ne sont pas sa force. J'espère qu'un jour, nous pourrons échanger ensemble et nous faire mutuellement bénéficier de nos dons.

— Cela me semble un excellent projet, et vous me voyez désolée de vous priver aujourd'hui de cet entretien, mais si nous revenions à notre discussion ?

Wolfgang eut envie de lui répliquer qu'il la savait peu navrée de cela, mais il se retint. Elle lui avait permis cette petite conversation avec Santini, il lui en était reconnaissant. Il n'allait pas la malmener. Interprétant ces brèves secondes de silence et d'hésitation comme une tentative de retrouver où en était ladite discussion, elle vint à son secours :

— Vous alliez me raconter votre changement de logis et ce qui vous a mené à retarder la rencontre que vous m'aviez promise.

— Oui. Donc, quelques semaines après votre visite, j'ai dû me trouver un nouveau logis. Je vous en épargne les raisons, qui ne me paraissent pas importantes dans ce récit. Des événements sont survenus au cours des dernières semaines et j'ai complètement oublié que vous aviez promis de venir me chercher chez les Weber. Je ne les ai donc pas avisés qu'il fallait vous informer de ma nouvelle adresse.

— Vos explications me semblent plausibles, mais il faudra me promettre de ne plus vous sauver de moi ainsi, affirma Maria Amalia d'une voix mielleuse.

— Croyez ce que vous voulez, mais je ne tiendrai pas pareille promesse. Je vous ai accordé du temps pour discuter, il est vrai, mais vous connaissez mes dispositions à votre égard.

— Et je m'en souviens, évidemment. J'espère seulement que vous changerez d'avis à mon sujet et que vous ne désirerez plus m'éviter.

— À votre place, je n'y compterais pas.

— Wolfgang, soyez indulgent ! Si je vous ai infligé autant de douleur, c'était bien involontaire de ma part.

Il nota que le ton sec avait été remplacé par un ton plus doux, plus implorant. Il se disait prêt à l'écouter, comme promis. Néanmoins, Maria Amalia pouvait bien se faire suppliante ou même mentir, il ne céderait pas. Elle avait beau lui démontrer toute la gentillesse, toute la repentance dont elle était capable, son insistance sonnait faux. Elle l'incitait à se méfier, se dit-il encore au moment où derrière sa tasse, elle goûtait bruyamment le liquide. Elle chercherait à l'attirer dans ses filets pour ensuite quoi encore ? Le larguer ? Le remplacer ?

— J'avais prévu vous accorder une heure ou deux. Le temps file. Allez-y, je vous écoute, répliqua-t-il plutôt que de lui offrir le réconfort qu'elle semblait chercher.

— Je constate que je vous rebute. J'ignore toujours ce qu'on vous a raconté, mais si on m'a vue en compagnie d'un autre homme, c'était pour me renseigner à votre sujet afin de vous préparer une surprise. J'aimerais tant que vous me pardonniez. Vous en doutez peut-être, mais je suis de nature généreuse et sociable. Songez aux tendres et merveilleux moments qui nous ont unis. Ils ne peuvent être effacés de votre mémoire !

— Justement, je m'y applique, répondit-il sèchement, à peu près certain qu'elle mentait.

— Vous restez fermé car vos blessures sont profondes, je le vois. Alors, si vous souhaitez tant oublier ces souvenirs qui vous font souffrir, bien que je n'en comprenne toujours pas les raisons, pourquoi ne pas repartir à zéro ?

— J'étais très jeune à cette période. Vous m'avez plu immédiatement. Peut-être êtes-vous effectivement cette bonne personne que vous me décriviez à l'instant. Cependant, je ne recherche plus ce que vous pouvez m'offrir.

— Et quel genre de femme ambitionnez-vous de conquérir ? s'enquit-elle avant de prendre une gorgée de son café, espérant que Wolfgang l'imite enfin.

— Il ne s'agit pas seulement de conquête ou de ce que je préfère ou non chez une femme, c'est aussi une question d'instinct, de pressentiment. Et en ce moment, tout bonheur conjugal avec vous m'apparaît impossible.

— Pourrais-je espérer qu'une amitié sincère puisse remplacer l'amour que j'attends de vous ? Du moins pour le moment ?

— Je ne puis vous empêcher d'espérer. Il m'est difficile de savoir si toute amitié est absolument impossible entre nous, puisque je ne connais pas l'avenir. Toutefois, pour l'instant, je m'y refuse. Davantage de temps m'est nécessaire pour guérir de mes blessures, et j'y arriverai mieux sans compagne. Ainsi, ne m'en veuillez point si j'affirme vous vouloir le plus loin possible de moi.

– Je déteste la discorde et si vous n'essayez plus de m'éviter, si vous acceptez de m'offrir ne serait-ce qu'une attitude amicale pour commencer, vous me verrez déjà contentée. Cependant, très cher, comme vous le dites, vous ne pouvez me retirer l'espoir que vos sentiments envers moi se modifient un jour, conclut-elle en buvant encore une fois.

– Comme vous le voulez ! Je tâcherai de me montrer d'une nature plaisante si je tombe sur vous, mais sachez que je ne provoquerai aucune rencontre ni ne tenterai d'obtenir une invitation.

– Je le comprends, cher Wolfgang. Pouvons-nous boire à cela, à une timide amitié ? ajouta-t-elle en levant sa tasse. Votre café va refroidir.

– Je le trouvais trop chaud et un peu amer.

– Un peu de sucre règlerait votre problème, non ?

– Assurément, mais il m'en faudra beaucoup, et du lait aussi, approuva Wolfgang, en grimaçant de dégoût tandis qu'il se servait généreusement dans les petits pots de porcelaine mis à leur disposition au centre de la table. Je déteste le café amer.

– Alors, acceptez-vous qu'il puisse exister une certaine bonne entente entre nous ? réitéra-t-elle en relevant sa tasse vers lui.

– Seulement, si vous m'assurez avoir terminé vos demandes et vos récriminations.

— Ne le prenez pas ainsi. J'espérais boire un café tranquillement avec vous…!

Il leva sa tasse et la but à grandes gorgées, désirant terminer l'entretien plus vite.

Il grimaça. Malgré l'ajout de sucre et de lait, il trouva le goût pratiquement inchangé. Que ce café était amer! Presque autant que cette rencontre…

• • •

Maria attendait que Santini revienne de sa réunion avec l'archiduc de Lorraine. Il n'avait pas été disponible ces deux derniers jours et il lui tardait de le revoir. Elle était complètement nue dans le lit, qu'on avait mis à la disposition de Santini dans la pièce qui lui servait de bureau, pour les fois où, travaillant beaucoup, il en aurait besoin. C'était pourtant surtout pour d'autres raisons qu'il s'en servait. Un drap couvrait presque tout le corps de la jeune femme, sa longue chevelure cachait partiellement sa poitrine. Elle espérait que cette posture l'attendrirait et qu'il se montrerait mieux disposé à lui parler calmement. La bonne nouvelle qu'elle lui apportait achèverait de le convaincre de sa bonne foi.

Lorsqu'il entra enfin dans son bureau et qu'il l'aperçut, il se borna à émettre un « Ah, c'est vous! », puis se rendit promptement à son lit. Tout naturellement, il se dévêtit et la rejoignit.

Après l'avoir aimée, il se rhabilla, puis la regarda, s'attendant à ce qu'elle lui narre sa rencontre avec Wolfgang Mozart. Depuis le jour où, plus de deux mois auparavant, il lui avait montré la porte en la priant de ne revenir que lorsqu'elle aurait trouvé Wolfgang et la solution idéale pour qu'il cesse de recevoir plus d'éloges que lui-même n'en recevait, il n'avait revu que trois fois Maria Amalia.

La première était lorsqu'elle était venue pour lui dire qu'elle avait trouvé où résidait Wolfgang, mais qu'il demandait quelques semaines avant de lui accorder un entretien, durant lequel, avait assuré Maria Amalia à Antonio, elle utiliserait un moyen qui l'empêcherait d'honorer ses contrats, quels qu'ils fussent, pendant longtemps. À contrecœur, il avait accepté la situation sans se mettre en colère, mais il n'avait voulu lui témoigner aucune affection.

La deuxième fois, elle lui avait appris avoir perdu toute trace de Mozart à nouveau. Elle lui avait aussi dit avoir une bonne piste pour le retrouver. En vérité, elle ne savait pas encore comment y arriver, mais elle cherchait à minimiser la colère d'Antonio.

La troisième fois, c'était il y avait quelques jours. Elle lui avait alors annoncé qu'elle avait retrouvé Mozart et qu'elle avait élaboré plusieurs plans afin de convaincre certaines langues de parler sans éveiller de soupçons, car, comme lors de sa recherche à pied dans le quartier, elle pressentait que plusieurs personnes se taisaient volontairement par souci de protéger la vie privée du musicien. Travaillant sous les ordres de l'empereur, qui avait commandé un opéra à Wolfgang, Santini ne pouvait se permettre d'interroger le prince à propos du jeune homme sans se faire questionner à son tour. C'est pourquoi Maria Amalia avait dû effectuer ses démarches seule.

Celle-ci avait alors annoncé à Santini qu'elle prierait Wolfgang, dans un message qu'elle lui enverrait le lendemain, de la rencontrer au café de la grande place. Elle resterait mystérieuse et s'assurerait qu'il comprenne l'urgence du rendez-vous. Elle avait ajouté qu'elle avait besoin du concours d'Antonio pour mettre son plan à exécution.

Santini lui avait accordé son aide sans l'interroger sur les détails de son plan. Il ne souhaitait pas les connaître, du moment que cette ruse produisait le résultat escompté. Il avait donc créé une diversion, puis était reparti peu après, en silence, avant que Wolfgang ne quitte les lieux. À présent, il voyait bien dans les yeux brillants de son amante qu'il lui tardait de le renseigner sur la suite des événements et qu'elle n'attendait qu'un mot pour commencer son récit.

— Alors ? fit simplement Antonio, sachant qu'il n'en fallait pas plus pour l'entendre s'épancher.

Elle avait enfilé ses vêtements, ne lui restait qu'à mettre ses bas et ses souliers. Assise sur le rebord du lit, elle lui narra d'abord avec fierté comment elle avait retrouvé Mozart. Elle lui résuma ensuite la conversation qu'ils avaient eue au café en mentionnant qu'il n'avait semblé entretenir aucune méfiance envers elle, encore moins soupçonné son vil projet. Elle lui expliqua son plan pour le tenir loin du métier et comment elle l'avait exécuté pendant que les deux hommes conversaient.

— C'est donc cela ! réalisa-t-il en se tournant vers elle alors qu'il reboutonnait sa chemise blanche.

— Que voulez-vous dire ?

— Je reviens de chez l'empereur, lequel, inquiet de la condition de Mozart, s'est confié à moi. Apparemment, le jeunot, soudainement malade, en sueur, faible et vomissant, a dû rester alité pendant deux ou trois jours. À l'entendre parler, son état s'est amélioré mais demeure préoccupant.

— Ce sont effectivement les symptômes décrits par l'herboriste, à une différence près que je peine à comprendre. Êtes-vous certain qu'il n'est resté indisposé que deux ou trois jours ? J'ai mis quelques grains de sel de mercure dans son café et Mozart l'a bu au complet. Selon l'herboriste, auquel j'ai mentionné vouloir tuer un rat indésirable chez moi, il fallait quelques grains pour tuer la bête. Comme mon dessein n'était pas d'occire Mozart, j'ai diminué la dose. S'en est-il complètement remis ?

— Vraisemblablement il ne s'en trouve pas loin, ma petite tête. La quantité de vos grains n'était pas suffisante, car un rat et un homme n'ont pas la même taille, donc la dose nécessaire pour atteindre un même but ne sera pas semblable. La guérison de Mozart suit son cours, selon les paroles de mon maître. Ce dernier, même s'il se montre toujours heureux des services que je lui donne depuis tant d'années, semble réellement apprécier la réputation de cette nuisance de Mozart. Pire, il paraît décidé plus que jamais à le rencontrer et à lui offrir d'autres contrats que l'opéra sur lequel il travaille.

— Voyons ! En glisser davantage aurait pu le tuer, ce que je ne voulais pas, s'affola Maria Amalia. Cher Antonio, mon but était seulement de l'affaiblir assez longtemps pour qu'il ne puisse respecter ses engagements, ce qui aurait provoqué la colère de ceux qui lui ont offert des contrats. Un tel manque de fiabilité serait venu, à n'en pas douter, aux oreilles d'autres mécènes, ce qui aurait nui à la réputation de votre rival, et vous auriez enfin eu le choix de merveilleux contrats sans jamais plus entendre parler des dons de Mozart.

— Vos espérances témoignent d'une certaine qualité d'esprit. Cependant, le résultat attendu n'est pas celui dont nous parlons actuellement. Bien qu'il soit malade, il ne semble pas

en si mauvais état. Et moi, cela ne me cor
ma place, si rien ne bouge plus rapiden
des musiciens plus expérimentés et tou
seront aussi laissés de côté par votre fau
vêtir et faites ce qui se doit. Je n'ai pas le
mais une chose est sûre : ce musicien pr
d'une leçon plus sévère. Qu'une plus
débarrasse une fois pour toutes !

Chapitre 14

Wolfgang était alité depuis près de trois jours. La douleur courait dans chacun de ses membres et il n'arrivait à avaler qu'un peu d'eau et du miel, mélangés dans un pichet placé le premier soir sur sa table de chevet. Au début, il parvenait à contrôler la fièvre qui le tenaillait : lorsque se sentait moins faible, il se levait et préparait des linges mouillés qu'il plaçait sur son front et son abdomen. Mais en ce troisième jour, les périodes de confusion se faisaient si nombreuses qu'il n'essayait plus de combattre la fièvre.

Trop faible pour aller chercher qui et quoi que ce soit, il se demandait s'il allait mourir, et si oui, quand cela adviendrait-il. Parfois, la colère s'emparait de lui et il pestait contre le sort qui le ferait s'éteindre si jeune.

S'il dormait la plupart du temps, la douleur et la soif le tiraient fréquemment de son sommeil. Il se réveillait dans un lit trempé et recommençait à frissonner. Il ignorait exactement de quelle nature était le mal qui circulait dans son corps. Durant les quelques moments où la raison lui revenait, il y réfléchissait longuement sans jamais trouver de réponses satisfaisantes.

Vers la fin du troisième jour, une voix familière l'appela de l'autre côté de la porte. La pensée qu'il serait bientôt sauvé le fit légèrement sourire, ce qui blessa ses lèvres asséchées. Il l'entendait répéter son prénom à travers les coups portés contre la porte. Il tenta de lui répondre, mais ses cris ne semblaient pas parvenir à son visiteur. Lui-même peinait à entendre le son de sa propre voix. Il s'efforça de crier encore et encore, sans savoir s'il criait vraiment, jusqu'à ce qu'épuisé, il se taise et n'entende plus rien.

• • •

Comme Santini la pressait encore de terminer de s'habiller, Maria Amalia attacha sa robe et enfila bas et souliers. Mais au lieu de se hâter, comme elle le faisait habituellement, de satisfaire à la demande de son maître de mettre Mozart hors d'état de nuire, elle l'incita avec douceur à entendre sa manière de voir les choses. Ne lui avait-il pas promis de réfléchir ?

— Je tiens à vous soutenir et à faire en sorte que votre sort s'améliore ou, à tout de moins que vous ne perdiez pas votre poste. Je ne me sens pas prête à exécuter un meurtre pour autant. Car c'est évidemment cela qui surviendra avec une plus forte dose. C'est pour vous le seul et unique moyen d'écarter le jeune Mozart ?

— Vos précédentes manigances n'ont pas fonctionné, ma chère ! Je ne souhaitais pas en arriver là, mais je ne vois pas d'autre solution.

— Le faire mourir pourrait entraîner toutes sortes de complications que vous ne désirez pas souffrir. Il peut en découler une horrible sanction que ni vous ni moi n'espérons subir, sans compter les remords dont nous sentirons le poids pendant de longues années. Vous n'avez aucune envie de devenir le complice d'un tel acte !

vous a commandé. J'ai dû lui avouer que vous étiez malade, mais lui ai dit que vous vous rétablissiez. Je ne croyais pas nécessaire qu'il connaisse pour l'instant la gravité de votre indisposition.

— Je vous dois peut-être la vie, merci. Constance, depuis combien de temps êtes-vous ici ? Votre mère a dû s'inquiéter de vous savoir avec moi.

— Cela fait quelques jours que je suis là et ma mère a compris que votre état exigeait une présence. D'ailleurs le médecin m'a remplacée en plusieurs occasions les premiers jours et quelqu'un vous veillait la nuit, vos amis, la plupart du temps.

— Et combien de temps tout cela a-t-il duré ?

— J'ignore depuis combien de temps exactement vous étiez sans connaissance à mon arrivée. Le médecin a supposé que vous n'auriez certes pas tenu plus de deux jours si l'intoxication avait été plus grave.

— Je me rappelle avoir entendu frapper, mais je n'ai pas pu me lever. J'ai essayé de crier, il me semble, mais j'étais si faible. C'est probablement à ce moment que vous êtes venue à ma porte. C'était, je pense, déjà la troisième journée que j'étais au lit.

— Ma foi, vous avez été chanceux que j'arrive enfin, et j'estime l'être davantage, puisque vous êtes toujours là. Vous m'aviez interdit de revenir, pourtant je suis heureuse de vous avoir désobéi.

Il lui sourit tristement mais lui pardonna volontiers.

— Je me suis permis de me faire des œufs, j'avais faim, l'informa-t-elle pour éviter que l'ambiance ne demeure à la tristesse. Il en reste. Vous en voulez ?

Il eut un autre sourire, puis il acquiesça.

– Je vous les apporte, mais j'aimerais d'abord que vous m'expliquiez pour quelle raison vous m'avez dit plus tôt : « Vous ne croyez pas si bien dire ».

• • •

Bien qu'il fût encore un peu faible, Mozart se rétablit assez rapidement. Il le devait au médecin, aux bons soins de Constance ainsi qu'à la visite de quelques très bons amis, lesquels, avisés de la situation, habitant ou séjournant dans les environs, étaient venus à son chevet.

Quelques jours après avoir repris connaissance, il put se remettre à la création de l'opéra demandé par l'empereur Joseph II. Entre deux moments forts d'inspiration musicale, il leva la tête de ses feuilles pour s'abandonner aux réflexions qui lui venaient à l'esprit.

Wolfgang n'avait pu croire au diagnostic du médecin et pensait plutôt qu'il avait été affligé d'une autre affection que l'intoxication. Il ne voyait pas qui aurait pu lui vouloir du mal à ce point. S'il avait inquiété Constance à cause de son commentaire, il l'avait vite rassurée. À entendre le mot « intoxication », il avait fait le lien avec Maria Amalia qui lui empoisonnait l'existence, mais jamais il n'aurait imaginé qu'elle eût commis un tel crime, d'où son premier réflexe de ne pas tenter d'exprimer ses doutes à Constance. Cependant, en ce moment même où quelques récents souvenirs s'invitaient parmi ses réflexions, un doute commençait à s'immiscer en lui. S'il avait réellement et volontairement été empoisonné ?

Jeune femme si bonne envers autrui, Constance, quant à elle, ne pouvait croire qu'il existait des êtres aussi vils dans le quartier et elle préférait donc le déni. Elle avait cherché une autre cause au mal de Wolfgang, puis avait laissé tomber, elle aussi. Wolfgang avait survécu, c'est ce qui lui importait.

Wolfgang n'avait pas revu Maria Amalia depuis leur dernier rendez-vous, qu'il avait pourtant abrégé. Si elle s'avérait être celle qui l'avait empoisonné ou amené un complice à le faire, elle avait intérêt à le fuir. Bien sûr, cette option demeurait hypothétique et peu probable selon Mozart. Toutefois, certains faits qu'il venait de se rappeler l'amenaient à se questionner.

Une image lui revint, celle d'une jeune femme ressemblant à Maria Amalia et sortant en carrosse de la cour impériale du prince-électeur de Mannheim. Puis vinrent à son souvenir les révélations de son ami, monsieur Grimm : il lui avait avoué que quelqu'un, dont il n'avait aucune idée de l'identité, cherchait dans l'ombre à lui nuire et à empêcher son avancement. Se pût-il que, lors de son vain et désolant voyage d'un an, qu'il avait entrepris à l'automne 1777, Maria eût exercé une influence sur ceux qui auraient pu retenir ses services, mais qui ne l'avaient pas fait ?

Wolfgang réalisa que depuis sa rencontre avec elle, chacune des victoires professionnelles qu'il avait remportées au cours des dernières années, bien que peu nombreuses, était de courte de durée et finissait toujours en chagrin et en déception. Si rien de tout cela ne prouvait la culpabilité de Maria Amalia, Wolfgang pressentait qu'elle était entrée dans sa vie pour lui nuire. Maintenant qu'il habitait à Vienne, la chance semblait lui sourire. Il voyait son travail acharné de plus en plus récompensé. Peut-être lui enviait-on ce succès ? Peut-être que la cause en était, en partie, qu'il avait chassé Maria de sa vie ?

Ne pouvant rien prouver des hypothèses qu'il avançait en pensée, il secoua la tête d'impuissance et s'obligea à se remettre au travail. Il avait tant à faire et ces derniers jours, durant lesquels il était resté alité, avaient considérablement ralenti son progrès.

Les semaines s'enchaînèrent et s'écoulèrent trop rapidement pour Wolfgang. En même temps que l'opéra qu'il préparait pour l'empereur du Saint-Empire, plusieurs contrats le tenaient occupé. Il s'agissait du genre d'œuvre qu'on lui demandait fréquemment depuis qu'il créait, c'est-à-dire depuis plusieurs années. Ces requêtes consistaient en des menuets, des sonates et des symphonies pour instruments à cordes, à vent ou un mélange des deux.

Entre les moments où il s'adonnait à son ouvrage, duquel il ne pouvait se dire plus satisfait, Constance était venue frapper à sa porte à quelques reprises, mais chaque fois il l'avait éconduite. Sans jamais se décourager, elle revenait s'assurer qu'il se portait bien ou lui offrir son assistance et en profitait pour lui arracher un sourire. Elle aurait sans doute aimé qu'il l'entoure de ses bras, l'embrasse, mais jamais il ne lui accorda l'attention qu'elle souhaitait, vraiment décidé à ne plus succomber, à ne plus aimer. Jamais, sauf une fois, pour la remercier des bons soins prodigués d'un sobre baiser sur le front.

Au cours d'une visite, Constance avait annoncé qu'Aloysia était partie à l'étranger pour quelque temps avec son époux, car sa grossesse évoluant bien, son médecin avait approuvé le voyage. Constance ignorait sans doute que le seul fait de prononcer le prénom d'Aloysia blessait Mozart, surtout qu'il avait réalisé dernièrement que ce n'était pas faute d'amour qu'elle avait rompu avec lui. Le destin s'était chargé de séparer un couple amoureux, dont le bonheur avait toutes les chances de perdurer. Néanmoins, il s'était dit enchanté pour elle, et il était heureux que ce départ éloigne de lui les tentations qu'il aurait pu devoir affronter.

En ce début de décembre 1781, les femmes auxquelles il s'était abandonné, Maria et Aloysia, restaient loin de lui. Il ne pouvait demander mieux. Bien qu'il eût résisté à leurs charmes les dernières fois qu'il les avait revues, sa résolution de ne plus aimer, de ne plus succomber aux charmes féminins, en serait facilitée.

À présent maître de ses engagements et libéré de toute autorité dans son travail, progressant adéquatement dans la composition de l'opéra demandé et plus en forme que jamais, il préférait ne plus penser à l'empoisonnement. Ceci, il le devait à Constance, sa confidente des dernières semaines, qui lui avait ouvert les yeux sur tout ce dont il bénéficiait et sur les projets qui l'attendaient, et qui l'avait incité à se concentrer sur ceux-ci. Il se confortait dans le fait que tout, dans sa vie, allait comme il le souhaitait et il ne pouvait se dire plus heureux. Alors qu'il travaillait sur la fin de l'acte deux de son opéra, il reçut une invitation qui le laissa perplexe.

S'il se questionnait sur la singularité de l'invitation, il ne pouvait contenir la joie de pouvoir enfin rencontrer officiellement l'archiduc et empereur. En effet, celui-ci le conviait chez lui à un concours musical le soir de Noël. Il affronterait Muzio Clementi, un jeune musicien au talent surprenant.

Déchiré entre la confiance en son propre talent et l'inquiétude devant celui d'un inconnu dont on vantait partout les mérites, il s'était préparé le plus efficacement possible afin d'impressionner celui qui le conviait.

Le soir venu, élégamment vêtu, sa pelisse d'hermine recouvrant les épaules de sa chic redingote, il s'installa au pianoforte devant Joseph II et ses invités. Parmi eux, la comtesse Thun, qui l'encouragea d'un clin d'œil. De l'autre côté de la grande salle, dont le plafond voûté offrait au regard des peintures d'anges magnifiques portant différents instruments de musique, Muzio Clementi prit place devant un deuxième piano. La consigne était que chacun leur tour, ils allaient jouer un air connu, ensuite quelques œuvres de leur création, pour enfin terminer en exécutant certaines demandes spéciales. Clementi fut désigné pour commencer le concours.

Attendant le signal pour enchaîner, Wolfgang aperçut, de son tabouret, Antonio Santini, assis sur une chaise près du mur au fond de la pièce. Alors que la pièce de son rival tirait à sa fin, il vit Maria Amalia, vêtue d'une ample robe verte, quitter un groupe d'invités non loin d'Antonio et avancer d'un pas rapide vers lui.

Curieux, il la suivit du regard. Elle s'immobilisa effectivement derrière l'homme et, une main sur l'épaule, lui chuchota quelques mots à l'oreille. Aussi rapidement qu'elle était arrivée, elle repartit. Cette scène lui fit se demander quelle était la nature du lien les unissant.

Elle avait pourtant semblé ne pas le connaître lorsque Wolfgang avait interrompu sa conversation avec elle, au café, pour se diriger vers l'illustre musicien. Un autre fait lui revint en mémoire : ce même jour, elle s'était levée de sa chaise et lui avait semblé bouger, pour ensuite se rasseoir alors qu'il revenait de sa courte discussion avec Santini. Se pourrait-il qu'ils eussent manigancé quelque chose ensemble ? Qu'il fût le complice ayant poussé la jeune femme à lui nuire par envie ?

Et d'ailleurs, qu'avait pu contenir ce petit sac noir, qu'elle avait semblé vouloir cacher?

Wolfgang se rappela aussitôt à quel point le café était amer. S'il l'avait trouvé amer à la première gorgée, le fait qu'il l'était autant après qu'il y eut jeté quelques carrés de sucre et versé du lait aurait probablement dû éveiller quelques soupçons. Un établissement d'une telle notoriété ne servirait jamais de boisson aussi mauvaise. En colère que Maria Amalia se fut jouée de lui pour obtenir ce rendez-vous et dans la hâte de terminer leur entretien pour la quitter au plus vite, il n'avait même pas songé à porter plainte auprès du serveur.

S'il l'avait fait, peut-être aurait-on suspecté l'ajout d'un mélange nocif dans la tasse de café, mais peut-être aussi que personne ne s'en serait inquiété. Faute de pouvoir obtenir une réponse satisfaisante, il se raisonna à cesser d'y penser. Il ne parviendrait jamais à trouver des preuves suffisantes pour dénoncer qui que ce soit aux autorités.

Conscient que ce n'était pas le moment de se préoccuper du doute qui l'accablait ni des brèves paroles que Maria avait adressées à Antonio, il ferma les yeux. Reconnaissant qu'il pût s'agir là d'une scène tout à fait innocente, il s'affaira à imaginer autre chose pour chasser ce dont il venait d'être le témoin. Derrière ses paupières, Constance lui apparut avec son sourire bienveillant. À la fois rassuré et étonné qu'elle lui vienne ainsi spontanément à l'esprit, il ouvrit les yeux dès que son adversaire eut joué sa dernière note et au signal, exécuta un air d'*Idoménée, roi de Crête*.

À la fin du concours, le souverain n'osa déclarer un gagnant. L'affrontement se terminait par une égalité à ses yeux. Sans doute ne désirait-il offenser personne, comme s'y attendait Wolfgang. Mozart devait admettre que Clementi jouait à merveille et choisir un gagnant devait être ardu. Comme l'empereur demanda ensuite à rencontrer Mozart en privé, cela lui permit d'espérer.

L'empereur le reçut après la prestation dans ses appartements privés, lesquels, bien que parés de dorures, étaient aménagés sobrement. Il avait la réputation d'être bon et de prioriser les intérêts de son peuple lors des prises de décision, ce que constata Mozart. Également épris de musique, aîné de Wolfgang d'une quinzaine d'années, homme affable au visage rond dont le regard n'exprimait que la douceur, il tendit amicalement la main à Wolfgang dès son entrée dans le bureau. Wolfgang aperçut une mèche de cheveux d'un blond roux provenant de sous la perruque.

Ils discutèrent longuement du bonheur de se rencontrer enfin, de la soirée et de leurs projets respectifs et communs. L'archiduc de Lorraine, bien que n'ayant entendu que de bons mots sur l'étendue du talent de Wolfgang, se dit très impressionné par celui-ci. Il n'avait malheureusement pas de poste à lui offrir en ce moment, car celui de maître de chapelle était occupé par Antonio Santini. Mais il aurait certainement recours à lui pour de futurs opéras et lui promit d'être disponible et réceptif si Wolfgang en éprouvait le besoin pour d'éventuels projets. S'il comprenait maintenant mieux la présence de Santini à cette soirée, il ne s'expliquait pas celle de Maria Amalia. Il préféra toutefois ne pas en chercher la raison, certain de ne pas la trouver.

Wolfgang sortit à la fois déçu et satisfait de cet entretien. Déçu de ne pas se voir octroyer un poste. Satisfait, parce qu'au terme de cette conversation, plusieurs possibilités d'un travail stimulant s'offraient à lui.

Plus décidé que jamais à prouver aux yeux de tous sa valeur, il se refit la promesse de faire de son opéra intitulé *L'enlèvement au sérail* le meilleur depuis le début de sa carrière. Il ferait avec lui mieux encore qu'*Idoménée*, pourtant un immense succès.

• • •

Le 16 juillet 1782, Wolfgang se plaça au centre des instrumentistes de son orchestre. Vêtu d'un habit entièrement neuf pour l'occasion, une redingote noire en tissu léger assortie à ses pantalons moulants, qui s'ouvrait sur une chemise blanche à jabot, sa fidèle pelisse sur les épaules, il leva les mains pour donner le signal du départ.

Quelques mois s'étaient écoulés depuis ce soir de Noël 1781 où il avait vu Maria Amalia rejoindre Antonio Santini. Plusieurs hypothèses concernant leur association et la cause du mal qu'ils auraient pu vouloir lui infliger lui étaient venues en tête. Cependant, aucune ne le satisfaisant pleinement, il avait abandonné ses recherches et ses réflexions à ce sujet.

Occupé à terminer son opéra, à honorer d'autres contrats de composition, à enseigner le clavecin et le violon, à visiter sa tendre amie la comtesse Wilhelmine ou à rencontrer quelques autres amis chers qui l'avaient aidé dans ses moments d'angoisse et durant sa maladie, Wolfgang n'avait eu que peu d'occasions de sortir. Il ne s'en plaignait pas, au contraire. Il avait ainsi évité de fortuites rencontres avec Maria Amalia, laquelle n'avait plus cherché à le revoir non plus.

Même Constance, qu'il ne voyait que de temps à autre, semblait avoir abandonné l'idée de le séduire et agissait plutôt à titre d'amie et confidente. Peut-être espérait-elle encore secrètement obtenir davantage de Wolfgang, néanmoins, elle n'en laissait rien paraître et cela le soulageait. Il ne croyait pas pour autant qu'elle fréquentât un autre gentilhomme, mais plutôt qu'elle attendait probablement le jour où Wolfgang se manifesterait enfin. Pour l'heure, il ne daignait pas satisfaire ses attentes. Tous ses efforts se concentraient sur la direction de l'opéra créé pour l'empereur Joseph II de Lorraine.

S'il se sentait fier et satisfait de l'opéra qu'il avait mené à terme, la nervosité s'empara brusquement de lui, tout juste avant que s'échappent les premières notes. Il ressentait une chaleur monter jusqu'à son visage. Toutefois, cela n'avait rien à voir avec sa pelisse, qu'il portait tant pour paraître plus élégant que pour lui porter chance.

L'empereur avait parfois assisté aux répétitions de l'opéra, terminé depuis mai. Offrant son concours, son aide et ses commentaires dans l'enthousiasme et le respect, il avait créé un climat de confiance avec le maître qu'était Wolfgang. Toutefois, savoir le souverain dans l'assistance ce soir-là, prêt à commenter l'ensemble de l'œuvre, l'inquiétait davantage que la présence, quelque part derrière lui, des journalistes et des critiques, à laquelle il avait fini par s'habituer.

Son opéra racontait les aventures d'un noble qui veut retrouver sa promise, enlevée par des pirates et retenue prisonnière dans le palais d'un pacha turc qui la leur a achetée. L'orchestre, composé de flûtes, hautbois et bassons, de cors et trompettes, de violons, violoncelles et contrebasses, et de cymbales, timbales et triangles, jouèrent les premiers accords dès que ses mains commencèrent leur mouvement de va-et-vient dans les airs. Chaque pièce musicale emporta les spectateurs dans un tourbillon d'émotions, là où ils ne pensaient jamais pouvoir aller.

Abondamment félicité par l'empereur et louangé par les critiques, Wolfgang, satisfait, n'aurait toutefois pu deviner l'ampleur que prendrait son succès. Les répercussions se révélèrent au-delà de tous ses espoirs. Succès retentissant, la pièce devint le début d'une brillante carrière viennoise ; elle fut ensuite demandée dans plusieurs villes, dont Prague, Leipzig et Salzbourg. Il avait voulu faire de *L'enlèvement au sérail* un opéra encore meilleur que son précédent. Il avait réussi.

Bien entendu, Constance assista à la première ; elle vint aussi le rejoindre à sa loge lors de la troisième représentation. Là, il lui avoua son bonheur et sa fierté d'avoir réussi à impressionner autant de gens d'influence.

— Et l'empereur ne tarit pas d'éloges ! s'écria-t-il, l'œil étincelant, un grand sourire aux lèvres. Il a maintenant un opéra en langue allemande et se dit heureux que ce soit moi qui l'aie créé. Je n'arrive toujours pas à croire en cette formidable conclusion. C'est ce que je voulais, ce que je visais, mais mon réalisme freinait mes ambitions.

— Je sais. Ça doit être un sentiment magnifique que cette réussite après tout ce travail. Moi, je n'ai jamais douté de vous, cher Wolfgang ! Votre mère serait fière de vous !

Wolfgang Amadeus acquiesça et baissa la tête un moment à la mémoire de sa chère mère. Il releva bientôt la tête et concentra son regard sur cette femme, présente ces derniers temps dans les moments importants de sa vie. Vêtue d'une robe blanche à volants, elle portait sur les épaules une écharpe bourgogne tombant jusque sous sa poitrine. Surtout, elle lui souriait franchement. Elle était si belle, si généreuse et si aimable. Il était dommage qu'elle fût amoureuse de lui, mais pas lui d'elle. Il lui souhaitait tant qu'un homme se mît bientôt sur sa route pour prendre soin d'elle, comme elle le méritait !

Constance se rapprocha pour l'étreindre et le féliciter à nouveau.

— Il se fait tard, dit-elle ensuite. Je vais rentrer avant de me voir désobéir à vos demandes. Bonsoir, Wolfgang !

Comprenant qu'elle faisait allusion aux tentatives de rapprochement qu'il lui avait intimé de cesser pour s'immuniser contre l'amour, il la libéra volontiers. Sans se retourner, elle se dirigea vers la porte, sa robe suivant avec fluidité le mouvement de ses chevilles.

— Constance ? la rappela-t-il alors qu'elle allait sortir.

— Oui ? répondit-elle en le regardant à demi.

— Épousez-moi, s'entendit-il demander, poussé par un instinct qu'il ne s'expliquait pas complètement.

• • •

Elle avait accepté, bien sûr. Ils s'épousèrent trois semaines plus tard, au début du mois d'août, malgré la réticence de Cécilia et Leopold, avec lequel Wolfgang avait repris contact. Comprenant la sincérité de l'engagement du couple, Cécilia et Leopold mirent leur mésentente de côté et finirent par donner leur accord. Bien qu'elle fût ralentie dans son élan de bonheur par le raisonnement de Wolfgang, Constance avait été comblée au plus haut point par cette demande en mariage. En effet, Wolfgang lui avait exposé ses motifs le soir de sa demande, se souvint-il alors qu'ils sortaient de la somptueuse cathédrale Saint-Étienne.

— Je vous sais généreuse et bonne. Vous me soutenez et m'appuyez dans mes projets. Vous acceptez que je sois souvent sur la route, même si vous ne pourrez toujours en être. Surtout, vous m'aimez. Je ne vois donc personne d'autre à qui je pourrais m'unir. Que nos parents s'opposent à notre union m'importe peu. Nous saurons leur faire entendre raison. Vous connaissez l'amour que j'ai ressenti pour votre sœur Aloysia, mais elle est désormais loin de nous. Elle est mariée. Elle est mère. Je ne ressens qu'une sincère amitié pour elle, notre histoire est bien derrière moi et je peux maintenant songer au mariage avec vous. Enfin, je vous apprécie et vous respecte en retour de tout ce que vous faites pour moi, ce que je trouve important dans une relation. Je vous aime bien, pourtant, sachez que je ne ressens pas pour vous l'amour que vous me portez. Certains soirs, j'irai chercher dans votre lit l'affection que vous saurez bien me démontrer. Je vous la rendrai avec plaisir, mais vous ne devrez rien en attendre de plus. Comme ma renommée s'agrandit et que certaines convenances sont exigées des grands musiciens, le mariage me sera éventuellement conseillé. Je serai alors fier de vous présenter en tant que mon épouse lors de soirées mondaines ou après une prestation.

— Je sais tout cela et je le veux, Wolfgang chéri!

Lui-même avait été surpris par ses paroles. Il tenait à présent la main de son épouse et il s'avérait trop tard pour reculer.

Dans les mois qui suivirent, Wolfgang s'appliqua à la réalisation de plusieurs sonates et concertos et d'un autre opéra, *Les noces de Figaro,* qui reçut également nombre de critiques élogieuses. Il prit quelques élèves sous son aile et participa à

la vie mondaine que lui offrait son statut de compositeur de grande renommée.

Il allait parfois retrouver Constance dans son lit, où leurs ébats étaient, souvent, un peu insipides. Wolfgang, soucieux de ne pas lui faire croire que ses sentiments avaient évolué, les précipitait la plupart du temps. Toutefois, il ne pouvait s'empêcher de se montrer parfois plus romantique, pour l'amour-propre de sa femme. Aussi vite était-il revenu de tournée ou de spectacle qu'il repartait. Si cette situation blessait Constance, elle n'en fit jamais part à Wolfgang. Elle savait que cela faisait partie intégrante de leur engagement et se contentait de la bienveillance qu'il lui manifestait lorsqu'il était présent.

Leur union fut bientôt féconde et Constance l'annonça à un Wolfgang heureux de la nouvelle. Vu sa grossesse difficile, elle ne pouvait plus le suivre dans ses déplacements et il engagea une jeune fille pour l'assister dans la routine quotidienne. Ces précautions s'avérèrent inutiles, car elle perdit bientôt le bébé.

Si au début Constance se montra inconsolable, elle se remit rapidement, pour le plus grand soulagement de Wolfgang, lequel était passablement inquiet du bien-être de cette femme si douce et si bonne, qui lui tenait à cœur et dont il devait pourtant s'éloigner tandis qu'il poursuivait une tournée de concerts. Il constata combien elle était affaiblie par l'épreuve, mais la sachant sous les soins de leur domestique et de la famille qui viendrait la visiter à l'occasion, il partit remplir ses obligations en promettant de lui écrire.

Depuis Prague, où il présentait son dernier opéra, *Les noces de Figaro*, il écrivit à Constance que pour la première fois, les spectateurs lui avaient réclamé plusieurs rappels.

Mieux encore, beaucoup de gens, sans doute venus assister à l'opéra, en chantonnaient des extraits le lendemain dans les rues où il se promenait. Après le succès ovationné de *L'enlèvement au sérail*, il n'aurait jamais pensé être aussi surpris et enthousiasmé par la réussite d'une de ses œuvres, lui apprenait-il encore dans sa lettre.

Le soir de la troisième représentation de sa création, alors qu'il atteignait le piédestal depuis lequel il dirigeait l'orchestre, une femme de la deuxième rangée attira son attention. N'eût-elle pas porté une robe violette, elle serait peut-être passée inaperçue. Mais ce soir-là, Mozart pressentit qu'elle souhaitait lui adresser un avertissement.

Un malaise l'envahit, qu'il tâcha de combattre. Ses souvenirs, ses suppositions lui revinrent. Il tâchait de les oublier, mais son indisposition et tous les événements l'ayant entourée constituaient une période difficile de sa vie qui avait suscité un tel mélange d'émotions intenses qu'il n'y parvenait pas complètement. Et les interrogations revenaient le hanter à intervalles irréguliers.

À ce jour, encore aucune preuve n'avait confirmé ses soupçons, rien ne lui prouvait qu'elle eût seulement voulu nuire à ses contrats. Le soir de son concours contre Muzio Clementi, il l'avait vue parler avec Santini. Lorsqu'il était sorti de son entretien avec l'empereur, il n'avait aperçu ni Maria, ni Santini.

Depuis, marié et toujours fort occupé par son travail et ses nombreux déplacements, il n'avait plus eu l'occasion de les revoir, ni de vraiment se questionner sur les événements auxquels ils étaient mêlés. Mais l'étaient-ils vraiment ? Mozart, que ces deux-là semblaient délaisser, y croyait de moins en moins.

Il tâcha de les oublier et se concentra sur son travail de chef d'orchestre, rôle qui le comblait. Bien qu'un léger malaise persistât chaque fois qu'il apercevait Maria Amalia, il se dit qu'elle avait aussi le droit, comme chaque personne assise autour d'elle, d'assister à un opéra dirigé par Wolfgang Amadeus Mozart.

À la fin, elle applaudit chaudement, tout comme chaque spectateur de la salle du théâtre. Wolfgang exécuta quelques révérences en guise de remerciement, en désignant de la main l'orchestre et les acteurs-chanteurs, ayant eux aussi droit aux éloges. Lorsqu'il regarda l'endroit où elle était assise, il constata qu'elle ne s'y trouvait plus.

Jusqu'à ce qu'il quitte le théâtre en direction de l'hôtel où il logeait, il craignit de la voir apparaître devant lui pour le menacer, exiger des comptes ou simplement tenter de le séduire. Il ne la vit nulle part, cependant l'odeur de son parfum lui emplit les narines en plusieurs endroits. À moins que son imagination lui jouât des tours et que cette odeur fût un souvenir imprégné dans sa mémoire et qu'il se l'imaginait partout ? Tout cela le laissa fort songeur.

Ce même soir, après qu'il eut rangé la plupart de ses effets personnels pour son départ, prévu le lendemain, vers une autre grande ville, il vint à la fenêtre de sa chambre d'hôtel. La pleine lune, qui éclairait la pièce d'une lueur blanc-bleu, l'y avait attiré. Ayant momentanément oublié Maria Amalia, il déposa ses mains sur le reflet de la lune dans la vitre, comme s'il pouvait la tenir.

Cette lune pleine et ronde lui rappela Constance et ce ventre qu'elle n'aurait pas. Il revit des images de Constance, qui avait toujours agi avec droiture envers lui et les autres et bien traité ceux qu'elle chérissait, Constance qui l'aimait,

l'encourageait, le réconfortait et lui offrait ce qu'il désirait sans rien demander en retour, Constance qui espérait en silence. Constance, sa belle épouse!

Il réalisa la chance qu'il avait de l'avoir dans sa vie, ce qu'il n'avait jamais osé lui dire. À cet instant, il comprit à quel point cette femme lui manquait. Il sortit sa plume et son encrier et s'installa aussitôt à la petite table, déterminé à lui écrire une longue lettre.

Les mots glissèrent sur le papier, tout comme les larmes sur les joues de Constance lorsqu'elle la lut. Il s'informait de sa santé, de son état d'esprit, de ses occupations, avant de lui raconter ses jours et ses soirs à Prague. Il ajoutait que ses engagements l'obligeaient à se rendre à Leipzig, sa prochaine destination, mais qu'il ne tenterait pas ensuite, comme il l'avait pourtant décidé au préalable, de faire connaître ses talents dans d'autres villes. Il avait maintenant besoin d'être à la maison, auprès de son épouse.

— «J'irai dans les autres villes seulement avec toi à mes côtés, mon tendre amour. Après Leipzig, je rentre auprès de toi. J'ai réalisé à quel point ton absence m'est cruelle. Je veux être avec toi, je t'aime et tu me manques trop…» lut Constance à voix haute en tombant assise sur son lit.

Épilogue

Wolfgang faisait les cent pas dans le salon pendant que sa chère Constance gémissait dans la chambre tout près. Puis un long silence avala les bruits qui en provenaient. Des pleurs s'ensuivirent, aussitôt accompagnés de soupirs de soulagement et de rires.

— Félicitations, fit la sage-femme dans l'embrasure de la porte du salon. Vous avez un garçon ! Venez le voir, de grâce !

Wolfgang, soulagé et heureux, obéit à l'invitation de la femme. D'un bon pas, il alla rejoindre sa femme et rencontrer son enfant. En chemin, il songea au soir si heureux où il avait probablement été conçu.

C'était une fraîche soirée de printemps. La nuit était tombée depuis quelques heures lorsque la diligence entra dans les limites de la ville de Vienne. Constance attendait Mozart pour le lendemain, mais il tenait à la surprendre en rentrant plutôt ce soir-là. Il avait convaincu son cocher, en augmentant ses gages, de braver la fatigue qui commençait à se faire sentir et à rouler quelques heures de plus.

— Votre épouse sera surprise !

— Oh oui, elle le sera !

Et de plus d'une façon, songea Wolfgang.

En route vers chez lui, il s'était assoupi et avait rêvé d'un serpent et d'un joueur de flûte de Pan. Ce rêve lui avait inspiré un prochain opéra. S'il n'avait pas encore imaginé le déroulement de l'histoire, il en avait trouvé le titre : *La flûte enchantée*. Mais pour l'instant, il ne voulait songer qu'à son épouse, qu'il allait bientôt retrouver.

Aucune bougie n'était allumée lorsqu'il était entré dans sa résidence. Constance et les servants de la maison nouvellement engagés devaient déjà être au lit. Une fois débarrassé de son manteau, il s'était dirigé vers la chambre où dormait habituellement Constance, espérant qu'elle serait encore éveillée. En distinguant une faible lueur en dessous de la porte, il avait peiné à contenir sa joie et à ne pas l'exprimer bruyamment.

Il avait ouvert la porte. Elle était assise dans un fauteuil situé dans un coin de la pièce. Elle ne semblait pas l'avoir entendu entrer. Il s'était avancé vers le milieu de la chambre sur la pointe des pieds, puis s'était immobilisé pour mieux l'examiner, attendri.

Elle avait la tête penchée et regardait sans doute une feuille mise à plat sur ses genoux. Il n'avait pas mis longtemps à comprendre qu'elle dormait. En fait, ses yeux étaient fermés, elle avait une main posée sur le bas de la feuille et l'autre pendait mollement du bord du siège, à côté de la jambe. Il avait noté avec émoi que c'était la lettre qu'il lui avait fait parvenir qu'elle avait prise sur ses genoux et qu'elle avait probablement relue.

Il la trouvait magnifiquement sensuelle dans sa robe de nuit de satin blanc et s'était fait violence pour ne pas la lui enlever tout de suite. À la place, il s'était approché précautionneusement d'elle et lui avait doucement baisé le front à quelques reprises. Elle s'était éveillée en peu de temps.

— Wolfgang ! s'était-elle écriée, surprise, la joie se lisant dans son regard amoureux. Vous êtes de retour ?

— Chut, mon amour, avait fait Wolfgang en posant son index sur ses lèvres. Tu vas réveiller toute la maisonnée. Viens.

Sans lui donner le temps de répondre ou de faire un geste pour lui résister, il lui avait passé un bras sous les genoux, l'autre autour du cou, puis l'avait soulevée. Elle l'avait enlacé puis avait abandonné sa tête contre celle de son époux.

Tant de questions se bousculaient dans sa tête. Constance se demandait principalement ce qui avait soudain fait naître cet amour pour elle. Toutefois, elle n'avait rien bousculé. Chaque chose en son temps, se disait-elle. Elle aurait bien assez tôt réponse à ses questions. N'ayant pas manqué de remarquer qu'il la tutoyait maintenant, elle avait poursuivi :

— C'est une belle surprise que tu me fais. Je suis si heureuse que tu sois rentré, mais où m'emmènes-tu ?

— Dans notre chambre, ma Constance chérie. C'est là que je te veux maintenant, avait-il répondu en la déposant sur le lit avant de l'embrasser tendrement sur la bouche.

Il l'avait découverte de sa robe par étapes, caressant et embrassant avec tendresse chaque endroit nouvellement mis à nu. Il la faisait parfois languir, afin qu'elle aime davantage ses caresses, qu'elle en redemande plus. Il désirait lui offrir toutes celles qu'il lui avait refusées et parcourait, également pour son propre plaisir, le corps de son épouse comme si c'était la première fois.

Puis, excité par les gémissements de Constance, il était monté sur elle pour lui faire l'amour. Car c'est ce qu'il avait fait littéralement. Par le passé, il agissait avec les autres femmes avec une passion impatiente. Il n'avait plus besoin de cette passion pour aimer, pour se sentir aimé. Pour la première fois, il avait le droit de ressentir cette émotion sublime, l'Amour, qui est beaucoup plus que la passion.

Au début de leur mariage, il traitait souvent Constance avec indifférence pour se protéger de l'amour, car l'amour passionnel, tel qu'il l'avait connu, l'avait fait souffrir et il n'en voulait plus. Or, le sentiment amoureux que Constance lui faisait connaître était pur et beau, et Mozart réalisait qu'il était probablement plus durable, et il était maintenant prêt à s'y abandonner.

Oui, il aimait Constance, il en était même follement amoureux, se dit Wolfgang, alors que, quittant ses souvenirs, il s'immobilisait, les yeux remplis de fierté, auprès de celle qui venait de lui donner un fils pour lui embrasser très tendrement le front et les joues.

• • •

Le lendemain de la naissance de son fils, il reçut un pli l'invitant à se rendre chez l'empereur dans l'après-midi. Ayant entretenu d'excellentes relations avec ce dernier depuis la création de l'opéra allemand que le souverain lui avait commandé, il ne s'inquiéta pas de cette demande inattendue.

Ce qui le préoccupa, cependant, ce fut la silhouette qu'il vit passer de l'autre côté de la rue alors qu'il jetait un œil par la fenêtre depuis sa demeure. Elle était arrêtée et semblait regarder vers chez lui. Il n'avait presque plus pensé à Maria depuis qu'il l'avait remarquée assise sur un siège en face des violons, lors de la représentation des *Noces de Figaro*. Que lui nestre du théâtre. Pour l'instant, je suis pleinement satis- le la manière dont il s'acquitte de sa tâche. Je l'en ai assuré ieurs fois, le pauvre craignant parfois me décevoir. ais tout de même une intéressante proposition à vous .

- Je vous écoute, fit Mozart, que les dernières phrases de pereur avaient particulièrement intrigué.

- J'aimerais vous nommer compositeur de chambre, un qui vous permettrait de composer et diriger la musique erait jouée dans l'intimité de mes appartements. Étant n d'origine, Antonio Santini ne me paraît pas très à l'aise enseigner en langue allemande. Je vous attitrerais donc seignement et à la composition d'événements musicaux lemand, sans oublier d'occasionnels contrats qui pour- t vous être destinés. Bien sûr, vous recevriez des gages arables à ceux d'un maître de concert tel qu'Antonio ni. Néanmoins, je dois vous rappeler que vous seriez la irt du temps sous les ordres de ce dernier. Alors, qu'en vous ?

voulait-elle ? Pourquoi le narguait-elle en
Car c'était bien elle, il l'avait reconnue.

Il aurait aimé la secouer jusqu'à ce qu'el
avait voulu l'empoisonner et cherché à lu
sembla que la vérité ne lui serait jamais
lui serait jamais confirmé sur l'origine
intoxication ni sur ce qui avait entravé ses
sa vaine tournée. Il se demanderait toujou
ciée à Antonio Santini et si ce possible du
frustré par les percutantes réussites de le
au cours des deux dernières années, au
contre lui. Peut-être n'attendaient-ils que l
le mener à sa perte ?

Plus tard, dans les appartements pri
Lorraine, Wolfgang ne pensait plus du to
Il écoutait son hôte l'informer de la rais
l'avait mandé :

— Je connaissais votre réputation, m
extrêmement impressionné et si je douta
le faire davantage, je m'étais trompé. Je v
vous offrir des contrats si l'occasion
méritez certainement un poste de n
Vous savez sans doute en quoi son rôle
diriger et composer la musique dans u
sein de la chapelle de la cour.

— En effet, j'ai occupé ce poste à
ordres de monseigneur Colloredo, inter

— J'ai entendu cette information, il
comme je vous en avais déjà glissé un n
l'occupe actuellement, en plus de

l'orc
fait
plu
J'au
fair

l'em

titre
qui
itali
pour
à l'er
en a
raier
comp
Sant
plup
dites

voulait-elle ? Pourquoi le narguait-elle en face de chez lui ? Car c'était bien elle, il l'avait reconnue.

Il aurait aimé la secouer jusqu'à ce qu'elle lui avoue qu'elle avait voulu l'empoisonner et cherché à lui nuire, mais il lui sembla que la vérité ne lui serait jamais révélée. Rien ne lui serait jamais confirmé sur l'origine de sa soupçonnée intoxication ni sur ce qui avait entravé ses démarches lors de sa vaine tournée. Il se demanderait toujours si elle était associée à Antonio Santini et si ce possible duo de complices était frustré par les percutantes réussites de leur rival, survenues au cours des deux dernières années, au point de comploter contre lui. Peut-être n'attendaient-ils que le bon moment pour le mener à sa perte ?

Plus tard, dans les appartements privés de Joseph II de Lorraine, Wolfgang ne pensait plus du tout à Maria Amalia. Il écoutait son hôte l'informer de la raison pour laquelle il l'avait mandé :

— Je connaissais votre réputation, mais vous m'avez déjà extrêmement impressionné et si je doutais que vous puissiez le faire davantage, je m'étais trompé. Je vous avais promis de vous offrir des contrats si l'occasion se présentait. Vous méritez certainement un poste de maître de chapelle. Vous savez sans doute en quoi son rôle consiste : enseigner, diriger et composer la musique dans un cadre religieux au sein de la chapelle de la cour.

— En effet, j'ai occupé ce poste à Salzbourg sous les ordres de monseigneur Colloredo, intervint Wolfgang.

— J'ai entendu cette information, il est vrai. Cependant, comme je vous en avais déjà glissé un mot, monsieur Santini l'occupe actuellement, en plus de diriger à l'occasion l'orchestre du théâtre. Pour l'instant, je suis pleinement satisfait de la manière dont il s'acquitte de sa tâche. Je l'en ai assuré plusieurs fois, le pauvre craignant parfois me décevoir. J'aurais tout de même une intéressante proposition à vous faire.

– Je vous écoute, fit Mozart, que les dernières phrases de l'empereur avaient particulièrement intrigué.

– J'aimerais vous nommer compositeur de chambre, un titre qui vous permettrait de composer et diriger la musique qui serait jouée dans l'intimité de mes appartements. Étant italien d'origine, Antonio Santini ne me paraît pas très à l'aise pour enseigner en langue allemande. Je vous attitrerais donc à l'enseignement et à la composition d'événements musicaux en allemand, sans oublier d'occasionnels contrats qui pourraient vous être destinés. Bien sûr, vous recevriez des gages comparables à ceux d'un maître de concert tel qu'Antonio Santini. Néanmoins, je dois vous rappeler que vous seriez la plupart du temps sous les ordres de ce dernier. Alors, qu'en dites-vous ?

Dans la même série

LES GRANDES PASSIONS DE L'HISTOIRE

Napoléon
par François Guilbaut

Cléopâtre
par Sonia Alain

ÉDITIONS
MONARQUE

001 – *Le retour d'Annabelle,* Katherine Girard

002 – *Les plaines de Nouvelle-France,* François Guilbault

003 – *Combat d'amour : Tome 1,* Loraline Bradern

004 – *La fleur et le loup,* C.J. Belmour

005 – *Le jardin des délices : Tome 1,* Chloé Andrews

006 – *Combat d'amour : Tome 2,* Loraline Bradern

007 – *Pour ceux qui restent,* Katherine Girard

008 – *13 Étoiles : Partie 1,* François Guilbault

009 – *13 Étoiles : Partie 2,* François Guilbault

010 – *Tout pour toi,* Sara Agnès L.

011 – *Combat d'amour : Tome 3,* Loraline Bradern

012 – *Un amour en héritage,* Francine Schaller

013 – *Le jardin des délices : Tome 2,* Chloé Andrews

014 – *Héritière recherchée,* Rosette Laberge

015 – *Un cœur vide,* Suzanne Roy

016 – *Combat d'amour : Tome 4,* Loraline Bradern

017 – *Le baiser du monarque,* Monia Proulx

018 – *Révolution,* François Guilbault

019 – *Pour quelques vapeurs de femmes,* Gabriel Thériault

020 – *Anxieuse,* Katherine Girard

021 – *Le phénix,* Carl Chiasson

022 – *Les flammes jumelles* – Marjorie D. Lafond & Caroline Ermel

023 – *Les grandes passions de l'Histoire : Napoléon,* François Guilbault

024 – *Les grandes passions de l'Histoire : Mozart,* Chantal Valois

025 – *Les grandes passions de l'Histoire : Cléopâtre,* Sonia Alain

ADA ÉDITIONS

www.ada-inc.com
info@ada-inc.com

www.facebook.com/EditionsAdA

www.twitter.com/EditionsAdA